2020 한양대학교 연극영화과
캡스톤
창작희곡선정집
•
7

2020한양대학교
연극영화학과

캡스톤

창작희곡선정집

7권

평민사

2020한양대학교 연극영화학과

캡스톤 창작희곡선정집 7

초판 1쇄 인쇄일   2021년 2월 10일
초판 1쇄 발행일   2021년 2월 15일

지 은 이   (작품수록순) 이혜진 · 장우혁 · 류수연 ·
          김진영 · 김현준 · 우종희
펴 낸 이   권용 · 김준희 · 조한준 · 우종희
만 든 이   이정옥
만 든 곳   평민사
          서울시 은평구 수색로 340 〈202호〉
          전화 : 02) 375-8571
          팩스 : 02) 375-8573
          http://blog.naver.com/pyung1976
          이메일 pyung1976@naver.com
등록번호   25100-2015-000102호
ISBN   978-89-7115-772-5   03800
정   가   22,000원

— 차례 —

펴낸이의 글

2020년 한 해는 그 어느 때보다 참으로 덧없이 흘러갔습니다. '코로나19'라 불린 보이지 않는 낯선 손님은 전 세계 사회 모든 분야에 걸쳐 처음으로 경험해보는 많은 일들을 만들어 내었습니다. 그리고 그 복판에서 우리 인간들이 얼마나 무기력한지 처참하게 경험한 시간들이었습니다.

무엇보다 예술 분야, 그중에서 사람과 사람 간의 대면이 필수적인 공연예술 분야는 더 이상 추락할 곳이 없을 만큼의 시련을 겪었으며, 뚜렷한 돌파구나 대안을 마련하지 못하고 단 한순간에 불어 닥친 태풍을 온몸으로 맞고 있을 수밖에 없었습니다. 부리나케 첨단 테크놀로지에 기반한 비대면의 형식들을 빌려 버텨보려 했지만, 우리는 그것이 근원적인 대안이 될 수 없음을 직감하고 있었습니다. 그만큼 공연예술은 인간과 인간의 직접적이고 살아있는 소통이 그 중심에 있기 때문이었을 것입니다.

어쩌면 우리는 이번 계기를 통해 인간의 살아있는 부대낌이 공연예술에 있어서 얼마나 필수적인 요소인지 새삼 절실하게 느끼게 되었을지도 모릅니다. 이에 무엇보다도 우리 공연예술인들은 아날로그적 밀접, 밀집, 밀폐의 '3밀'을 극복하기 위한 새로운 시도들은 지속해 나가되, 인류의 예상보다 빨리 찾아온 뉴노멀 시대에 인간 소통의 근원으로서 자신의 자리를 오히려 굳건히 지켜내고 있어야 한다고 생각합니다.

  그런 의미에서 이번 〈캡스톤창작희곡선정집〉의 새로운 출간은 또 다른 의미가 있다고 보입니다. 먼저, 공연예술 분야의 미래를 짊어지고 있는 대학의 예술 인재들이 사회의 대변혁을 온몸으로 맞이하며, 세상과 인류를 바라보는 시선들을 작품에 투영해 내었습니다. 그리고 이를 작품으로 풀어나가는 방식에 있어서도 기존 전통적인 방식에 얽매이지 않고 다양한 장르, 매체들을 융합하고, 해체하는 용기 있는 시도들도 선보였습니다. 물론 세상을 바라보는 깊이나 극작의 기술적인 측면에 있어서는 아직 대단히 미약하겠지만, 이들의 이러한 새로운 시각, 시도들을 통해 우리 공연예술계가 앞으로 어떠한 고민들을 하고, 어떠한 대처들을 해야 하는지 작은 돌파구를 마련할 수 있는 계기가 될 수 있을 것이라 믿어 의심치 않습니다.
  본 희곡집이 출판될 수 있기까지 물심양면으로 도와주신 한양대학교 링크플러스 사업단 관계자 분들과 출판의 모든 과정을 진행해 준 유재구 작가에게 감사의 말씀 전합니다. 무엇보다 본 출판의 의미를 소중하게 여겨주시며 언제나 기쁜 마음으로 출판을 진행해주시는 평민사 이정옥 대표님께도 감사의 말씀 전합니다.

  한양대학교 연극영화학과는 앞으로도 다양한 창작 작품들을 세상에 끊임없이 선보이는, 콘텐츠 창작의 마르지 않는 샘물이 될 수 있도록 최선을 다할 것입니다.

  — 펴낸이 권 용, 김준희, 조한준, 우종희

머리 위 혜성

이혜진 지음

등장인물

노인 : 60대 초반의 남자, 은행에서 경비 일을 하고 있다.

그 외 기상정보, 오늘의 운세, 관리인, 학생, 노숙자, 취객, 신도, 젊은 남자, 80년대의 여자와 남자, 투숙객들, 의문의 여자 등

무대

실내의 가구들과 길거리의 조형물이 다양하게 펼쳐져 있다. 그 뒤로 다양한 종류의 창문이 안과 밖의 구분 없이 놓여있다.

1. 아침 방송

라디오에서 함께 아침의 기상정보와 오늘의 운세 방송이 흘러나온다.
그와 함께 노인 등장한다. 노인은 출근 준비를 한다.

기상정보 락토오즈프리 제약, 라실러스 클로락스, 미니멈 드론, 케이
넌 카메라, 맥도날드와 함께하는 오늘 날씨입니다.

오늘의 운세 온 우주의 기운을 모아 말씀드립니다, 오늘의 운세입니다.

기상정보 지난주와 비교하면 이번 주는 끝내주는 여름을 느끼실 수
있을 겁니다. 이런 가운데 수요일 기온은 역대 최고 온도를
기록할 예정입니다. 햄버거 하나 사서 피크닉을 가기 딱 좋
은 날씨입니다.

오늘의 운세 가장 운이 좋은 별자리를 알려드리겠습니다. 오늘은 수성
의 놀라운 기운으로 양자리인 분들의 기운이 좋습니다. 힘
든 시기를 지나왔겠지만, 오늘은 햇빛이 비치는군요! 전체
적으로 운이 완만합니다.

기상정보 그렇지만 아직 비구름이 전부 가시지 않아 전역에서 소량
의 비가 내릴 수 있습니다. 혹은 안 내릴 수도 있고요. 습도
가 높을 것이라는 걸 알아두시면 좋겠습니다. 라실러스의
곰팡이 제거제는 이런 습기에 아주 적절합니다.

2. 노인의 아침

라디오의 소리가 잦아들면 노인은 출근한다. 노인이 집 문을 지나치려는데, 문이 계속 열린다.

나레이터   이제 출근하려는데,
문이 계속 열린다.
열쇠가 헛돌아간다.
문이 열린 채다.

노인은 관리인의 집으로 향한다. 그리고 들리는 노크 소리.

3. 관리인

관리인 잘 있었어? 아침부터 고장? 문도 문제고 창문도 문제고 벽
지도 문제고. 앞뒤 양옆으로 공사를 하지 않나… 민원을 넣
어도 들은 체도 안 한다고 요즘은. 옛날 같지 않아. 옛날 같
지가. 또 꼭대기 층 학생이 새벽까지 시끄럽게 하지 않았
나? 뭘 하는지는 몰라도. 세상에 잘 수가 없어! 육십이 넘
으면 가만히 있어도 신경이 막 돋아서 머리가 막 울린다고.
알잖나. 그래, 세상에 하나씩 신경 쓰면 도대체 뭐가 남겠
어. 세상사 사는데 주름 없이 살면 그만이지. 그래. 그치만
말이야. 여긴 항상 이 정도로 차 있었는데, 요즘이 제일 별
로야. 하여튼 다들 문제만 얘기할 뿐이야. 다 고쳐주고 해
도 고맙다는 말 한마디 못 들어. 다 애정으로 하는 일이야,
이건 애정 없으면 못 하지. 우리 아버지 때부터 여기 살았
다고 얘기했었나? 응, 그래서 문이 안 열린다고? 꽉 닫아봤
나? 비틀어서는? 아유 그래, 오늘 안으로 고칠 수 있나 볼
게. 그래, 문도 창문도 벽지도 다 문제야 문제… 내가 말했
나? 밤마다 신경이 막 돋는다니까….

4. 편지

관리인은 고개를 저으며 관리실로 돌아간다. 다시 발걸음을 재촉하는 노인, 우편함에 삐죽 튀어나온 편지봉투를 발견한다. 노인은 편지를 꺼낸다. 긴 편지가 노인 앞에 펼쳐진다.

나레이터 낯선 인사말로 시작해서 길고 긴 이야기지만, 결국에는

"드디어 만나러 갈 수 있어요, 아빠."

결국에는 그런 말이다.
순간, 등줄기에 서늘함이 스쳐 지나가고,
수많은 생각이 머리를 스쳐 지나간다.
그렇지만 하나씩 붙잡기에는 어지러울 정도로 빨리 지나가 버린다.

노인은 편지를 뒷주머니에 구기듯 넣어버린다.

5. 이어지는 라디오

나레이터   여러모로, 어쩔 수 없이, 노인은 출근한다.

오늘의 운세   이번 주는 이상한 기운이 느껴집니다. 전체적인 별자리의
기운이 좋지는 않습니다. 아주 커다란 별이 느껴집니다. 우
리의 바로 위에요! 이런 별은 보통—

기상정보   유성우입니다. 오늘 밤엔 천체관측소에서 예견한 유성우가
펼쳐질 예정입니다.

나레이터(노인)   그리고 제 일을 시작한다. 업무는 간단하다. 거대한 은행
정문 옆에 서서, 입을 꾹 다물고 꼼짝도 하지 않는 것이다.

오늘의 운세   바로, 머리, 위에! 불길한 징조입니다. 하늘을 주시하십시오.

기상정보   권위 있는 과학자에 따르면, 유성은 대부분 대기 중에서 전
부 연소합니다. 아주 낭만적인 밤 풍경이 되겠습니다. 케이
넌 카메라는 심야모드를 지원합니다.

나레이터(노인)   즉, 어떤 위협이 나타나지 않도록 예의주시하는 것이다.

오늘의 운세   그리고 북극성에 따르면, 오늘 밤에는 비가 올 예정입니다.
우산을 챙기시길! 모두 내일 만날 수 있기를!

기상정보   날씨에 변화가 생기면 돌아오겠습니다. 기상정보였습니다.

6. 시위

학생 유성우, 아름답죠. 그렇지만 저 하늘에 유성보다 더 많은 쓰레기가 날아다니고 있다는 사실을 아시나요? 우리는 그 쓰레기들을 보고 아름답다고 말하고 있을지도 모릅니다. 반짝거리는 것들은 사실 다 쓰레기인 거예요. 고개를 들어 저 하늘을 좀 보세요. 저 푸른 하늘을 보는 것도 올해가 마지막일 수 있으니까요! 당장 하늘까지 갈 것도 없습니다. 춥지 않은 겨울이 오거나 덥지 않은 여름이 올 거예요. 좋게 들리신다고요? 완전히 미쳤네요! 당신의 뒷산이 완전히 타버릴지도 모릅니다. 강은 녹색의 끈적이는 액체가 될 거고요. 과연 무엇이 중요할까요? 얼마 전 저를 지원해주시기로 한 '위대한 당' 덕분에 저는 등교 거부를 계속할 수 있게 되었습니다. 그리고 모든 서류 문제들을 해결해주신 덕분에 문제없이 고등학교를 졸업할 수 있게 되었어요. 아시다시피, 어느 사람들과는 다르게, '위대한 당'은 우리 앞에 직면한 문제를 외면하지 않습니다. 저는 남은 시간을 더 좋은 일에 쓰기로 했습니다. 저는 이 문제의 근원을 찾아냈거든요. 바로 선거에 참여할 수 있는 연령을 낮추자는 겁니다. 최근 저는 제 지지자들의 나이가 꽤 어리다는 걸 알게 되었습니다. 그리고 억압에 시달리고 있다는 것을 알게 되었어요. 나이 때문에 우리의 의견이 제대로 전달되지 않고 있다는 겁니다! 맞아요, 새로운 운동이에요! 등교 거부 운

동은 점점 퍼져나가고 있지만, 어른들은 얘기를 들을 생각
이 없어 보입니다.사인하세요! 이것보다 중요한 일은 세상
어디에도 없어요! 보세요.

학생, 노인에게 달려간다.

학생　등교 거부 운동을 진행하고 있습니다!

노인, 학생을 외면한다.

학생　보셨죠. 우리가 살아가야 할 세상은 우리 손으로 바꿔야 합
니다. 선거 연령을 낮춰야 한다니까요!

7. 편지

창문에 노인의 모습과 학생의 모습이 잠시 겹쳐진다.

나레이터   그렇지만 노인에게는 이미 더 큰 일이 일어났다.

노인이 학생을 쫓아내기 위해 한 발을 움직이는데, 노인의 주머니에서 크게 '부스럭' 하는 소리가 들린다. 노인은 뒷주머니의 소리를 막으려는 듯 손을 덮는다.

나레이터   많은 생각이 머리를 지나간다.
그렇지만 이번엔 좀 더 선명하다.

"드디어 만나러 갈 수 있어요, 아빠."

땀이 주룩, 흐른다.

8. 노숙자와 취객

나레이터　시간은 정오를 넘어, 한여름의 햇빛으로, 열기로 가득하다. 더워서 어지러울 뿐이라고 머릿속에 문장들을 지워보려 한다. 눈치 없이, 속이 허기지다.

노숙자가 노인의 앞에 나타난다.

노숙자　더워, 더워 죽겠구먼, 안녕하십니까. 아유 덥다, 엉망진창이야!

노숙자는 곧 은행 근처에 자리를 잡고 앉아 신발을 벗는다. 신발을 벗고 주워온 휴지로 온몸을 닦는다. 그때, 한편에서 취객이 등장한다.

취객　여보세요? 여보세요? 뭐야, 내 핸드폰 왜 꺼졌어?
노숙자　아주 아침부터 취해서는… 나라가 아주 엉망이야….

취객, 비틀거리며 주변 공중전화부스로 들어간다. 자리를 잡고 서서 어디론가 전화를 건다.

취객　여보세요? 방금 이번 달 돈 보냈는데, 확인하세요. 듣고 있지? 대답 좀 해보세요. 병원비랑 전단지랑 흥신소 인력비랑, 보험금이랑, 접수비랑… 아우, 또 뭐였지. 다 돈이라서 기억이 안 나. 이거 전화도 돈이야. 알고 있어요? 여보세요? 뭐야. 왜 이래?

취객의 전화 내용을 듣고 있던 노숙자, 한두 마디씩 덧붙인다.

노숙자   자식이 되면 말이야… 그래 좀 챙기고… 챙길 수 있는 사람이 챙겨야지. 위아래가 없어졌어! 요즘은. 안 그렇습니까? 나라가 아주 엉망이야….

취객   왜 막 응 – 이러지? 이거 왜 이러는지 아세요? 여보세요? 아빠?

노인 취객 쪽을 바라본다.
고장 난 전화를 두어 번 내리치는 취객, 비틀거리면서 부스에서 나온다. 노숙자 취객에게 빠르게 다가선다. 돈 통을 흔들어 보인다. 취객 질색하며 물러서서

취객   어후, 아저씨! 내가 돈이 없어요. 왜냐면 다 보냈거든요. 아,

취객의 주머니에서 500원짜리 동전이 하나 나온다.

취객   아저씨, 여기서 이러지 말고 집에를 들어가세요. 에? 가족들이 얼마나 찾고 있겠어요! 안 그래요. 에?
노숙자   감사합니다. 많이 아파요. 아픕니다.

노숙자, 취객이 준 동전을 확인한다. 그리고 작정한 듯 연신 기침을

한다.

취객   아저씨 아파요? 어디가 아파요?

취객 노숙자 근처를 얼쩡거리다가, 울음을 터트리며 푹 고꾸라진다.

취객   우리 엄마도 아파요!

취객 엉엉 울기 시작한다.

노숙자   아이고, 아이고….

노숙자는 자리를 피하려다가 휴지 몇 장을 뜯어 취객에게 건네준다.

취객   감사합니다….
노숙자   아이고, 그래. 나라가 아주 엉망이야….

노숙자, 취객에게 손을 뻗어 토닥인다. 취객, 비명을 꽥 지른다.

취객   악!
노숙자   어이구?
취객   아악!
노숙자   아이고?

취객, 휴지를 집어 던지며 구역질을 한다.

노숙자　아이고. 나는 높으신 분이나 좀 기다리고 있었는데, 일진이 안 좋구먼.

취객　아저씨, 아저씨가 저만큼 일진이 안 좋아요? 잘 알지도 못하면서….

노숙자　아가씨 말조심해 어?

취객　말 시키지 말아봐요, 아우….

노숙자　아주 500원 주고서는, 500원만 쥐놓고서는, 큰소리를, 어른한테 말이야.

취객　500원 버는 게 얼마나 어려운지 아세요? 아, 모르시겠구나….

노숙자　나도 말이야, 옛날에는 말이야 큰 회사에서….

취객　잠시만요! 아우.

　　　순간 요란하게 클락션 소리가 난다.

　　　취객 요란하게 구역질을 한다. 노숙자 성질내며 벤치로 돌아간다. 노숙자 짐을 챙기고 있는데, 돌아온 취객이 노숙자의 돈 통을 든다. 취객 돈 통을 들고 달려 사라진다. 노숙자 그 뒤를 쫓아 사라진다.

나레이터(노인)　햇빛은 여전히 덥고 속은 역겨워졌다.

　　　부스럭, 하는 편지 소리가 난다.

9. 신도

신도 회개하십시오. 종말입니다! 회개하십시오! 그분께서 어젯밤 제 꿈에서 말씀하시길, 악으로 가득한 이 세상에 곧 불덩이가 떨어져 모두를 심판하실 것이라. 제게 내려온 또 다른 계시입니다. 오늘 제게 도착한 신문입니다. 가장 첫 면, 첫 기사. 보십시오. 아직도 모르시겠습니까? 아마도 이것을 보면 여러분은 놀란 나머지 머리도 제대로 들 수 없을 것입니다. 자, 첫 글자를 보십시오. 구, ₩, 회, 게. 회개하십시오. 하찮은 육체에서 끝나는 삶 대신 풍요로운 천국을 바라십시오! 죄악, 죄악을 씻어내고 탐욕 거짓 폭력 그리고 그 모든 부정! 이제 죄악은 너무 많아져 차마 눈 뜨고 볼 수 없는 지경에 이르렀습니다. 할렐루야. 모두 소금으로 돌아갈지어라. 회개하십시오! 종말입니다! 보이십니까? 종말이 코앞에 있습니다! 할렐루야. 뒤늦게 후회해도 어쩔 수 없습니다! 당신의 죄를! 회개하십시오.

신도, 노인에게 다가선다.

신도 할아버지, 회개하십시오.

10. 퇴근

노인은 집으로 돌아간다. 닫히지 않는 문, 정신없는 라디오 소리, 색색의 피켓, 동전 따위가 창문에 비친다. 마치 노인을 쫓는 듯하다.

노인은 우체통을 확인한다. 비어있다.

노인은 집 문을 확인한다. 여전히 문이 열려있다.

노인은 관리실로 향한다.

11. 조우

관리인의 집 앞에 어떤 남자가 서 있다.

젊은 남자   여기 사시나요? 그럼 저희 아버지도 아시겠네요. 네. 오늘 아침에 돌아가셨습니다. 그게, 이 소식을 건너 건너 알게 된 데다 여기까지 오는데 4시간 반이나 걸렸어요. 아시죠? 여긴 항상 교통이 별로니까요 이런 여름에는 아침에도 덥고 눅눅해서, 별로 좋지는 않았지만요… 전에도 자주 어지럼증을 호소하시곤 했어요. 최근에도 계속 약을 보내 달라고 하셨어요. 병원은 절대 가지 않겠다고 하셔서. 저는 아버지가 여전히 정정하실 거라고만 생각했고요… 늘 저한테 약골이라고 게으르다고 소리 지르기만 하셨지. 잘 믿기지는 않습니다. 그래도 편안하게 가셨다고 생각하려고요. 잘 모르는 사람이 봤으면 이 많은 방을 그렇게 깐깐하게 관리했던 분이라고는 상상하기 힘들 겁니다. 모르겠습니다. 사실 아버지인지도 잘. 지금이라도 일어나서 소리를 지른다면 좀 알 수 있을 것 같아요. 저는 이만, 장례식을 준비해야 해서요. 영정사진도 없어서 쉽지가 않네요. 급한 대로 가족사진에 있던 모습을 확대했는데, 흑백 사진인 데다가, 흐릿하고, 깨져서….

젊은 남자, 노인을 지나쳐 사라진다. 노인은 관리인의 집을 지나쳐 자신의 집으로 돌아간다.

나레이터   아파트의 복도, 그 긴 복도 앞에.

복도의 끝에 모자를 쓴 낯선 여자가 서 있다.

나레이터   여전히 문은 슬쩍 열려있다.

여자가 몸을 돌려 노인과 눈을 마주친다. 여자 점점 노인에게 다가
온다.
노인은 몸을 돌려 아파트를 빠져나간다.

암전.

12. 회상

노인은 모텔 방으로 도착한다.

노인 편지를 꺼내 보다가 구겨 던진다. 편지를 맞은 낡은 TV가 멋대로 켜진다.

무대 한편에서 80년대의 차림을 한 여자와 남자가 등장한다.

남자   당신을 구해주러 왔소! 모두에게 자유와 평등을!

여자   멋져! 사랑해요!

남자   나도 사랑하오!

여자   알려줄 게 있어요. 내 사랑!

남자   무슨 일이지? 또 다른 위협인가?

여자   아니요! 더 특별한 일이랍니다!

여자, 남자의 귀에 속삭인다. 남자 깜짝 놀라서 여자를 쳐다본다.

여자   이렇게 떠날 건가요?

남자   더 좋은 일을 위해서!

여자   나쁜 사람!

남자 퇴장한다.

홀로 남은 여자, 노인을 돌아본다.

노인, 천천히 고개를 돌려 눈을 마주치려는 순간 밖에서 "불이야!" 하는 소리가 들린다.

짧은 암전.

13. 화재

투숙객이 하나둘 뛰쳐나온다. 누군가는 짐을 온전히 챙겼다. 누군가는 자다 나온 차림이다.

투숙객1 난리네요. 난리, 어디서 불이 시작되었는지를 모르겠다네요!

투숙객2 119, 119는 신고했을까요? 보험은 들었겠지요?

투숙객1 여기 주인이 한 것 같은데, 방금 다시 숙소로 들어갔습니다. 혹시 못 나온 사람은 없겠지요?

투숙객2 제 서류가 저기 있는데! 다시 뽑을 시간이 없단 말입니다!

투숙객1 일단 119가 곧 올 겁니다.

투숙객2 내일 아침 회의를 어쩐다! 거기에다. 내일 아침 식사를 예약했었는데, 그건 누가 보상해주지요?

투숙객1 그래도 전부 무사하니 다행입니다.

투숙객들 사이로 나타나는 노인, 아무것도 가지고 나오지 못했다.

나레이터(노인) 낡은 모텔방이 불에 타고 있다.
지직거리는 낡은 텔레비전도,
노인이 정성스럽게 걸어둔 제복도
전부 불에 타고 있다

비가 오기 시작한다.

14. 유성우

거리에 있던 사람들이 하나씩 노인을 지나쳐 사라진다.

학생   사인하세요! 지구의 종말이 다가오고 있어요!

사이비 신도   종말입니다! 종말이 코앞입니다! 보이십니까! 저 수많은 금이 가 있는 하늘! 종말입니다! 회개하십시오! 그리고 사랑하는 이들에게 돌아가십시오!

취객   아우, 집에 가야지, 집에 가야지. 나는 집에 가요.

취객 길을 지나가던 노숙자에게 돈 통을 돌려준다. 노숙자, 취객에게 우산 하나를 던져준다. 취객 우산을 펼쳐 노숙자와 함께 나간다.

노인, 길가의 벤치에 드러눕는다.

노인의 얼굴로 계속해서 비가 떨어진다. 유성우처럼, 비가 떨어진다.

암전.

15. 귀환

시간이 흘러 동이 튼다. 노인은 천천히 걸어 집으로 돌아온다.

아파트의 복도, 그 긴 복도 앞에 여자가 서 있다.
여자는 노인을 마주한다. 그리고 그 작아진 몸을 본다. 그리고 곧 노인을 지나친다. 우편함에 흰 편지를 하나 넣는다. 그리고 아파트를 빠져나간다.
노인은 여자가 떠난 자리를 바라보다, 자신의 방으로 들어간다.

의자에 앉아 길고 긴 숨을 뱉는다.

TV가 멋대로 켜진다.

뉴스   새벽 뉴스입니다. 간밤에 있던 스물두 개의 사건 사고 소식을 속보로 전해 드립니다. 첫 번째 소식입니다. 과학자들은 어제 지구를 지나간 유성우 사이에 지구 궤도에 들어온 혜성이 존재하는 것을 발견했습니다. 과학자들은 이 거대한 혜성이 지구를 향해 다가오고 있다고 발표했습니다. 그렇지만 대부분 지구에 직접적 영향을 미칠 일이 없을 것으로 보고….

무언가 하늘을 가로지르는 소리와 함께 막.

작가의 말 / 이혜진

당신을 가장 괴롭게 하는 것은 무엇인가?

급격한 기후변화? 가파른 빈부격차? 마스크를 쓰지 않고선 돌아다닐 수 없는 세상? 혹은 갑자기 종말이 닥칠지도 모른다는 불안?

위협의 시대다. 매일 새로운 사건과 사고 소식이 끊이질 않는다. 금방이라도 이런 혼란이 우릴 집어삼킬 것 같다. 그 속에서 어떻게든 살아가야 하는 사람들의 이야기를 담아내고자 한다.

매일 경계하면서 어떻게든 이겨내려 하는 사람이 있는가 하면, 누군가는 패배해서 순응하며 살아가고 있을지도 모른다. 누군가는 오히려 이런 세상에 무뎌져서 지각하는 열차, 틀린 기상 예보, 뜻밖에 찾아온 손님을 더욱 괴로워할지도 모른다. 삶을 살아내야 하는 현대인들의 삶과 위협의 시대 사이의 괴리감에 대해 말하고 싶다.

유언비어

장우혁 지음

등장인물

손서영(NBS '현장취재24시' pd/28세)
나주연(떠오르는 라이징스타 여자배우/26세)
정수환(NBS '현장취재24시' cp + 시사교양국 국장/42세)
윤형준(구독자 800만 유튜브 크리에이터/28세)
주진영(NBS '현장취재24시' 진행자/35세)
이윤정(나주연의 고등학교 친구/26세)

유포된 언론들은 비어있고 어리석다

프롤로그

어두운 무대, 빗소리가 천천히 들려온다. 더욱 더 거세게 들리는 빗소리, 천둥이 친다. 서영 등장한다. 천둥소리가 들리고 서영 놀라 주저앉는다. 고개를 들고 빗소리 점차 작아진다. 자신의 폰으로 전화를 건다.

서영 제보를 하나 하려고… 아 아닙니다. 잘못 걸었어요.

전화를 끊고 결심한 듯 고개를 끄덕이고 사라진다.

1장. NBS 회의실

프롤로그의 시점으로부터 두 달 전, 의자에 수환과, 진영을 비롯한 관
계자들이 앉아있다. 서영 수환 옆에 잔뜩 움츠려든 채 서 있다. 수환
의 손에 서영이 작성한 취재 기획안이 들려있다. 수환, 기획서와 서영
을 번갈아 보다 마른 세수를 한다.

수환　　서영아.

서영　　네 국장님….

수환　　너 입사한 지 이제 몇 년이지?

서영　　이제 4년차입니다….

수환　　근데 요즘 왜 그러냐. 뭐가 문제야? 일 하기 싫어? 막 싫어
　　　　　서 미치겠어?

서영　　아니 그게 조사해보니까 나름 재미있는 점이 많더라고요.
　　　　　그 물고기가 온순한데 싸움을 잘해서 피라냐도 안 건든다
　　　　　고 그러고….

수환, 서영이 보는 앞에서 기획안을 찢어버린다. 서영 말을 멈춘다.

수환　　서영아 그래 다 알겠는데 시청자들이 보겠냐고. 제발 다른
　　　　　걸로 찾아와.

서영　　그치만 어떤 걸로 찾아야 하는….

수환　　자극적인 거!! 사람들이 우리 프로를 찾게 만들 그런 주제

를 가져오라고!! 우리 시청률 최근 들어 JBS에 밀리고 있는 거 몰라? 우리가 다시 시청률 되찾을 수 있게 자극적이고 신선한 걸로 찾아와. 너 이게 마지막 기회야.

서영 (기어들어가는 목소리로) 네 알겠습니다….

수환 오늘 회의는 여기까지.

수환 회의실을 나가고 앉아있던 관계자들도 하나둘씩 회의실을 떠난다. 모두 나가고 서영 혼자 회의실에 남게 된다. 서영 주저앉는다. 서영 한숨을 내쉰다. 그러던 중 전화가 울린다.

서영 여보세요? 네 '현장취재24시' 맞습니다. 네네. 제보요? 아네 거기로 가겠습니다.

서영 전화를 하며 회의실을 나간다. 잠시 후 서영 전화하며 들어온다. 수환의 목소리가 수화기 너머로 들린다.

수환 확실한 거야?

서영 일단 제보자 말에 의하면 그래요.

수환 제보자 신뢰성은?

서영 그게….

수환 아냐 일단 너 회사로 들어와서 말해.

무대 암전 후 밝아진다. 이때 수환은 국장실에 있고 서영과 진영이 들어온다.

진영 네 무슨 일이에요? 뭐야 서영이도 있네.

수환 서영이가 취재 건을 하나 잡아왔는데… 이게 좀 애매해.

진영 웬일이냐 네가 취재도 잡아오고. 근데 왜 애매한데요?

수환 나주연과 관련된 거야.

진영 그 국민여동생 소리 듣는 배우?

서영 네 그 나주연이요.

진영 걔랑 관련해서 어떤 내용인데요?

수환 나주연이 학교폭력 가해자란다.

진영 출처는요?

서영 같은 학교 출신이긴 한데 제보자가….

진영 왜 어떤데?

서영 히키코모리여서… 술에 취해있고 만나자고 하니까 자기 집밖으로 절대 안 나간다고 소리 지르더라고요. 그래서 제가 집에 들어가지도 못하고 문 하나 두고 밖에서 온종일 이야기 듣다 오는 길이에요.

진영 국장님 저희 이거 안 하면 뭐 취재해야 하나요?

수환 일단은 진행 중인 대기업 갑질사건부터 마무리부터 해야지.

진영 그리고?

수환 2~3년 전에 있던 그 연쇄 살묘 사건이나 아니면 (손가락으로 서영을 가리키며) 쟤가 찾은 아마존에서 발견된 새로운 물고기.

진영 출처 확실하게 잡고 증거 찾아보면 될 거 같은데요?

서영 저 이번 일 시켜 주시면 진짜 열심히 할 수 있어요. 제발요! 제가 꼭 방송 내보낼 증거 가져올게요.

진영 야. 무슨 증거가 너가 원한다고 뚝딱 나오냐? 아무리 욕심이 앞서도 못 지킬 말은 하지 마.

수환 의자에 앉아 고민을 한다. 이내 결심을 내린 듯.

수환   진행해. 이거 비밀유지 중요하니까 서영이가 단독취재 나
         가고 진영이가 서영이 커버쳐줘.

서영   저 진짜로 이거 되는 거예요?

수환   못 들었어? 진행하라고. 준비해 와.

서영   감사합니다!! 열심히 하겠습니다!

수환 퇴장하고 진영과 서영 국장실을 나가며 이야기를 나눈다.

진영   근데 제보자는 왜 너한테 연락했냐? '60분사건보도'로 안
         가고.

서영   제가 입사 초기에 썼던 기사를 기억하더라구요. 제가 여기
         피디로 있는 거 보고 저한테 연락했대요.

진영   너 입사 초기? 아! 그거? 제목이… 그래! 악플세상속에서
         정직을 외치다.

진영 웃음을 터트린다.

서영   (놀라며) 하지 마요!!

진영   뭐 어때서. 너 그걸로 이달의 기자상인가 그것도 받았잖아.
         그때 기사 정말 패기 넘쳤는데. 제목도 정직을 외치다~ 어
         후 오글거려.

진영 서영을 놀리며 도망치고 서영 그를 따라 나간다.

2장. NBS 국장실/형준의 집

취재를 시작하고 3일이 지난다. 서영, 진영과 수환에게 취재내용을 설명한다.

서영   일단 제보자랑 전화인터뷰 진행하고 제보자 만나서 녹취록 따왔는데요.

진영   그런데? 아니 잠시만. 제보자 집밖으로 안 나온다며. 어떻게 만났어.

서영   사람 얼굴 보기 무섭다고 해서 종이봉지 뒤집어쓰고 들어갔어요. 눈이랑 숨구멍만 뚫어서… 자기 신변 걱정도 많이 해서 녹취록도 방송에 내보내지 않는 조건으로 받아온 거고요.

수환   그래서? 인터뷰 내용은?

서영   지속적인 괴롭힘도 당했고 그것 때문에 성격도 소심하게 변했다고 말하더라고요. 근데 문제는 알코올 중독에다 결정적인 증거도 없어서….

수환   흠… 일단 내보내자.

진영   형 그래도 괜찮겠어요? 워낙 민감한 주제잖아요.

수환   뭐 직접적으로 말하지 않고 두루뭉술하게 말해서 내보내면 괜찮을 거야. 그리고 계속해서 서영이가 조사해보는 걸로 하고.

진영   꼭 해야겠어요? 무슨 시사프로그램이 증거도 없….

수환 진영의 말을 끊으며

수환 우리가 지금 찬밥 더운밥 가릴 때야? 나라고 이걸 하고 싶어서 하겠냐? 우리 밥줄이 달렸으니까 진행하는 거지. 뭐 해? 나가봐.

진영 아 형!

수환 나가라고.

서영과 진영 퇴장한다.

수환 어차피 시청자들은 진위 여부 따위 신경 안 쓴다. 물어뜯을 소재만 있다면….

수환 퇴장하고 무대 어두워진다. 형준 등장한다.

형준 (웃으며) 아니 진짜라니까? 와 사람 말을 안 믿어주네. 사랑 형준님 별사탕 300개 감사합니다~ 아니 근데 왜 채팅이 다 나주연 얘기야? 뭔데? 내가 완전 팬이잖아 왜왜? 이번에 뭐 작품 찍는대?

형준 컴퓨터로 서치를 한다. 고요한 정적 속에 마우스 클릭 소리만 들린다.

형준 이게 뭐야? 나주연 일진썰? '현장취재24시'에 나온 이 연예인이 나주연 이야기라고? 나주연 측에서는 아직 공식입장이 없고, 설상가상 나주연은 8년간 정들었던 소속사를

떠나게 되었다. 여러분들 이거 다 진짜에요? 에이 설마. 마
녀사냥 당하는 거 아니야? 아니 여러분 감싸주는 게 아니
라요, 물론 팬이기도 하지만 해명할 기회라도 줘야하는 거
아닌가 해서. 내가 도와줄 수 있음 좋지. 한번 알아봐야겠
네요.

형준의 목소리 점차 작아진다. 형준 퇴장하고 무대에 나주연을 향한
수많은 악플이 달린다.

행인4   학폭 가해자가 연예인을? 미쳤네?
행인1   저렇게 인생 낭비하고 싶나?
행인2   그 피해자는 그년 땜에 인생 좆망이네?
행인3   생긴 거부터가 뭔가 싸하잖아.
행인1   저년 조용한 것도 이유가 있는 거야
행인4   저년한테 돈 쓴 내 인생이 레전드
행인5   저년한테 돈 썼다고? 너도 병신이네 ㅋㅋㅋ
행인6   저거 왜 사냐? 걍 나가 뒤지지.

무대 밝아지면 형준 그리고 주연이 앉아있다.

형준   여러분들 안녕하세요! 오늘은 게스트를 초대했습니다. 요
즘 너무 핫한 분인데 내가 진짜 어렵게 모셨어. 다들 욕은
자제하고. 그럼 나주연 씨 나와주세요!
주연   안녕하세요. 배우 나주연입니다.
형준   주연 씨가 '현장취재' 방송 이후로 너무 힘들어 하셨더라
고. 내가 주연 씨 팬이잖아. 그래서 여차저차해서 번호 받

고 연락을 드려서 이렇게 나와 주셨어.

주연 이번 일로 사람들을 직접 대면하기가 두려워서 이렇게 방송으로 나오게 되었습니다. 이 점에 대해 깊게 사과드립니다. 그렇지만 형준 님 방송에서 해명을 하면 많은 사람이 볼 것이라고 생각해서 나오게 되었습니다.

형준 그렇기에 오늘은 저보다는 주연 씨가 스스로 말할 기회를 드리고자 합니다.

주연 단도직입적으로 말씀드리면 저는 학교폭력을 행한 적이 없습니다. 제가 그동안 입장을 밝히지 않은 것은 이러한 거짓 소문은 시간이 지나면 진실이 드러날 것이라고 생각해서였습니다. 근데 현실은 그렇지 않더라고요.

형준 소속사와 관련된 이야기도 할 수 있나요?

주연 소속사와는 이미 2달 전부터 재계약을 하지 않기로 결정이 된 상태였고요. 시기가 그렇게 겹쳐지면서 저에 대한 여러 루머들이 생성되었던 것 같습니다.

형준 아니 얘들아 들어봐. 주연 씨가 다녔다는 고등학교 동창들한테도 물어봤는데 당시에 주연 씨를 스토킹 하던 남학생이 있었대. 사실인가요?

주연 네. 고등학교 2학년 때 한 남학생이 저를 스토킹 한 적이 있어서 제 친구가 대신 신고를 해준 적이 있었습니다. 당시에 그 남학생이 제가 매일 그분을 괴롭혀서 저에게 복수하려고 스토킹을 했다고 경찰에 진술한 적이 있었습니다.

형준 아니 진짜 미친 거 아니야? 그래서 보니까 이 남학생이 '현장취재'에 제보를 한 그 사람이 아닐까 생각이 들더라고. 내가 이 사람이 누군지 정확히 모르지만 당시 경찰서에서 풀려날 때 망상장애를 앓아서 풀려났다고 하더라? 이거 지금 나만 이상한 거야?

무대 어두워지고 형준과 주연 퇴장한다. '현장취재'를 향한 수많은 악플이 달린다.

행인1	'현장취재' 빨던 놈들 다 어디갔냐? ㅋㅋㅋㅋㅋ
행인2	진짜 사람새끼들인가?
행인3	눈치 있음 닥치고 있어야지
행인4	아니 돈 받아쳐먹고 허위취재ㅋㅋㅋ
행인5	'현장취재' 애청자였던 게 부끄럽다.
행인6	저딴 게 한국 1위 프로란다ㅋㅋㅋ 존나 망신이네ㅋㅋ

무대 어두워지고 다시 밝아지면 수환과 진영 어두운 얼굴로 땅을 보고 있다. 서영 다급하게 들어온다. 수환과 진영 사이에 냉랭한 기운이 오고간다.

서영	국장님 여론이 거의 다 등을 돌렸어요.
수환	씨발 갑자기 걘 어디서 튀어나온 거야?
진영	우리나라에서 유튜브 구독자 수 1위잖아요.
수환	(진영을 노려보다) 후… 아니 근데 망상장애 이야기는 뭐야?
서영	제보자가 중학생 때 망상장애로 입원치료를 받은 적이 있었는데 완치 판정 받고 그 이후에는 재발 기록은 없더라고요.
수환	그러면 경찰서에서 망상장애로 풀려났다는 얘기는 뭔데?
서영	아마 윤형준이 짜집기한 내용인 것 같아요.
수환	그럼 우리가 이 상황을 반전시킬 방법은?
진영	거의 없죠. 쟤가 가진 파급력이 얼만데. 아니면 아예 윤형

준 약점을 찾든가요.

서영   어떤 것으로 하든 일단 빨리 결정해서 진행해야 할 거 같아요.

수환   그러면 다들 흩어져서 나주연에 관련되어서 트집 잡을만한 거 찾아와봐. 현취팀에서 붙을 수 있는 만큼 다 정보수집에 붙어.

서영   네!

서영 퇴장하고 진영과 수환 서로를 노려본다.

수환   야 주진영! 너는 새끼가.

진영 퇴장한다. 수환 한숨을 내쉬며 마른 세수를 한다. 이때 무대 한 편이 밝아지고 형준과 주연이 모습을 비춘다.

주연   진짜 너무 고맙습니다.

형준   아니에요. 뭘 이런 걸 가지고… 다행이에요 제가 평소에 주연 씨 작품 다 챙겨보고 응원 많이 했거든요.

주연   (쑥스러워 하며) 감사해요. 형준 씨 덕분에 해명할 기회도 생기고 외로움도 덜 수 있었어요.

형준   제가 도움이 되었다니 다행이네요. 그런데 보통 이런 거 터지면 소속사 측에서 도와주려고 하지 않나요?

주연   제가 거부했어요. 이런 일쯤이야 제 힘으로도 충분히 해결할 수 있을 거라고 생각해가지고… 멍청하게….

형준   원래 방송국들이 선동을 잘 하잖아요. 사람들도 그거에 속아 넘어가버린 거죠 뭐.

주연   제가 어떻게 감사를 표해야할지 모르겠어요.

형준   그럼 다음에 한번 제 방송에 게스트로 나오세요.

주연   좋아요. 다음에 한번 꼭 나올게요. 그럼 전 이만 가볼게요.

주연 무대를 퇴장하고 홀로 남은 형준 멍하니 주연이 퇴장한 방향을
바라보다 갑자기 울리는 전화소리에 놀란다.

형준   네 여보세요? 누구세요? 네 맞는데요 이 번호는 어떻게 아
         셨나요? 네? 아 네… 네, 맞아요….

형준 전화를 하며 무대를 퇴장하고 이에 따라 목소리와 조명이 작아
진다.

3장. NBS 국장실/형준의 집

서영 국장실 문을 두들기고 들어온다.

수환	왜? 뭐 찾았어?
서영	아, 아니요. 그건 아니고 혹시 '60분사건보도' 보셨어요?
수환	거기는 또 왜?

수환 리모컨으로 TV를 켠다. MC의 목소리가 들린다.

MC	언론은 정직하고 투명해야 합니다. 그 본질이 사람을 선동하는 것으로 바뀐다면 저희는 언론이 타락하였다고 하죠. 저희 '60분사건보도'는 앞으로도 여러분에게 투명하고 정직한 방송을 이어갈 것을 약속드리며 이만 물러나겠습니다. 감사하….

수환 TV를 끄고 리모컨을 던진다.

수환	이런 개새끼들!! 뭐 선동? 지들이 뭘 안다고 지랄이야!
서영	저 국장님….
수환	뭐!
서영	제가 책임지고 사표 내겠습니다. 이거 공론화해서 내부적으로 징계조치 했다고 말하면 다 해결되지 않을까요?

수환	사람들이 바보냐? 당연히 총책임자인 나도 나오라고 하지. 아니지 아니야… 공론화해서… 더 큰 사건… 서영아! 너 진짜 언론이 뭔지 물어본 적 있지?
서영	네? 네….
수환	만들자. 나주연.
서영	지금 방송조작하자고 말씀하시는 거예요? 국장님… 언론이 이러면 안 되잖아요.
수환	원래 언론이 이런 거야.
서영	하지만….
수환	세상에 정직만큼 바보 같은 말이 없어. 정신 차려.
서영	저… 저는 잘 모르겠습니다. 이래도 되는 건지.

수환 시선을 회피하는 서영을 붙잡고

수환	곧 있으면 차기 편성책임자 자리 내 거야. 이번 일만 잘 처리되면 너 메인피디로 올려줄게.
서영	(고민하다) 정…정말요? 그러면 제가 뭘 해야 하는 거예요?
수환	내가 이메일로 파일 보내줄 테니까 그거 다 보고 나주연이를 어떻게 가해자로 만들 건지 시나리오 가져와.

서영, 수환을 바라본다.

수환	아! 그리고 이 말 그 누구한테도 말하면 안 돼. 특히 주진영한테.

서영 작게 고개를 끄덕이고 나간다. 수환 생각에 잠긴 듯 한 곳만 응

시한다.

무대 어두워진다. 앵커들의 목소리가 오버랩된다.

앵커1   최근 나주연 학교폭력 사건과 관련되어 허위보도를 한 '현
        장취재24시'에 관한 비난이 끊이지….

앵커2   잘못된 정보로 피해를 입히며 언론의 역할을 다시금 생각
        해보게 만든….

앵커3   '현장취재24시'와 NBS방송국에서는 별다른 입장을 밝히
        지 않고….

앵커4   나주연 씨가 허위보도를 한 '현장취재24시'측에 손해배상
        을 청구할 것이라는 입장을….

서영 국장실로 들어온다. 파일을 건넨다.

서영   스폰, 마약. 이렇게 2가지가 가장 크게 이슈화 되지 않을까
        생각합니다.

수환   애매한데… 다른 시나리오는 없어?

서영   둘 다 맘에 안 드시나요?

수환   마약이나 스폰 문제는 증거를 조작하기도 어렵고 애초에
        잘못 엮다가는 더 복잡해질 수도 있어서… 악플 같은 게 좋
        을 것 같은데….

서영 눈치를 보다 떨리는 목소리로

서영   찾아보니까 예전 인터뷰에서 나주연이 롤모델로 삼은 인
        물이 양민지였더라고요.

수환	그 6년 전에 악플로 자살한 배우? 그래서?
서영	'나주연이 사실 자기가 존경한다고 말한 배우에게 열등감을 느껴서 악플에 동조했었다'라는 프레임을 씌우면 되지 않을까요?
수환	괜찮네. 그걸로 하자.
서영	꼭 악플로 하셔야 하나요?
수환	왜 무슨 문제 있어?

서영 떨리는 목소리로

서영	그… 사람들…이 제 SNS계정을 알아내서… 악플을 남겨서… 이게 당해보니까 생각보다 훨씬 고통스럽더라고요. 악플 관련해서 하나하나 찾을 생각을 하니까 겁이 나서….

수환 떨리는 서영의 어깨를 붙잡는다.

수환	그렇다면 더더욱 이 일을 해야지. 빨리 해결해서 너한테 악플이 달리지 않도록.
서영	대신 이게 나가면 나주연한테 악플이 달리겠죠? 이래도 되는 걸까요?
수환	정신 차려. 어차피 걔 아니면 너야.
서영	네….
수환	너가 그때 받아온 제보자 녹취록도 사용하면 좋은데.
서영	그건 안 돼요! 제보자랑 한 약속이에요. 절대로 녹취록 공개는 하지 않겠다고. 다른 거는 몰라도 그거는 정말 안 돼요.

서영 인사하고 방을 나간다. 수환 한숨을 쉬고 자신의 폰을 보다 누군가에게 전화를 건다.

수환 네 접니다. 네 오랜만입니다. 잘 지내셨죠? 이번에 기사 하나만 내주실 수 있나요? 나주연과 관련된 겁니다. 저희가 언제 증거가 있어야 방송하고 기사 내보냈습니까? 걱정 말고 내보내요.

수환 곧바로 서영에게 전화를 건다.

수환 서영아 나주연이랑 학창시절에 친했던 사람 찾아서 나한테 목록 보내 놔.

무대 어두워지고 밝아지며 형준과 주연 등장한다. 방송을 한다. 무대 뒤 영상으로 방송을 하는 형준의 모습이 보이고 채팅창으로 여러 사람들의 채팅이 올라간다.

형준 애들아 진짜 오늘 합방은 기대해도 좋아. 내가 진짜 이런 말 잘 안하는 거 알잖아. 뭐? 나 친구 없는 거 다 안다고? 닥치고 일단 봐. 나와 주세요!

주연 안녕하세요. 배우 나주연입니다.

형준 그때 인연이 생겨서 오늘 게스트로 나와 주셨어. 아 솔직히 초특급 맞잖아! 나주연 씨는 초특급인데 옆이 아니라고? 쟤가 미쳤네. 매니저님 저 친구 밴하세요. 아무튼 1부는 Q&A 진행할 거고 여러분들 질문 올리면 주연 씨가 답해드릴 거예요.

여러 채팅들이 올라온다.

형준과 주연의 웃음소리가 점차 작아지고 그들을 비추는 조명이 어두워지고 수환과 서영을 비추는 조명 밝아진다. 형준과 주연의 말소리 계속해서 들린다.

수환   서영아 지금 방송 시청률 어떻게 나오니?

서영   아무래도 이슈 터지고 난 직후여서, 18.6% 나오고 있어요.

수환   지금 윤형준 방송에 나주연 나왔다고 했지? 서영아 너가 그 방송 들어가서 지금 '현장취재' 방송 나가고 있다고 언급해봐.

수환과 서영을 비추는 조명 어두워지고 형준과 주연을 비추는 조명 다시 밝아진다. 도네이션 음성이 흘러나온다.

도네1   형준 님 지금 '현장취재' 방송 보셨나요?

형준과 주연 표정 어두워진다. 뒤이어 채팅창 '현장취재'와 관련된 이야기로 도배된다.

형준   잠시만요. 뭔 이야기를 하는지 켜볼게요

형준 컴퓨터로 '현장취재' 생방송을 켜고 진영의 목소리 흘러나온다.

진영   저희 '현장취재' 팀은 학교폭력 의혹에 더해 유명배우 A씨가 악플러였다는 의혹에 대하여 이야기를 하고자 합니다.

주연의 얼굴이 사색이 되고 손을 떤다. 형준 이를 보고 주연의 손을 잡아준다.

형준   일단 주연 씨 상황부터 체크할게요. 여러분들 방송은 오늘 여기서 마치겠습니다.

형준 방송을 끄고 떨리는 주연의 손을 꽉 잡는다.

형준   주연 씨 괜찮아요? 제 눈을 봐요.
주연   제가 뭘 잘못했다고….
형준   아니에요 이번에도 아무 일도 없을 거예요. 다시 해명하고 진실을 말하면 사람들이 이해해줄 거예요.

형준의 전화가 울린다.

형준   잠시만요. 네 여보세요? 네. 네네.

형준 무대를 퇴장하고 주연 홀로 의자에 앉아 있다.
주연 형준의 컴퓨터로 인터넷을 켜서 '나주연은 악플러?'라고 써있는 기사를 들어가 본다. 수많은 댓글이 달려있다.

행인1   '현장취재' 진짜 존나 할 거 없나보네.
행인2   중립기어 박고 감.
행인3   근데 이 정도면 나주연 문제 아님? 씨발 계속 나오잖아.
행인1   그런가?
행인4   아니 그럼 처신을 잘하던가.

행인5	눈빛부터 겁나 소름끼치잖아.
행인6	그럼 윤형준은 아무것도 모르고 커버쳐준 거야?
행인2	나주연이 꽃뱀처럼 윤형준을 꼬셨겠지 뭐.
행인5	윤형준 진짜 불쌍하네. 미친년 커버하느라.

주연 댓글을 보다 눈을 감고 귀를 막은 채 떤다. 형준 통화를 끝내며
들어온다.

형준   주연 씨 괜찮아요?

형준 주연에게 물을 건네고 주연 이를 받아서 단숨에 들이킨다.

주연   고마워요. 형준 씨는 정말 좋은 사람 같아요.

주연 충격에 홀로 일어나 비틀거리며 방을 나간다.

형준   좋은 사람?

형준 퇴장하고 무대 어두워진다.

4장. NBS 국장실/주연의 집/형준의 집

수환 국장실에서 흡족하다는 표정으로 뉴스를 시청한다. 서영 들어
온다.

서영   국장님 여론이 돌아섰어요!

수환   내가 말했잖아. 너 악플은?

서영   (웃으며) 방송 이후에 거의 없어요. 진짜 며칠간 너무 불안했
는데… 아! 나주연 지인 목록은 확인해 보셨나요?

진영 국장실에 들어오려다 둘 사이에 오고가는 대화를 몰래 염탐하
며 핸드폰을 꺼낸다.

수환   이 중에서 한 명으로 거짓 증언 만들면 될 거야. 이윤정. 나
주연이랑 같은 연기학원을 다녔던 친구네. 얘로 하자.

서영   그럼 이 사람한테 연락할 방법 찾아오겠습니다.

서영 문을 열고 나가려다 진영과 마주친다. 진영 서영을 옆으로 밀치
고 들어온다.

진영   이게 무슨 소리에요? 나주연 악플러 아닌 거예요?

수환   ….

진영   형! 말 좀 해보세요. 야 손서영! 이거 어떻게 된 거야?

서영	그… 그게.
수환	어쩔 수 없었어. 시청률도 되찾아야지.
진영	아니 그렇다고 해도 어떻게 증거를 조작해요!
수환	원래 이 바닥 이런 거 몰라? 나도 그 방식을 따른 것뿐이야.
진영	난 형이 적어도 도리는 지키는 사람이라고 생각해서 따랐어요. 근데 계속해서 이런 식으로 해온 거야?
수환	야 주진영. 어차피 이번 일 수습 못하면 우리 다 끝나. 다음 기회 따윈 없다고.
서영	제… 제가 악플러 만들자는 시나리오 국장님한테 말한 거예요. 국장님이 지시한.
진영	넌 가만히 있어!
수환	이미 엎질러진 물이야. 방송은 나갔고, 여론도 돌아섰어.
진영	하… 손서영 나가 있어.

서영 나간다.

진영	형 서영이는 여기 왜 껴 있어요? 쟤 이제 28살이에요! 벌써부터 이런 거 가르쳐서 뭐하시려고요. 제2의 정수환을 만들라고? 왜? 이제 자기 대신 더러운 일 할 사람이 필요한 거예요?
수환	야! 깨끗한 척하지 마.
진영	깨끗한 척? 뭐 맞아요. 형 말대로 저도 정직한 방송인은 아니죠. 형이 처음으로 생각했던 제2의 정수환이 나니까.
수환	그래 너도.

수환의 말을 끊으며

진영	6년 전! 양민지 자살사건. 그때 저한테 말했잖아요. 이게 제가 살 수 있는 길이라고. 조작은 이번이 처음이자 끝이라고. (헛웃음치며) 역시 처음이 어렵지 그 다음부터는 쉽죠. 그날 형을 따르는 게 아니었는데.
수환	그래. 이번에도 이게 서영이를 살리는 길이야. 걔를 보면 정말 예전에 널 보는 거 같아. 그때 네 말투나 행동이나, 취재거리 찾아오는 것도 그렇고
진영	고작 그 이유로 증거를 조작한다고? 웃기지 마 어차피 살리는 길이라는 핑계로 이번 취재 대박내서 승진하려는 거잖아.
수환	그래서 그때 너도 같이 올라갔잖아, 너도 좋아서 가만히 있었잖아! 너 그리고 서영이 악플로 고생하고 있는 거 아냐? 내가 상사로서 책임은 져야지.
진영	책임? 형 입에서 그 말이 나와요? 이미 걔 인생을 망치기 시작해놓고?
수환	그럼 이제 와서 다 뒤집으라고?
진영	(고민하며) 그러면 서영이 끝까지 책임지세요. 그게 제가 형한테 드리는 마지막 부탁이에요. 저 찾지 마요.

진영 나가고 수환 다시 뉴스를 켠다. 앵커의 목소리가 들린다.

앵커	최근 악플러였다는 루머가 터진 나주연 씨와 관련하여 전해드립니다. 인터넷에 나주연 씨의 집주소가 퍼지면서 집 앞까지 찾아온 안티팬들이 경찰에 의해 해산되었다는….

주연, 손을 떨면서 황급히 주의를 둘러본다. 자신의 핸드폰을 찾고는
급히 전화를 건다.

주연   여보세요? 형준 씨 전데요. 혹시 전화 괜찮으세요?

형준   뉴스 봤어요. 괜찮아요? 편하게 말씀하세요.

주연   그… 제가 부탁 하나만 드려도 될까요…?

형준   부탁이요? 어떤 거요?

주연   혹시 저 며칠만 형준 씨네 집에서 지낼 수 있을까요?

형준   조금만 기다려요. 지금 데리러 갈게요.

형준 등장하고 주연의 집 문을 두들긴다.
주연, 형준을 따라 퇴장한다.

윤정 방에서 기다린다. 서영과 수환 나타난다.

수환   이윤정 특이사항 정리한 거 줘봐. 내가 말할 테니까 옆에서
지켜보다가 넘어왔다 싶으면 인터뷰 내용 정리해드려.

서영 들어가려는 수환을 붙잡는다.

서영   국장님. 제가 설득하겠습니다.

수환   너가?

서영   이미 여기까지 왔는데 더 나빠질 게 뭐 있겠어요?

서영 먼저 들어간다. 수환 갸우뚱 하며

수환   저런 면까지 닮았네.

수환 방으로 들어간다.

서영   윤정 씨, 안녕하세요. '현장취재24시' 프로듀서 손서영입니다. 이쪽은 저희 국장님이시고요.

윤정   '현장취재'요? 주연이랑 관련된 거죠? 전 주연이 그렇게 범죄자로 만드는 방송이랑 이야기할 생각 없습니다.

윤정 자리를 일어난다.

서영   진정하세요. 저는 윤정 씨에게 도움을 주고자 온 거예요. 제 말 좀 들어보세요.

윤정   그쪽 도움 따위 받고 싶지 않습니다.

서영   들어보니 최근에 아버지가 다치셨다고… 어머니도 거동이 불편하고. 본인은 아버지 병원비를 내느라 대학 등록금도 못 내는 상황이어서 학자금 대출도 받았다고 들었는데 맞나요? 연기 포기하고 3년 동안 공부해서 들어간 대학으로 아는데….

윤정   (서영의 멱살을 잡으며) 너 씨발 뭐 하자는 거야. 니가 뭔데 함부로 지껄여?

윤정 그대로 방을 떠나려한다.

서영   학자금대출 다 갚아드려요. 물론 아버지 병원비도 저희가 전액 지원해드리고요. 저희 회사에서 장학금도 지원할 겁

니다. 그리고 졸업 후에는 저희 '현장취재' 정규채용까지
고려해볼 수 있죠. 그렇죠 국장님?

윤정 다시 돌아와 앉는다.

윤정 걘 정말 깔 내용이 없어요.

서영 저희는 윤정 씨한테 정보 같은 거 듣자고 여기까지 온 거 아
니에요. 이만큼 가는 게 있으면 오는 것도 당연히 있어야죠.

수환 서영의 모습에 놀란 듯 서영을 쳐다본다.

윤정 오는 거요…? 설마 지금 주연이가 악플러였다고 거짓말을
하라는 거예요?

서영 네.

윤정 지금 저보고 친구를 버리라는 소리세요?

서영 윤정 씨가 지금 편의점에서 일하는 이유가 뭔 거 같으세
요? 윤정 씨가 연기를 못해서? 운이 없어서? 아니에요. 그
냥 나주연이 윤정 씨의 길목을 막았기 때문이죠. 걔만 없었
으면 지금 그 빛나는 자리에 윤정 씨가 있었을 걸요?

윤정 그… 그렇지 않아요.

서영 정말 확신할 수 있어요? 혹시 그런 생각은 해보지 않았어
요? 자신보다 뛰어난 연기를 하는 이윤정을 질투한 나주연
이 자신이 가진 인맥으로 묻어버렸다.

윤정 ….

서영 머리가 복잡하신가 보네요. 생각해보시고 연락주세요.

서영 먼저 방을 나가고 수환 떠나려다 윤정을 바라본다.

수환   연락주시면 그 즉시 대출금이랑 병원비는 지급될 거예요.
        잘 생각하세요.

윤정 머리를 감싼다. 윤정 떠나는 수환을 붙잡는다.

윤정   할게요. 지금 당장 제 인터뷰 따러 가요.
수환   괜찮겠어요?
윤정   어차피 친구도 아니에요. 저 혼자만의 착각이었던 거죠. 근
        몇 년 동안 연락 한 번 안 하는 게 무슨 친구….
수환   그럼 바로 인터뷰 하러 가시죠. 준비되면 나오세요.

수환, 먼저 방에서 나오고 서영과 이야기한다.

수환   바로 인터뷰 하겠다네. 수고했다.
서영   진짜요? 다행이네요. 이런 일 처음 해봐서 긴장 많이 했는
        데 티 안 났어요?

수환 서영을 멍하니 쳐다본다. 수환 나지막이 혼잣말로

수환   이게 맞나….
서영   네? 뭐가 맞아요?
수환   어? 아니야. 오늘 잘했어. 인터뷰 준비하자

수환과 서영 퇴장한다.

형준	어떻게 하실 거예요?
주연	잘 모르겠어요.
형준	해명하셔야죠. 모르긴 뭘 몰라요.
주연	그렇지만… 너무 겁이 나요.
형준	주연 씨 겁나는 건 알겠지만 그래도 이렇게 끝나면 더 안 좋아질 거예요.
주연	그런 기분 아세요? 어느 순간부터 사람들 앞에 서 있으면 세상이 하얗게 변해요. 사람들은 검은 실루엣으로만 보이기 시작하고….
형준	주연 씨….
주연	이젠 더 이상 연기를 할 수 있을지도 모르겠어요. 사람들 앞에 다신 설 수 있을지도….
형준	주연 씨!
주연	(형준의 말을 끊으며) 그냥 다른 건 못하니까… 돈을 주니까… 어쩔 수 없이 버티면서 하게 되는 거죠.
형준	걱정 마요. 절 믿어줘요. 다 괜찮을 거예요.

주연 울먹거리며 형준을 바라본다. 그때 형준의 전화가 울린다.

형준	잠시만요. 네 여보세요? 네 거의 다 끝나가요. 슬슬 준비하셔도 될 거 같아요. 네.
주연	무슨 준비요?
형준	아 그게… (뜸을 들이다) 방송 다음 콘텐츠 준비요. 야외에서 찍을 거라 장소 섭외랑 인원이랑 고려할 게 많아서요.
주연	형준 씨는 뭐든 열심히 하시네요. 멋있어요. 저는 어느 순간부터 연기에 대한 열정을 잃어버렸거든요. 저 너무 건방

지죠?

형준   그런 게 어딨어요. 그냥 슬럼프가 온 거라고 생각하세요. 저도 그 마음 알거든요. 다 극복할 거예요. 이번 일도 해결 될 거고요.

주연   정말 그럴까요? 혹시 저 벌 받는 건 아닐까요?

형준   그런 생각은 하지도 마세요. 일단 제가 방송 킨 다음에 어떤 방식으로 해명할지 저희 같이 구상해 봐요. 논란을 잠재울 방법 생각나는 거 있어요?

주연   어… 제… 제가 고등학교 3년 내내 같이 연기학원 다니면서 붙어 다닌 친구가 있어요. 제 증인이 돼줄 수 있을 거예요.

형준   그럼 방송에서 그 친구한테 연락해보는 걸로 해보죠.

무대 어두워진다.

5장. 형준의 집/NBS 촬영 스튜디오

형준과 주연 컴퓨터 앞에 앉아서 방송을 킨다. 지난번과 마찬가지로 뜨거운 반응과 함께 수많은 사람들이 방송에 입장한다. 주연을 비난하는 채팅이 수없이 올라온다.

형준   오늘은 나주연 씨 욕하는 채팅 다 밴할 거고 후원이랑 도네도 막을게. 얘들아 선 넘지 말자~ 그럼 주연 씨?

주연   안녕하세요 배우 나주연입니다. 저와 관련하여 이번에도 논란이 일어나게 된 점에 대하여 고개 숙여 사과드립니다. 하지만 이번에도 전과 마찬가지로 저는 절대 한 적이 없는 일입니다. 저는 누군가에게 악플을 단 적이 없습니다.

형준   그렇다면 본인이 악플을 단 적이 없다고 증언해줄 사람이라도 있나요?

주연   저랑 고등학교 시절 내내 같이 붙어 다닌 친구에게 증언을 받고자 합니다.

윤정, 서영, 수환이 무대 한편에 등장한다. 채팅들은 친구의 증언은 신빙성이 떨어진다며 의아해하지만, 이와 동시에 일단 지켜보자는 여론이 형성된다. 주연 윤정에게 전화를 건다. 윤정, 주연에게서 온 전화를 보며 갈등한다. 이를 눈치챈 수환 윤정에게 다가간다.

수환   윤정 씨 이건 배신이 아니에요. 지금 이 일에만 집중해요.

아 그리고 방금 병원비는 지급해드렸습니다.

윤정의 폰에 병원비가 입금되었다는 문자메시지가 뜬다. 윤정 결심을 내린 듯 전화를 끊는다.

전화 음성   고객님께서 전화를 받을 수 없어….

주연 다시 한 번 전화를 건다.

윤정   아이씨. (폰의 전원을 꺼버린다)
전화 음성   고객님의 전원이 꺼져있어….

주연과 형준 당황하고 채팅창도 의문을 표한다. 곧이어 주연의 행동을 나무라는 채팅들이 빠르게 올라온다. 형준조차 너무나도 많이 올라오는 비난 글에 난색을 표한다.

형준   아니 다들 진정 좀 해봐. 주연 씨가 거짓말을 하는 게 아니라. 무슨 사정이 있겠지. 하… 채팅창 너무 더럽네. 잠시만 얼릴게. 주연 씨 쉬었다 가시죠.
주연   (넋이 나간 채) 아… 네….

형준과 주연을 비추는 조명 어두워지고 윤정, 서영, 수환에게 조명이 비춘다.

서영   전화 안 받아도 돼요?
윤정   네 상관없어요. 전 어디 있으면 되나요?

서영 의자를 가져다준다.

서영 여기 앉으세요. 카메라 들어오고 마이크 착용만 완료되면 바로 시작할게요. 어차피 모자이크 처리할 거예요. 너무 걱정하지 않으셔도 돼요.

윤정 걱정 같은 건 하지 않아요. 어차피 이미 한배를 탔잖아요.

서영 그렇죠. 저희 모두가 한배를 탔죠… 저희가 침몰하거나, 상대가 침몰하거나….

카메라 들어오고 윤정에게 마이크가 채워진다. 수환 서영에게 신호를 주고 서영 카메라를 잡는다.

수환 자 그럼 제보자와의 인터뷰를 시작하겠습니다. 먼저 현재 무엇을 하고 계신가요?

윤정 편의점 알바하면서 등록금 벌고 있습니다.

수환 배우 나주연과는 어떤 관계인가요?

윤정 학창시절 같은 연기학원을 다녔습니다.

수환 어떤 계기로 친해지게 되었나요?

윤정 학원에서 같이 수업을 들었는데 그 시간대에 저랑 주연이만 유일한 여자여서 자연스럽게 친해졌어요. 친해지면서 주연이의 본모습을 알게 되었지만, 연예인과 친구라는 생각에 우쭐해져서 저도 어리석게 계속 친하게 지냈죠.

수환 평소에 나주연의 모습을 알려주실 수 있나요?

윤정 가면을 잘 쓰는 친구였어요. 앞에서는 남들에게 다 잘하고 뒤에서는 남들을 헐뜯기 바쁜 친구였어요.

수환 헐뜯다니 어떤 식으로 말인가요?

윤정	이런 말을 해도 될지 모르겠지만 이제는 고인이 되신 배우 양민지 씨와 관련해서 하나 있습니다. 주연이는 양민지 씨를 굉장히 싫어했습니다. 청순 이미지가 겹친다나? 자신의 앞길을 막는다고 저에게 난리를 치곤했죠.
수환	배우 양민지 씨가 수많은 악플로 인해서 스스로 생을 마감했는데 나주연 씨가 이와 관련해서도 연관이 있을 수 있나요?
윤정	저한테 직접적으로 양민지 씨와 관련한 악플을 다는 것을 보여준 적은 없지만 만날 때마다 양민지 씨와 관련한 욕을 퍼부은 점을 미루어 봤을 때 가능성이 있다고 생각합니다.
수환	그렇지만 나주연 씨와 친구였는데 이번에 저희 '현장취재 24시'에 제보를 하신 이유라도 있을까요?

윤정 당황한 표정으로 수환을 바라본다. 이내 정신을 차리고,

윤정	전 주연이를 친구라고 생각하고 있었는데 주연이는 아닌 것 같더라고요. 언제부턴가 제가 전화를 걸어도 받지 않고. 처음에는 그저 바빠서 안 받는 줄 알았는데 6년이라는 세월이 지나니 인연이 끊긴 거더라고요.
수환	연이 끊겨서 그에 대한 원망으로 제보를 주셨다는 말씀인가요?
윤정	아니요. 그게 이유였으면 이미 몇 년 전에 제보를 했겠죠. 저는 진실을 숨기는 나주연의 위선적인 모습에 크게 실망하여 제보를 하게 되었습니다.
수환	네 시간 내주셔서 감사합니다.

수환 서영에게 신호를 주고 일어선다.

수환　　윤정 씨 정말 수고하셨어요.

서영 윤정에게 명함을 건넨다.

서영　　앞으로도 몇 번 더 스튜디오로 윤정 씨를 부를 수 있을 것 같아요. 괜찮죠?

윤정　　네….

서영　　필요해서 일단 이번 학기는 등록금을 계좌이체 해드렸어요.

수환　　알바비까지 해서 조금 더 넣어드렸어요. 조심히 들어가세요.

윤정　　아. 네… 감사합니다.

윤정 퇴장한다. 진영 등장한다.

수환　　수고했다 서영아. 우리도 정리….

서영　　저… 국장님?

진영을 마주친다.

서영　　저 먼저 가 있을게요.

서영 퇴장한다.

수환　　생각 정리한 거냐?

진영　　여길 떠나려고요. 이번에 '60분사건보도' MC 자리 제의가

와서.

수환 고작 한다는 게 NBS 버리고 규모도 훨씬 작은 JBS로 간다?

진영 아마 수 시간 내에 기사가 뜰 거예요. "'현장취재24시'의 주진영 '60분사건보도'로 이적하다." 형 말대로 더 규모가 작은 JBS로 이동하는 나를 두고 많은 의문을 표하겠죠. 크게는 NBS 방송에 대한 믿음조차 흔들릴 수 있다고 보는데.

수환 그래서 뭐 어쩌라는 건데.

진영 그런 상황에서 정확한 증거는커녕 조작된 증거라는 말이 나와 봐. 상상하기도 싫다.

진영 폰으로 녹음된 음성을 재생한다. 수환의 목소리 흘러나온다.

수환 이 중에서 한 명으로 거짓 증언 만들면 될 거야. 이윤정. 나 주연이랑 같은 연기학원을 다녔던 친구네.

수환 그래서 원하는 게 뭔데.

진영 아마 제가 찾아오지 않고 제 이적 기사가 나왔다면 형이 저에 대한 온갖 음해로 신문을 더럽혔겠죠. 그러니 조건 1번. 기사가 나간 이후에 '우리는 주진영을 잡으려고 하였으나 본인이 새로운 곳에서 도전하고자 하는 의사가 컸다'라고 발표하세요.

수환 2번은 뭐야.

진영 제가 이 녹음 파일을 사건보도에 가서 사용하지 않을게요. 대신.

진영 의미심장하게 미소를 짓는다. 수환 이내 진영의 속내를 파악

한다.

수환 내가 돈이 어딨어!

진영 뭐 지금까지 회사에서 보너스도 많이 받으셨을 거고, 여전히 뒷돈을 받고 있으실 텐데 없을 리가요? 없다면 '현장취재' 팀 예산에서 가져오세요.

수환 나보고 지금 회사 돈을 횡령하라고?

진영 뭐 돈이 없으시다고 하시니까 드리는 말씀이죠. 제가 언제 형 능력 밖의 일을 요구한 적 있어요? 그리고 이런 거 다 형한테 배운 건데.

수환 이번 일 마무리할 때까지만 기다려. 나주연 관련된 거 끝나면 바로 줄게.

진영 뭐. 일단 알겠습니다. 연락 기다리고 있을게요.

진영 퇴장하다 멈춘다.

진영 그리고, 그날도 말씀드렸지만 서영이, 제발 저랑 형처럼 살게 하진 말아요.

진영 퇴장한다.

수환 건방진 새끼….

수환 서영을 부른다.

수환 서영아 너가 이번 나주연 관련 방송만 MC 맡아라.

서영 네? 그게 무슨 말씀이세요?

수환 어차피 생방도 아니고 녹화여서 실수하면 다시 따면 되니까 걱정하지 말고. 그렇게 알고 있어.

서영 고민을 하다 고개를 끄덕인다. 두 사람 퇴장하고 주연과 형준 등장한다.

형준 주연 씨 아직도 연락 안 받아요?

주연 연락 안 한 지 좀 오래 돼서… 그래도 안 받을 리가 없을 텐데….

형준 6년이면 당연히 사이가 멀어지죠.

주연 어릴 때부터 연기만 해서 배우 나주연으로는 너무 쉬운데, 사람 나주연으로는 너무 어려워요….

주연 손톱을 물어뜯는다. 형준 떨리는 주연의 손을 저지한다.

형준 후… 일단은 그 친구한테 다시 연락하고 답장 오기를 기다려요.

형준과 주연 퇴장한다.

6장 형준의 집

정장을 입은 서영 등장한다.
'현장취재24시' 방송이 진행된다.

서영　(심호흡을 하고) 안녕하십니까. 새롭게 '현장취재24시'의 진행자를 맡게 된 손서영입니다. 저희는 오늘 그동안 저희가 취재해왔던 유명배우 A씨와 관련된 이야기를 더 하고자 합니다. 지난주 저희는 A씨가 악플러라는 제보를 받고 이를 취재하였습니다. 그리고 A와 학창시절 친구라는 분에게 연락을 받아 인터뷰를 진행하게 되었습니다. 같이 보시죠.

서영 퇴장하고 주연과 형준 등장한다.

형준　방금 나온 방송 뭐에요? 저 사람 주연 씨가 연락하려던 친구 아니에요?

주연　걔가 저렇게 말할 이유가 없는데… 그럴 리가….

주연 넋이 나간다. 형준 주연의 어깨를 잡고 흔들며 소리친다.

형준　주연 씨! 정신 차려요! 너가 정신 못 차리면 다 끝나!

주연　난… 난… 아니야….

형준　야 나주연!

주연 놀라며 정신을 차린다.

형준 내 말 잘 들어요. 여론은 빠르게 우리에게서 등 돌릴 거예요. 모두 등을 돌리기 전에 반격해야 돼요. 이해했어요?

주연 (고개를 끄덕인다) 근데 저 하나가 뭐라고 이렇게까지 하시는 거예요?

형준 팬인 것도 있고, 결정적으로는 주연 씨가 현재 가장 핫한 제 콘텐츠니까요.

주연 그럼 제가 핫한 콘텐츠가 아니었으면 버렸을 거예요?

형준 (웃으며) 그런 생각은 해본 적도 없어요. 주연 씨 마음 단단히 먹어요.

주연 고개를 끄덕이고 나가던 중 핸드폰을 놓고 간다. 형준 전화를 건다.

형준 여보세요? 이번엔 좀 많이 놀랐어요. 계획에 없던 내용이어서. 일단은 계속 진행해야하니까 NBS 관련해서 방송에서 말할만한 거 알려주세요.

무대 어두워진다.
무대에 여러 댓글이 달린다. 두 편으로 나뉘어 서로 갈등한다. 형준 주연의 폰을 발견 후 퇴장한다.

행인1 나주연 왜 자꾸 나대냐.

행인2 해명도 똑바로 못하고. 뭐 하자는 거야?

행인4 걍 쳐 인정하면 될 걸. 걍 골빈 넌이네.

행인2   나주연이나 도와주는 윤형준이나 다 거기서 거기지.

행인3   시작은 '현장취재' 아녔냐? 나주연이 불쌍한 거지새끼들아.

행인5   거기 피디들 싹 다 인성 문제 있어.

행인6   피디놈들 걍 잘못했다고 말하면 되는걸. 에휴 한심한 새끼들.

행인2   윗댓 너 나주연이지? ㅋㅋㅋㅋ

무대가 악플로 도배된다.

7장. 형준의 집/서영의 집 앞

진영 등장하며 수환에게 전화를 건다. 수환의 목소리가 무대에 들린다.

진영　그래서 일은 언제 마무리하시고 돈은 언제 주실 거예요?
수환　돈? 내가 예전에 말했지. 넌 참 내가 젊었을 때를 닮았다고. 너가 어떤 수를 쓰던 다 보여. 내가 미쳤다고 회사 돈을 횡령해서 너한테 갖다 바치겠어?

진영 어이없다는 듯이 웃는다.

진영　그렇게 나오신다? 나라고 방법이 없을 줄 알고?

진영 이동한다.

형준　네 누구세요?
진영　안녕하세요? 저 '60분사건보도' 진행자 주진영입니다. 얘기할 게 있는데 잠시 들어갈 수 있을까요?

형준 문을 열어준다.

형준　안녕하세요. '60분사건보도'에서 무슨 일로….

진영 단도직입적으로 말할 게요. 나주연 씨와 관련해서 '현장 취재' 팀과 싸우고 계시잖아요. 제가 좋은 정보 하나 팔려고요.

주연 문 뒤에서 둘의 대화를 엿듣는다.

형준 아 그러세요? 근데 그런 정보를 자신의 방송이 아니라 굳이 저에게 가져오셨다는 것은 얻고 싶은 게 있어서겠죠?

진영 이 정보를 돈 받고 팔고 싶어서요.

형준 죄송하지만 관심 없습니다. 돌아가세요.

진영 고급 정본데 관심이 없다? 정수환한테는 이 정보 비밀로 해주겠다는 대가로 훨씬 많이 요구했는데. 형준 씨 '현장취재' 팀이랑 지금 싸우는 중 아니에요?

형준 맞지만 그거 없이도 충분해요.

진영 (의아하다는 듯이 형준을 쳐다본다) 당신 정수환하고 거래했죠? 사람들이 이 일에 더 주목하게 하려고 둘이 짜고 친 거야. 상식적으로 생각해봐도 이걸 거절할 이유가 없는데.

형준 (웃다가 정색하며) 이거 당신 방송에서 말 안 하는 게 좋을 거예요. 이 방에 카메라가 많아서. 진영 씨가 저에게 정보를 대가로 돈을 요구한 것과 이미 정수환 씨에게도 돈을 요구하며 협박을 했다는 내용이 찍혔으니까. 서로 조용히 하죠?

진영 뭐 어쩔 수 없죠. 그래도 의외네요. 설마 당신이랑 수환 형이랑 그런 관계인 줄은 몰랐는데… 그럼 나주연은? 개 인생을 책임질 생각은 없으신 것 같은데? 그냥 도구 취급하는 건가?

형준 도구라뇨. 말조심 하시죠. 가는 길 조심하시고.

진영 나가다가 엿듣던 주연과 마주친다.

진영   형준 씨가 조심하셔야겠네요. 비밀스러운 대화여서 여기로 온 건데.

진영 퇴장하고 형준 주연과 눈을 마주친다.

형준   주… 주연 씨 언제부터 있었어요? 오늘 집에 간다고 하지 않았어요?

주연   제가 폰을 두고 가서요… 방금 저건 무슨 이야기에요?

형준   하… 거짓말이죠. 제가 정보를 안 산다고 다짜고짜 '현장취재'랑 유착관계에 있다고 단정하는 게 말이 안 되잖아요.

주연   그렇죠. 형준 씨가 협조를 왜… 말도 안 되잖아요. 아 그리고.… (우물쩍거리며) 이번에 '현장취재'에서 제 사생활에 대해서 발표했던데 제 정보가 어디서 새나갔나 봐요.

형준   (한숨을 쉬며) 괜찮아요. 일단 제가 어디서 새나갔는지 알아볼게요.

주연   맨날 고생만 시켜드리고 죄송해요. 저 먼저 가볼게요.

주연 퇴장하고 형준 자신의 폰을 집어던진다.

형준   주진영 그 새끼는 왜 그런 말을 해서!

형준과 퇴장하고 형준의 집에서 나온 진영 담배를 꺼낸다. 불을 키려 하나 라이터가 고장난 듯 켜지지 않는다. 뒤이어 주연도 등장한다.

진영   나주연 씨. 조심하세요. 저 사람한테 인생을 걸 생각이 없
      으면 적당히 거리 둬요.

주연   당신이 할 말은 아닌 거 같은데요?

      주연 진영의 말을 무시하고 떠난다.
      진영 걸으며 서영에게 전화를 건다.

진영   나주연이고 손서영이고 다 그 둘한테 놀아나는구만….

      진영 담배를 부러뜨리고 서영에게 전화를 건다.

진영   어 서영아. 할 말이 있어 잠시 나와봐. 어 너희 집 쪽이니까
      내려와. 그래.

      잠시 후 서영 등장한다.

서영   하실 말씀이 뭐에요? 아니 그전에 제가 먼저 물어볼래요.
      정말로 돈 때문에 양심을 버린 거예요?

진영   (고개를 끄덕이며) 그래.

서영   대체 왜요?? 저한테 정의로워야 한다면서요. 정직한 언론
      인이 되라면서요! 왜 선배는 안 그러면서 저한테 그렇게
      말했어요? 이런 사람이었으면서 저한테 정직함을 왜 강요
      한 거냐고요!

진영   너는 나랑 정수환처럼 되지 말라고! 내가 국장님한테 너
      만큼은 우리 길을 걷게 하지 말라고 애원했는데. 너 방송
      MC 하는 거 보고 알았지. 이 형은 끝까지 내 말을 안 들어

쳤다고.

서영 저는 왜 이 길로 오면 안 되는데요? 저는 성공하면 안돼요? 조작에 가담하면 앞으로 제 인생이 편해진대요. 이번 한번만 이렇게 하고 그 다음부터 정직한 삶 살면 되는 거잖아요.

진영 6년 전. 내가 너랑 같은 상황이었어. 당시에 양민지와 관련한 제보를 받았고 취재를 했는데 증거가 부족했지. 근데 수환 형이 증거를 만들어서 방송을 내보내자고 하더라. 이게 나랑 모두가 사는 길이라면서. 어린 맘에 난 형을 믿고 가담을 했어. 다음부터 정직해지면 되니까라고 자기최면을 걸면서.

서영 왜 저한테 이걸 말하는 거예요?

진영 뭐든 처음이 어렵거든. 그 후에 뒷돈 같은 걸 받아먹으면서 매번 이번 한번만이라고 다짐했고 그렇게 살다보니 여기까지 오더라. 그때 느꼈지 내 후배들은 나 같은 쓰레기로 살게 해선 안 되겠다고.

서영 저도 이미 가담을 해버렸잖아요. 근데 어떻게 돌아가요. 저도 이미 틀린 거잖아요.

진영 넌 아직 기회가 있어.

서영 저한테 그런 게 어디 있어요?

진영 내가 지금 줄 거니까. 정수환하고 윤형준 사이에 모종의 거래가 오고갔어. 나주연을 둘이 자신의 콘텐츠에 사용하고 있는 거야. 도구 취급하는 거라고. 이거 가지고 너 충분히 돌아갈 수 있어.

서영 절 믿으세요? 제가 이 정보를 가지고 국장님한테 말해서 더 좋은 자리를 약속 받는다면요?

진영 선택을 강요하는 건 아니야. 그냥 너가 그간 보여줬던 모습

들이 생각나서… 원래 수환 형이랑 정보 가지고 거래를 하려고 했어. 근데 돈도 좋지만 후배 지키는 게 선배 역할이니까.

진영 퇴장하고 서영 이를 멍하니 바라본다. 수환 등장한다.

수환   서영아 오늘은 생방으로 진행되는 거 알지? 긴장하지 말고. 잘 하자.

서영 방송 직전 크게 심호흡을 한다.

서영   안녕하십니까 '현장취재24시'의 손서영입니다. 오늘은 지난 몇 주간 저희가 취재해온 유명배우 A씨와 관련된 정보들을 더 깊게 파보는 시간을 가지고자 합니다.

서영 침을 삼킨다. 고민에 빠진 채 몸을 떤다. 수환 서영에게 정신 차리라고 신호를 준다.

서영   (다짐한 듯) 저희 '현장취재24시'는 제보자에 대한 어떠한 정보도 없어 저희 프로그램에 신뢰성에 의문을 표하셨던 많은 분들을 위해 이 모든 사건의 시작이었던 제보자의 녹취록을 공개하고자 합니다….

수환 크게 당황한다. 서영 방송이 끝나고 내려온다.

수환   너 방금 뭐야. 왜 대본대로 안 해. 그리고 녹취록 공개 못하겠다며.

서영   방송 너무 오래 끌었잖아요. 있는 거 다 쏟아 부어서 끝내야죠. 지체하다가는 다 망하는 거 알면서 왜 그래요.

서영 떠나고 수환 떠나는 서영을 쳐다본다.

8장. 형준의 집/NBS 국장실

주연 홀로 생각에 잠겨있다. 주연의 머릿속에 자꾸 진영의 말이 맴돈다. 무대에 진영의 목소리가 흘러나온다.

진영 (의아하다는 듯이 형준을 쳐다본다) 당신 정수환이랑 거래했죠? 나주연 씨. 조심하세요. 저 사람한테 인생을 걸 생각이 없으면 적당히 거리 둬요.

주연 고민을 하다 폰으로 형준에게 전화를 건다.

주연 형준 씨 오늘 언제 들어와요? 아… 스케줄 때문에 늦어요? 아 집에 혼자 있는 게 무서워서… 아니에요 할 수 없죠 뭐. 네.

주연 전화를 끊고 옷을 챙겨 밖으로 나간다. 주연 형준의 집으로 들어온다.

주연 컴퓨터가….

주연 컴퓨터 앞에 앉아서 자료를 찾기 시작한다.

주연 죄송해요 형준 씨. 주진영 말을 믿는 거는 아니지만 그래도 혹시 모르니.

스크린을 통해 형준의 컴퓨터 화면이 관객에게 보인다. 주연 '현취거래'라는 파일을 발견한다. 주연 의아한 표정으로 파일을 검색한다. 스크린에 정수환과 형준이 서로 주고받은 연락 내역이 공개된다. 형준이 주연의 사생활에 대한 정보를 수환에게 넘긴 대화 내역을 주연이 확인한다.

주연　사실이었던 거야? 정말 형준 씨가…?

문이 열리는 소리가 나고 형준 들어온다. 형준 컴퓨터 앞에 앉은 주연을 보고 놀란다.

형준　주연 씨 뭐해요?
주연　어쩐지 이상하다고 생각했어요. 제가 남들한테 거의 밝힌 적이 없는 정보도 '현장취재'에서 다 알고 있는 게… 형준 씨가 다 넘기고 있던 거였어요?
형준　주연 씨 일단 진정해요. 어차피 되돌릴 수 없어.

무대 암전된다. 주연 무대 중앙에 등장한다. 앵커들의 목소리 오버랩된다.

앵커1　배우 나주연 씨가 오늘 아침 자택에서 숨진 채 발견됐다는 소식이 들어왔습니다. 자택 내에는 유서로 추정되는 쪽지가 발견되었고 '내 편은 없다'라는 짧은 문장이 적혀있었다고 합니다. 경찰은 정확한 사망 원인을 조사중이라고….

| 앵커2 | '현장취재24시'에 대한 비난이 끊이지 않는 가운데 정수환 시사교양국 국장은 기자회견을 열어 이 모든 일에 책임을 느끼고 사퇴를 하겠다고 전했습니다. |

주연 퇴장한다. 무대에 나주연을 향한 악플들이 등장하고 하나둘씩 삭제되기 시작한다. 수환 등장한다. 수환 방에서 짐을 정리하고 서영 급하게 등장한다.

서영	국장님… 나주연… 어떡해요….
수환	죽을 걸 우리가 알았어? 운이 나빴던 거지. 난 책임자로서 옷 벗는 거고.
서영	책임… 이 일에 책임이 있다고 생각하시는 거네요. 윤형준 이랑 거래한 것도 책임에 포함되는 거예요?
수환	(멈칫한다. 고민하다) 너 그걸 어떻게….
서영	결국 전 국장님이 윤형준과 그린 큰 그림에 불과했던 거네요. 두 사람의 방송이 나주연을 죽인 거고… 저는 공범이네요….
수환	말했잖아. 나주연이 죽을 거라고는 그 누구도 예상 못했어. 나조차도.
서영	그래서 이렇게 되고 국장님 퇴사하고 나면 저희는… 아니 저는 어떡해요? 악플 안 된다는 거 국장님 믿고 밀어붙인 거잖아요. 근데 결과가 이거예요? 제 손으로 사람을 죽인 거예요… 저 때문에 한 명이 자살했다고요!!
수환	너 때문에 죽은 게 아니야. 나랑 윤형준 때문이지.

수환 자신의 짐에서 종이 파일을 꺼내서 서영에게 건넨다.

수환   윤형준과 오고 간 대화와 거래내역이 적혀있어. 내용을 보면 알겠지만 나주연이 나와 윤형준이 거래했다는 것을 알고 난 직후에 자살했어. 너 탓이 아니라고.

서영   그래서 이거 가지고 뭐하라고요….

수환   너 죄책감을 덜 수 있다면 고발을 하던지 간직을 하던지 마음대로 해.

서영   간직하면 제가 얻는 게 뭔데요?

수환   내가 자숙 좀 하다가 복귀하겠지. 그리고 고발 안 한 대가로 내 라인 타서 원하는 작품 뽑겠지.

서영   제 선택에 따라 국장님의 복귀여부가 정해진다고요? 정수환 라인….

수환 짐을 챙긴다.

서영   어디 가세요? 제 얘기 안 끝났어요! 국장님!

수환 나간다.

서영   죄송해요… 나주연 씨.

서영 밖을 바라본다. 빗소리가 들리기 시작한다.

서영   돌아갈 수 있을까? 아니 돌아가야지. 그렇지만 돌아간다면 난 다시….

빗소리가 거세지며 천둥이 치고 서영 퇴장한다. 앵커들의 목소리가 오버랩되며 들려온다.

앵커1   인터넷 방송인 윤형준 씨가 1년 6개월 만에 복귀를 선언했습니다. 윤형준 씨는 계속 자숙하며 살기보다는 죽은 나주연 씨를 위해 평생 사죄하는 마음으로 열심히 방송에 임하겠다는….

앵커2   '현장취재24시'의 총괄 기획이자 시사교양국 국장이었던 정수환 국장이 방송계에서 은퇴한 지 2년 만에 미디어콘텐츠사업본부장으로 NBS에 복귀하게 되었습니다.

앵커3   '현장취재24시'의 종방으로 약 2년간 공석이었던 NBS시사 프로그램의 자리에 '파일명 X'가 새롭게 들어오게 되었습니다. 정수환 본부장의 복귀 후 첫 기획작품으로 손서영 피디가 지휘봉을 잡게 되었으며 이윤정 피디가 초대 진행자로….

앵커4   JBS '60분사건보도'의 진행자를 맡던 주진영 씨가 최연소 시사교양국 국장의 자리에 오르게 되었습니다. 주진영 씨는 기자회견에서 평소 정의롭고 올바른 언론을 위해 노력해온 만큼 그 초심을 잃지 않고 노력하겠다는 포부를 밝혔습니다.

형준 등장한다.

에필로그

형준 의자에 앉은 채로 자신의 폰을 들여다본다. 스크린으로 형준의 폰이 보여진다. 형준 자신의 사진첩을 확인한다. 주연과 같이 찍은 사진을 본다. 다음 사진으로 넘어가며 회상 신으로 전환된다. 주연 등장한다.

주연 도대체 저 하나가 뭐라고 이렇게까지 하시는 거예요?

형준 팬이어서요?

주연 그런 개소리 집어치우고요!

형준 제가 예전에 말하지 않았나요? 주연 씨는 현재 가장 핫한 제 콘텐츠라고.

주연 그럼 제가 핫한 콘텐츠여서, 절 도와주시는 척한 거예요? 단지 영상 몇 개 뽑으라고?

형준 (무심한 듯 고개를 끄덕이며) 네. 아 물론 처음에는 정말 돕고 싶어서 연락을 드렸죠. 근데 '현장취재'의 정수환 피디한테서 전화가 오더라고요. 돈을 지불할 테니 서로 협조해서 나 주연을 이용하자고. 거절할까 생각했는데 액수가 파격적이어서.

주연 저를 도와주실 생각은 없는 거예요?

형준 '현장취재'에서 저한테 준 거보다 더 주시면 도와드릴게요.

주연 얼만데요.

형준 30억이요. 제가 1년 동안 뼈 빠지게 방송하면 버는 금액인데 그 이상 주실 수 있어요?

주연 개… 새끼… 너 이거 내가 다 말할 거야. 사람들한테 전부 다!

형준 뭐 맘대로 하세요. 사람들이 믿어줄 지는 모르겠지만. 근데 저번에 주연 씨 폰을 들여다보니까 되게 재미난 기록이 있던데요? 주연 씨 개인 블로그에 저장되어있는 비밀글. 매일 적혀있는 걸 봐서는 일기처럼 쓰시는 거 같은데 여기 6년 전 기록이… 이야 이건 현장취재 쪽도 몰랐을 텐데.

주연 충격을 받은 듯 주저앉는다.

형준 (웃으며) 그러게 누가 핸드폰 잠금도 안 해놔요. 그러니까 정보가 새지. 암튼 그동안 재밌었어요.

형준 수환에게 전화를 건다.

형준 나주연이 저희의 관계를 알았습니다. 일단 입막음은 해놔서 뭐… 일단은 예의주시 해볼게요. 네네, 에이 설마 죽기야 하겠어요? 그냥 집 가서 울고 있겠죠 뭐. 네네 알겠습니다.

주연 퇴장한다. 형준 회상에서 다시 돌아와 자신의 폰을 바라본다. 스크린에는 형준이 찍은 주연의 폰이 있다. 화면에 형준이 찍은 주연의 블로그 일기가 나타난다.

주연 2014년 6월 6일. 양민지가 없어지면 좋겠다. 나보다 연기도 못하는데 나보다 먼저 아역청순배우 이미지를 가져가서는… 내가 더 잘할 수 있는데. 그딴 년이… 얼굴도 못생기고 가족사도 복잡한 주제에….

주연 2014년 9월 10일. 오늘 양민지가 자살했다. 설마 죽을 줄은 몰랐는데. 일단 그동안 남겼던 악플은 다 지웠다. 악플을 쓰던 계정은 탈퇴했다. 난 걸리지 않을 것이다.

화면 꺼지고 형준을 비추던 핸드폰의 불빛 또한 사라진다. 무대 암전된다.

막.

'등장인물이 모두 악역이면 어떨까?'

이 단순한 질문에서 '유언비어'는 시작되었다. 어느 순간부터 미로에 갇힌 듯한 느낌을 받았다.

사람은 정말 악하다고 할 수 있는가? 누구 기준으로 악하다고 할 수 있는가? 그저 욕망에 따라 행동하는 것은 아닌가?

'유언비어'는 이후 욕망에 대한 이야기로 변화하였다.

한번이라도 취재를 성공하고자 하는 손서영,

자신이 이룬 것을 잃고 싶지 않는 나주연,

국장을 넘어 더 높은 자리를 꿈꾸는 정수환,

콘텐츠가 언제나 성공하길 바라는 윤형준,

현재의 삶에 안주하려는 주진영,

가난에서 벗어나고 싶은 이윤정까지.

다들 자신의 욕망을 위해 발버둥치는 모습이 마치 우리와 다를 바 없다고 여겨졌다.

욕망이 잘못되었다고 생각하지 않는다.

다만 욕망이 타인을 해하는 방식으로 표현되게 하는 사회에 문제가 있다고 생각한다.

점차 비정상적인 것인 정상이 되고 정상이 비정상으로 바뀌어버리는 사회와 일그러진 욕망을 그려내고 싶었다.

뮤지컬 | 타임레터

류수연 지음

Musical / 타임레터
당신의 1년을 배달해드립니다

2020 리딩레파토리 Ver.2
(11.19 수정)

작 류수연
작곡 서의재 김준호 이지음 조인우

〈NUMBER〉

1. 느림보 우체국
2. 당신의 1년을 배달해드립니다
3. 크리스마스의 기적
4. 일확천금의 기회
5. 근무 근무
6. 안녕, 내년의 나
7. 근무 근무 (Reprise)
8. 오빠야
9. 소녀의 소원
10. 지금과 다음
11. 아빠야 (오빠야 Reprise)
12. Transition
13. 님이라는 글자에 점 하나 찍으면
14. 사랑하는 여보에게
15. 간절히 이루어지길 바라
16. 특별하지 않아도
17. 달려라 우체부
18. 지금과 다음 (Reprise)
19. 산타할아버지는 우는 아이에게도 선물을 주신대
20. Curtain Call

등장인물

우체부 / 20대 후반 男. 테너

노신사 / 60대 男. 베이스

회사원 / 20대 중반 男. 바리톤
　— 프롤 백수
　— 1장 배달원, 커플남
　— 3장 유투버
　— 4장 회사원
　— 5장 여중생 친구1
　— 7장 의문녀 후원남
　— 8장, 10장 회사원

여중생 / 10대 중반 女. 알토
　— 프롤 여중생
　— 1장 아줌마
　— 3장 MC
　— 4장 굴사원
　— 5장 여중생
　— 7장 아나운서, 후원녀
　— 8장, 10장 여중생

아저씨 / 50대 초반 男. 베이스
　— 프롤 아버지
　— 1장 배달원, 할아버지
　— 4장 부장
　— 5장 아저씨
　— 6장 부장
　— 7장 꽁드레망드레
　— 8장~9장 아버지
　— 10장 아저씨, 아버지

신혼녀 / 30대 초반 女. 메조 소프라노
　─ 프롤 신혼녀
　─ 1장 엄마, 할머니
　─ 4장 배대리
　─ 5장 여중생 친구2
　─ 6장 신혼녀
　─ 7장 의문녀 엄마
　─ 8장 신혼녀
　─ 9장 우체부 어머니
　─ 10장 우체부 어머니, 신혼녀

신혼남 / 30대 초반 男. 바리톤
　─ 프롤 신혼남
　─ 1장 배달원, 성냥팔이소녀
　─ 4장 감대리, 백수
　─ 5장 선생님
　─ 6장 신혼남
　─ 7장 사장
　─ 8장 신혼남
　─ 9장 의사
　─ 10장 신혼남

의문녀 / 20대 초반 女. 소프라노
　─ 프롤 의문녀
　─ 1장 여자, 커플녀
　─ 4장 밤사원
　─ 5장 전학생
　─ 7장~10장 의문녀

우체부, 노신사 외 인물들은 모두 1인 다역

시간

2020년 12월 23일

장소

서울 한복판에 있는 느림보 우체국.
무대는 시시때때로 마을, 회사, 거리, 손님의 집으로 바뀌기도
한다.

프롤로그

아침. 느림보 우체국 안. 우체부는 공연을 보러온 관객들을 객석으로 안내한다. 공연시작시간이 되면, 무대 위로 올라가 관객들을 맞이한다. (핸드폰이나 음식물 등 공연안내멘트까지 해도 좋다)

우체부   안녕하세요! 아침 일찍부터 오셨네요! 역시 크리스마스 시 즌엔 손님들이 줄을 선다니까요. 우리 가게 이용해보신 적 있으세요? 아, 처음 오셨다구요? 아유. 오시는 길이 많이 어려우셨을 텐데 잘 찾아오셨네요. 올림픽체육관이 대체 어디야. 그죠. 지나가는 사람들한테 물어봐도 모른다그러 구. 아참. 저희 가게가 요번에 성수기라서 요금이 많이 뛰 었어요. 그래도 이 가격에 어디 가서 요런 퀄리티 못 뽑는 거 다들 아시죠~? 그럼 우리 느림보 우체국에 오신 것을 환영합니다!

M1. 느림보 우체국

우체부
사랑하는 사람에게 편지를 써보세요
스마트폰 카톡보단 정성 가득 손글씨로
평범한 편지는 아니죠 당신의 1년을 꾹꾹 담아
내년의 오늘까지 소중한 추억을 남겨

한번 이용해보세요!

떠들썩하며 만삭의 신혼부부, 교복을 입은 여중생, 츄리닝 차림의 백수. 얼굴을 대충 가린 의문녀가 손님으로 입장한다. 우체부는 손님들을 맞이한다.

우체부

사랑하는 사람에게 마음을 전하세요
편지지 밑줄은 옵션 봉투는 추가요금
소중한 사람에겐 최고급 입체카드 어때요?
내년의 오늘까지 값비싼 정성을 남겨
성수기에는 다섯 배!

신혼녀   여기 하트모양 편지지로 주세요!

신혼남   아기 천사 그려져 있는 것도요!

신혼녀   (닭살스럽게) 여보야, 크리스마스 선물로 갖고 싶은 건 없어~?

신혼남   우리 애기가 나한텐 최고의 선물이지~

신혼녀   역시 우리 자기가 최고야! (뽀뽀를 하려고 한다)

백수   여기 소주는 없나요?

신혼남   (동시에) 평생 사랑할거야!

신혼녀   (동시에) 평생 사랑할거야!

신혼부부

우리의 사랑 (우리의 믿음)
평생 변치 않을 거라 맹세해

우리의 축복 (우리의 기쁨)
사랑하는 아가야 건강해

여중생 아저씨! 여기 왜 이렇게 비싸요? 학생할인 같은 거 없어요?

우체부 (당황하다 여중생의 가방에 달려있는 드래곤볼 굿즈를 보고) 우와! 드래곤볼 봤어요? 우리 때만 본 줄 알았는데!

여중생 헐. 아저씨 드래곤 브레이커 모르세요?!

우체부 예.

여중생 컴백만 했다하면 음원차트 1위, 작년에는 파파에서 대상을 수상한 우리나라 최고의 보이그룹 드래곤 브레이커! 진짜 모르세요?!

우체부 죄송해요. 제가 잘 몰라서요. 근데 편지는 누구한테 쓰려는 거예요?

여중생 아빠한테 한 번 써보려고요.

우체부 그럼 카네이션부터 '사랑합니다' 문구가 적힌 것까지 있는데 어떤 걸로 하시겠어요?

여중생 음… 카네이션으로 하나 주세요.

우체부 감사합니다!

여중생

아빠에게!
이 편지를 읽을 때쯤이면
나는 어엿한 고등학생이 돼있겠지
그땐 공부도 더 열심히 할게요
메리 크리스마스!

합창

사랑하는 사람에게 마음을 전하세요
스마트폰 카톡보단 정성 가득 손글씨로
평범한 편지는 아니죠 당신의 1년을 꾹꾹 담아
내년의 오늘까지 소중한 추억을 남겨
한번 이용해보세요!

손님들은 계속해서 편지를 쓰기도 하고, 가게를 구경하기도 한다.
그때 가게에 전화가 오고 우체부는 바삐 전화를 받는다. 전화를 받고
나면 무대 한 편에 가정집에서 전화를 하고 있는 우체부의 아빠가 등
장한다.

우체부	당신의 1년을 배달해드리는 느림보 우체….
아버지	어, 내다. 임마가 내일모레가 크리스마스인데 연락도 없노!
우체부	아부지! 바빠 죽겠는데 괜히 전화하지 마이소.
아버지	괜히?! 가족 간에 통화하는 게 괜히가?! 얼굴은 둘째치고 목소리도 까묵겠다 문디.
우체부	지금이 올해 중 돈이 젤로 잘 벌릴 때란 말입니더!
아버지	그거 해가 을매나 번다카노.
우체부	쪼매만 기다려보이소!
아버지	느그 엄마가 으찌나 보고 싶어하는지… (무대 뒤쪽으로) 어, 지금 전화 받았다—
의문녀	(우체부에게) 여기요!
아버지	얌마, 어무이가 바꿔달랜.
우체부	바쁘다 안카나요 진짜! 전화하지 마이소. 내가 나중에 전화할게요. (전화를 끊는다)

아버지   니 전화 안 하믄 찾아가 쥑이뿐다! (퇴장한다)

백수   취업준비만 2년째. 토익에 자격증에 어학연수까지, 남들
      하는 것 다해봤지만 돌아오는 건 불합격통보뿐.

의문녀
어릴 적부터 꿈꿔온 순간
최고의 정상으로 오르는 순간

백수 / 의문녀
간절히 이루어지길 바래
내년엔 달라지기를 바래
꿈이 이뤄질 나를 위해 쓰는 편지
난 꼭 성공할 거야

합창
사랑하는 사람에게 마음을 전하세요
스마트폰 카톡보단 정성 가득 손글씨로
평범한 편지는 아니죠 당신의 1년을 꾹꾹 담아
내년의 오늘까지 소중한 추억을 남겨
내일모레는 크리스마스!

1장

우체부 (손님들에게) 감사합니다! 자, 이제 이렇게 손님이 한바탕 왔다 가고나면, 저는 또 다른 일을 시작합니다.

우체부는 우체통에 넣어진 편지들을 서랍 안에 넣고, 기존에 서랍 안에 넣어져있던 편지지들을 꺼낸다.

우체부 그건 바로 작년의 편지를 배송하는 일이죠. 이 많은 편지를 제가 다 배송할 수는 없으니까요. 최소한의 비용으로 최대의 효과를 낼 수 있죠. 방법은 아주 간단합니다. 그저 받으실 날짜에 맞춰 이렇게 다른 우체국에 슬그머니 밀어 넣기만 하면 –

반주가 웅장하고 장엄하게 변주되고, 화가 단단히 난 배달원 3명이 등장한다.

배달원 2
총알배송 새벽배송!
죽어난다 죽어난다!

배달원 1
물품분류 일곱 시간!

무임금이 웬 말이냐!

배달원 3
관리비 나온다고!
엘리베이터 사용금지?!

배달원들
더 이상은 못 참겠다!
오늘부터~ 파업!

배달원들은 퇴장한다.

우체부   저기요! 잠시만요! 이렇게 파업하시면 자영업자는 어쩌라는 거야!

사이. 우체부는 관객을 의식한다.

우체부   그렇다고 내가 가게 문을 닫고 배달을 갈 수도 없고. 이렇게 된 거 올해 편지배달은 아쉽지만 접는 수밖에… 어차피 사람들 1년 전 일들 일일이 다 기억도 못 해. 그래!

조명이 바뀌고, 우체부의 상상으로 편지를 간절하게 기다리는 사람들이 등장한다.

엄마
조금만 기다리면

우체부 아저씨가 곧 올 거야

여자
(콜록콜록) 저 마지막 잎새가 떨어지면
나도 이제 가요
작년에 썼던 편지를
받을 수만 있다면

우체부　(애써 모른 척하며) 에이… 설마….

아줌마　아니 이봐 우체부양반! 그게 얼마짜리 편지진데 설마 내 편지를 들고 토껴? 이 사람 안 되겠네! 당신 내가 고소할 거야! 고소!

우체부　고… 고객님 죄송합니다! 제가 토낀 게 아니라, 이번에 배달원들이 파업을 해서….

성냥팔이소녀
성냥 사세요 성냥 사세요
팔리지도 않는 성냥 사세요
내 몸 녹이려 하나 켜보면
와아 예쁜 우리 엄마 얼굴
저건 작년에 엄마가 써준 편지 –

우체부　갑니다! 가요! 편지 배달 갑니다!

반주가 바뀌고, 환상으로 등장했던 사람들은 퇴장한다. 우체부는 편지들을 황급히 가방 안에 넣으며 배달을 시작한다.

우체부

편지 배달 왔습니다
1년 전 누군가가 보낸
기억 추억 행복 슬픔
고스란히 배달 왔습니다

우체부는 무대 한 편에 대고 노크를 한다. 아줌마가 등장한다.

우체부 편지 배달 왔습니다! 딸기엄마 맞으신가요?

아줌마 예 맞는데요. 무슨 편지요?

우체부 키위엄마께서 1년 전에 고객님께 보내셨습니다!

아줌마 어머, 키위엄마가요? (너무 궁금해 편지를 뜯어 읽어본다) 딸기
엄마. 나야. 1년 뒤면 우리 애들도 대학생이네. 딸기엄마
가 옆에서 많이 도와줘서 정말 힘이 됐… 참내. 우리 애
대학 잘 갔다고 질투할 땐 언제고. 딸기야~ 엄마 전화기
좀 줘봐라~

우체부는 닭살스런 커플이 있는 집에 도착한다.

우체부 편지 배달 왔습니다! 사랑하는 수박 씨 맞으신가요?

커플남 예, 전데요.

우체부 오빠밖에 없는 호박 씨께서 보내주셨는데요.

커플여 내가 첫사랑이라며. 이 수박 씨야! (남자의 뺨을 때리고 퇴장)

커플남 자기야, 그게 아니라 - (따라 퇴장)

우체부는 나이 많은 할아버지와 치매에 걸린 할머니가 사는 집에 도

착한다.

우체부 편지 배달 왔습니다! 참나무 씨 계신가요?

할아버지 예… 누가 보냈습니까?

우체부 벚나무 씨께서 보내셨네요. 사모님 되십니까?

할아버지 예? 그럴 리가 없는데…

할머니 (무대 뒤에서) 나 쪼꼬렛 먹고 싶다고! 빨리!

할아버지 (할머니에게) 아이구, 조금만 기다려! 우리 집사람은 편지를 못 쓸 텐데….

우체부 작년에 할머님께서 보내셨던 편지입니다. 저희 우체국은 1년 늦게 배달해 드리거든요.

할아버지 (안경을 잠깐 내려쓰며 천천히 편지를 읽는다) 영감. 나유. 잘 지냈슈? 요즘 내가 자꾸 깜빡깜빡하기 시작하는 게 –

무대 다른 쪽에 건강한 모습의 할머니가 등장하며 자연스럽게 할아버지의 대사를 받아 편지를 읽는다.

할머니 자꾸 깜빡깜빡하기 시작하는 게 영 불안해유. 손주놈들 이름도 헛갈리고, 여기가 어딘지도 모르겠구… 이러다가 당신 얼굴도 못 알아보고, 전부 까먹어 버리는 건 아닌지 겁이 나요. 그래서 이렇게 말짱할 때 미리 몇 글자 써봅니다. 당신. 젊어서나 늙어서나 정말 고생 많았수. 우여곡절이 많았지만 사람 사는 게 다 그런 거 아니겠소? 그래도 한평생 의지할 버팀목이 되어줘서, 그동안 말은 못했지만 늘 고마웠수. 여보. 다시 태어나면 이 아름다운 세상 다 누리고 함께 웃으며, 그렇게 잘 삽시다. (퇴장)

할아버지 (감동받아 눈물을 훔친다) 아이고… 참말로… (우체부에게 악수하며) 이런 좋은 일을 해주셔서 감사합니다. 정말로 감사합니다.

할아버지 부부는 퇴장한다. 혼자 남은 우체부는 처음엔 얼떨떨하다가 어느새 보람에 차있다.

우체부

편지 배달 왔습니다

1년 전 누군가가 보낸

기억 추억 행복 슬픔

고스란히 배달 왔습니다

반주가 빨라지고, 편지를 받은 손님들 모두 편지지를 들고 무대에 등장한다.

합창

편지 배달 왔습니다

1년 전 누군가가 보낸

기억 추억 행복 슬픔

고스란히 배달 왔습니다

2장

저녁. 편지 배달을 모두 마치고 우체국 앞으로 돌아온 우체부.
그때 아주 멋진 차림의 노신사가 등장한다. 그는 어딘가 신비로워 보
인다. 그의 머리에는 우스꽝스러운, 그러나 마치 산타할아버지를 연
상하는 듯한 모자가 씌워져있다. 그는 우체부 앞을 지나가다가 모자
를 일부러 떨어트린다.

우체부 여기 모자 떨어트리셨는데요. (모자를 주워준다)
노신사 (크게 고마워하며) 어유, 모르고 지나칠 뻔 했네. 고맙소. 혹시
여기에서 일하는 젊은이인가?
우체부 예. 여기 우체국을 운영하고 있습니다.
노신사 많이 피곤해 보이는구만.
우체부 사정이 있어서 오늘은 제가 직접 배달했거든요.
노신사 그럼 열심히 사는 청년에게 모자를 주워준 보답을 하나 하
지. 하루 종일 산타클로스 노릇하는 것도 꽤나 힘들었을 테
니 말야.
우체부 네? 어유, 괜찮은데….
노신사 (선물보따리를 하나 주며) 혼자 있을 때 열어보게. 그럼 메리 크
리스마스!

노신사는 퇴장한다.

우체부   혹시 진짜 산타…?

무대 한 편에 다시 노신사가 등장해 그를 몰래 지켜본다.

M3. 크리스마스의 기적

노신사
열심히 일한 그대에게 크리스마스의 기적을!

우체부는 선물보따리를 풀어본다. 그 안에서 황금빛이 나는 달걀 모양의 무언가를 꺼낸다. 우체부는 황홀하게 금빛의 달걀을 손에 쥐고 지켜본다.

노신사
이것이 기회일지 후회가 될지
선택은 자네의 몫

우체부   이게 뭐지? 어, 여기 버튼이….

우체부가 버튼을 누르자 이상한 기계음과 엄청난 빛이 새어나온다. 우체부는 당황한다. 우체부는 엄청난 빛에 둘러싸여 몸이 공중으로 뜬 뒤 이리저리 휘둘려 다닌다.

우체부
수많은 빛 사이로
빨려 들어가

결혼도 못해보고
나 죽 는 다!

빛 사이로 우체부가 사라진다.

노신사   나의 크리스마스 선물은 1년 후 오늘을 여행할 수 있는 바로 타임머신. 현재로 돌아오려면 머신의 버튼을 누르고 암호를 대. 단! 암호는 오늘의 편지를 배달할 때마다 하나씩 알 수 있을 거다. 대신! 밤 열두 시가 지나면 다시 1년 전으로 돌아갈 수 없지.

노신사
이것이 기회일지 후회가 될지
선택은 자네의 몫

노신사   그럼 메리 크리스마스!

암전.

3장

1년 후 아침. 우체국 앞 길바닥에 엎어져있는 우체부.

우체부   (잠에서 화들짝 깨며) 결혼도 못 해보고! 아이고, 머리야. 뭐지? 꿈인가?

우체부는 주위를 둘러본다. 자신의 가방에서 타임머신을 꺼낸다. 귓가에 울리는 노신사의 목소리. '버튼을 누르고 암호를 대.'

우체부   꿈이 아닌데….

그때 카메라로 셀프촬영을 하고 있는 유투버가 지나간다.

유투버   여러분! 이제 2021년도 얼마 남지 않았네요. 어머. 여기는 벌써 크리스마스 느낌이 나요.
우체부   저기요! 방금 뭐라고 하셨어요?
유투버   죄송해요. 제가 지금 방송중이라….
우체부   아니, 방금 뭐라고 하셨나요?!
유투버   네? 크리스마스 느낌이 난다구요.
우체부   아니, 그거 말구요! 그 전에!
유투버   네? 2021년 크리스마스가 얼마 안 남았다구요. (무언가 생각난 듯) 여러분. 대박 콘텐츠 각 나왔네요. 크리스마스 이틀 전에 낯선 남자한테 대시 받은 썰 풀기. 구독과 좋아요! 알림설정 해주세요!

유투버는 퇴장한다.

우체부 진짜 1년 후로 넘어온 거야? (무언가 생각난 듯) 어? 야! 잠깐만!

M4. 일확천금의 기회

우체부
드디어 나에게 기회가 온 거야
드디어 고약한 가난을 청산해
열심히 살았더니 이런 행운이

아침의 햇살이 내 몸을 감싸고
주변의 새들이 날 위해 노래해
나는 이제부터 다시 태어나

우체부는 다급히 컴퓨터를 켜고 수첩을 펼쳐 무언가를 열심히 받아 적는다.

우체부
2021년의 지난주
2021년의 지지난주
2021년의 지지지난주

복권당첨번호 (복권당첨 복권당첨)

우체부
편지배달을 마치고
암호를 얻고 나서
이 번호만 가져가면
나는 백만장자 (백만장자 백만장자 백만장자)

우체부는 매우 행복해한다. 무대 위에는 그의 행복한 상상이 그려진다.

MC   네, 이번 주 로또 1등 당첨금은 총 10억입니다! 축하드립니다 –

우체부는 배달해야 할 편지봉투들을 마치 돈처럼 생각하며 냄새를 맡고 좋아한다.

MC   이번 주 로또 1등 당첨금은 총 35억입니다! 축하드립니다 –

우체부는 정말 기뻐 날뛰며 무대를 휘젓고 다닌다.

MC   이번 주 로또 1등은 1명밖에 나오지 않았네요! 당첨금은 무려 100억입니다! 정말 축하드립니다 –

코러스들은 우체부를 들고 가마를 태워준다. 그는 마치 정말 왕이 된 것처럼 주변에 손을 흔들며 인사를 한다.

MC   (우체부를 인터뷰하며) 로또에 3번이나 당첨되셨는데요, 기분
                       이 어떠세요?

우체부   그저 운이 좋았을 뿐입니다. 운도 실력이겠지만요. 핫핫핫.

MC   당첨금은 어디에 쓰실 예정이신가요?

우체부   그야 당연히 – 불우한 나를 위해서 몽땅 써야죠!

우체부 솔로 / 합창

드디어 나에게 기회가 온 거야 (기회가 온 거야)

드디어 고약한 가난을 청산해 (가난을 청산해)

열심히 살았더니 이런 행운이 (행운행운행운아)

편지배달을 마치고

암호를 얻고 나서

이 번호만 가져가면

나는 백만장자

편지배달을 마치고

암호를 얻고 나서

이 번호만 가져가면

나는 백만장자

노래를 멋지게 마무리하려던 우체부는 그만 지나가던 의문의 여자와
부딪힌다. 때문에 환상 속의 코러스들은 다급하게 퇴장하고, 우체부
손에 들려있던 편지봉투들은 모두 흩뿌려진다.

우체부 내 돈! 아, 아니, 편지! 죄송합니다.

의문녀 어, 이건⋯ (자신의 편지를 발견한다) 혹시⋯.

의문의 여자는 고개를 들어 그 장소가 자신이 1년 전에 편지를 쓴 우체국 앞임을 확인한다. 그녀는 너무 당황해 그만 그 자리에서 도망친다. 그녀가 도망친 자리에는 스카프가 떨어져있다.

우체부 어? 저기요! 스카프 가져가세요! 뒤도 안돌아보고 가네⋯ (스카프를 챙긴다. 무언가 생각난 듯) 아! 나도 흘리면 안 되니까, 우체국에 숨겨 놓고 가자.

우체부는 번호를 우체국 안 서랍에 넣는다.

우체부 그럼. 편지 배달 갑니다!

우체부 퇴장.

4장

바쁜 아침을 보내고 있는 평범한 회사 안. 그들은 각자 자신의 자리에서 키보드를 두들기며 일을 하고 있다.

M5. 근무 근무

합창
근무 근무 근무 근무
근무 근무 근무 근무

나이대가 지긋한 부장이 출근한다.

부장   좋은 아침 -

직원들   좋은 아침입니다, 부장님!

밤사원   (보고서를 제출하며) 부장님, 여기 제 연차 신청 승인 부탁드립니다.

부장   (슬쩍 보는) 이때는 안 돼. 안 그래도 연말이라 바빠 죽겠는데 밤 씨까지 쉬면 어떡해.

밤사원   그날 저희 어머니 생신이라….

부장   아무튼 안 되는 건 안 돼. 사회생활 할 줄 몰라?

밤사원

일 년에 몇 번 안 되는

황금 같은 내 연차

쓰고 싶을 때도 내 맘대로

못쓴다니 정말 기가 차

부장   (밤사원에게) 아! 그리고 주말에 나와야 하는 거 알지? 싫으면 내일부터 출근하지 마!

밤사원

무보수 주말 근무 실화냐

합창

근무 근무 근무 근무

근무 근무 근무 근무

그때, 회사원이 등장한다.

회사원   안녕하십니까!

부장   안녕 못해. 도토리 왜 이렇게 늦게 다녀? 빠져가지고.

회사원   아직 8시 50분인데요.

부장   입사한 지가 언젠데 그것도 몰라? 근무시간 30분 전엔 와 있어야 할 거 아냐.

회사원은 직원들 눈치를 본다. 감대리가 빨리 사과하라는 제스처를 취한다.

회사원   아, 죄송합니다.

부장   됐고, 가서 일 봐!

회사원

근로계약서 근무시간

오전 9시부터 오후 6시

일찍 오면 일찍 보내 줄 건가요?

칼퇴근 하려 하면 눈칫밥에

상사 퇴근하기 전까진

강제 야근 (강제 야근) 강제 야근 (강제 야근)

야근수당이나 내놔

감대리   도토리 씨! 이 보고서 내가 3번까지 정리했는데, 나머지는 자기가 좀 정리해줘.

회사원   예? 저번에도 제가 대신 보고서 정리 해 드렸….

감대리   서로 도우면서 하는 거지. 진짜 이번 한번만 더 부탁할게.

부장   참 감 대리, 저번에 정리한 보고서 아주 깔끔하게 잘 했던데? 역시 감 대리야.

감대리   감사합니다 부장님! 더 열심히 하겠습니다! (귤사원에게) 어이, 막내는 커피 좀 타와!

회사원

내가 야근하며

밤새 정리한 보고서

여우같은 상사

자기 이름으로 바꿔 써

귤사원

당연해진 커피 심부름

설거지도 막내가

회사원

가족같은 회사?

귤사원

이런 가 족같은

배대리

주말에 데이트 중

걸려온 전화

갑자기 디자인시안

월요일까지 끝내놨더니

부장

심플한 듯 화려하게 몰라?

귤사원

따뜻한 아이스커피나 쳐드세요!

배대리　여덟 번째 시안이요.

부장　처음께 제일 낫네!

합창

근무 근무 근무 근무

근무 근무 근무 근무

끝나지 않는 근무 끝나지 않는 업무

끝나지 않는 근무 끝나지 않는 업무

끝나지 않는 근무 끝나지 않는 업무

보이지 않는 휴무 쳇바퀴 일상 허무

쌓여만 가는 사무 해야만 하는 임무

의식주 해결 의무 그래도 한다 근무

부장　도토리. 어제 말한 보고서 준비됐나?

회사원　아, 결과보고서요? 아직….

부장　해달라고 한 지가 언젠데 아직까지도 안 돼 있어?! 그럼 야근이라도 했어야지!

회사원　어제 퇴근 직전에 주셨던 거라서요.

부장　이게 꼬박꼬박 말대꾸까지! 사회생활 그따구로 할 거야?! 부모가 그렇게 가르치디?!

회사원　죄송합니다.

부장　니 맘대로 회사 다닐 거면 그냥 나가! 당장 나가!

이때 우체부가 편지를 배달하러 등장하지만 나가라는 말에 들어오지도, 나가지도 못하다가 결국 퇴장한다.

회사원　죄송합니다. 2시까지 해놓겠습니다.

감대리　부장님. 이제 점심시간인데 식사하러 가실까요?

배대리 네 부장님. 이만 식사하러 가시죠.

부장 그래요. 다들 밥이나 먹으러 가지.

감대리 식사는 뭘로 할까요?

부장 글쎄, 나는 입맛이 없어서. 다들 먹고 싶은 걸로 먹자고.

밤사원 그럼 부대찌개 어때요?

부장 음… 나는 오늘 속이 좀 부대끼는데. 내가 공수부대 출신이 거든.

직원들, 억지로 웃는다.

감대리 아이고 깔깔 부장님 역시 부장님 개그센스는-

배대리 그럼 순댓국으로 하시죠.

부장 역시 배대리! 내가 제일 좋아하는 게 순댓국인 건 어떻게 알고~ 가자고! (앉아있는 회사원을 보며) 자네는 오늘 점심 안 먹나?

회사원 예, 오늘은 대충 때우려구요.

부장 거 쓴 소리 좀 했다고 또 저렇게 개인행동. 쯧. 그럼 우리끼리 가지.

직원들은 모두 퇴장하고, 회사원 혼자 남아있다. 그때, 회사원 책상 아래에서 작은 고양이 울음소리가 난다.

회사원 (안절부절하며) 야, 조용히 해. 부장님한테 걸리면 너랑 나랑 둘 다 죽는다.

고양이는 계속해서 울어댄다.

회사원 그만 울어… 뭐가 슬프다고 그렇게 우냐… 진짜 울고 싶은 건 나야 임마….

우체부, 회사 안으로 들어온다.

회사원 (놀라며) 누구세요?
우체부 예, 편지배달 왔습니다. 도토리 씨 계신가요?
회사원 전데요. 편지 올 데가 없는데.
우체부 작년의 도토리 씨께서 보내셨습니다!
회사원 (생각하다) 아! 그 느림보 우체국? 근데 회사 주소는 어떻게?
우체부 댁에 찾아갔는데 어머님께서 회사 주소를 알려주셨어요.
회사원 네. 감사합니다. 거기 두고 가주세요.
우체부 (울리지 않는 타임머신을 바라보다) 아, 그, 저희 우체국에서는 수신자가 편지를 받으면 꼭 그 자리에서 읽어야 하는 방침이 있거든요.

회사원, 기가 차서 우체부를 바라보다 이내 편지를 뜯어 읽는다.
무대 뒤편에서 작년에 편지를 쓰던 백수가 등장한다.

M6. 안녕, 내년의 나

백수
안녕, 내년의 나
엄마아빠 기대 3년 어치와
나름 긴 가방끈 가졌다고
아무 데나 들어가진 못하지

알바 할 시간 없어
돈 벌 시간도 없어
토익 시험비는 비싸지
아직도 손 빌리는 무능력한 불효자식

백수　여태 본 면접만 수 십 군덴데 그중에서 합격한 건 전혀 없어. 사회 초년생이 경험이 없는 건 당연한데.

근데 왜 나한테
경력 없다고 불합격?
신입 모집이라며
결국 뽑히는 건 경력자 경력자 경력자

지금쯤 너는 어엿한
부모님이 자랑스러워하는
직장인이겠지?
아, 취업하고 싶다!

백수 퇴장한다. 그런 백수의 모습을 바라보며 회사원은 감상에 젖어 있다.

우체부　(눈치없게) 와, 그렇게 바라시던 취업을 하셔서 정말 행복하시겠어요.

회사원　글쎄요.

회사원

간절한 꿈이 현실로 다가왔을 때

세상이 이렇게 끝날 것만 같았죠

그러나 그 꿈은

사실 내 꿈이 아니었단 걸

남들 다 하는 대로

대학가고 군대 가고 졸업하고 취업하고

남들 따라가다 보니

진짜 나는 없네요

내가 뭘 좋아하고 뭘 하고 싶어 했는지

나를 위한 인생인데

나는 없네요

우체부　　그럼 혹시… 입사하신 게 후회가 되세요?

회사원　　음… 후회라기보단요. 이때의 저를 만난다면….

회사원

안녕, 작년의 나

지금 난 막 입사한 신입사원

회사라는 게 들어와 보니

생각했던 것만큼 녹록치 않아

여기 오면 아픈 것도

허락 맡고 아파야 된다더라

내 나이 27살이면

늦었다고 생각했는데
절대 많은 게 아니더라구

회사원 / 백수

안녕, 작년의 나 / 안녕, 내년의 나
남들 따라가다 보니 / 내가 뭘 좋아하고
진짜 나는 없었네 / 뭘 하고 싶어했는지

같이

나를 위한 인생인데
내가 없는 인생이었네
그러니까 지금의 인생을 즐겨
네가 너일 수 있는 삶을 살기를

그때, 무대 구석에서 작게 고양이 울음소리가 난다.

우체부   어… 고양이…?

회사원   아… 실은… 출근길에 길고양이가 자동차에 치일 뻔해서 제가 구해줬거든요.

우체부의 타임머신이 맑은 소리를 내며 잠깐 빛난다. 울려 퍼지는 노신사의 목소리. '단서, 단서, 단서…'

회사원   그랬더니 자꾸 저를 쫓아 오더라구요. 일단 데리고는 왔는데, 사실 제가 유기동물센터에서 봉사활동도 하고 있거든요.

우체부 좋은 일 하시네요. 힘내세요! 그럼 전 이만 다음 배달을 하러 가보겠습니다.

회사원 네. 감사합니다. 안녕히 가세요!

우체부는 퇴장하고, 회사원은 남아서 자신의 편지를 정리한다.
그때 직원들이 식사를 마치고 무대에 등장한다.

부장 도토리, 지금 뭐하고 있나?

감대리 (회사원에게 몰래 찾아와서) 내가 아까 준 보고서는 다 했어?

회사원 아… 제가 올릴 보고서도 있어서요. 조금만 기다려주시면….

감대리 아직도 안 했어? 내가 아까 해달라 그랬잖아! 난 그럼 어떻게 하라고!

그때 책상 밑에서 고양이 울음소리가 들린다. 모두 멈춘다.

부장 이게 무슨 소리야?

회사원 (황급히 고양이를 가리며) 제 전화 벨소리에요.

부장 뭐야? 뭘 그렇게 숨겨?

부장, 상자를 억지로 들추려고 한다. 고양이임을 발견한다.

부장 이게 뭐야! 아니 도토리! 자네 미쳤나? 어떻게 회사에 고양이를 데리고 와?

회사원 죄송합니다. 길에서 다칠 뻔해서 제가 구해줬는데 계속 따라와서요.

부장 자네 생각이 있는 거야 없는 거야! 여긴 직장이야! 어떻게 동물을 데리고 와! 자네 그 얼빵한 얼굴로 하는 일처리도 답답해 미치겠는데 고양이까지 데려와?

회사원 죄송합니다.

부장 자네는 부모님이 이런 기본적인 것도 안 가르쳤나? 지각도 해, 일처리도 제대로 못해, 하루 종일 멍만 때리고 이번에는 고양이야?! 회사 다니기 싫어?! 잘려 봐야 정신 차리겠어?! 뭐해! 저 냄새나는 거 빨리 내다버려!

M4와 비슷한 느낌이지만 곡의 분위기는 전혀 다르다. 마치 헤비메탈을 연상시키는 듯한 Rock이 나온다. 회사원은 넥타이를 풀어헤치고 전화기에 대고 Rocker처럼 노래한다.

M8. 근무 근무 (Reprise)

회사원

사수새긴 일만 떠넘겨

상사놈은 인격 모독 쌍욕질

쥐꼬리만 한 연봉으로

서울 아파트 사려면 무려 40년

사수새긴 일만 떠넘겨

상사놈은 인격 모독 쌍욕질

쥐꼬리만 한 연봉으로

서울 아파트 사려면 무려 40년

회사원은 키보드를 마치 기타인 것처럼 휘갈기며 헤드뱅잉을 한다.
그는 거의 폭주하고 있다.

회사원

근무 근무

이 짓을 30년이나 더

근무 근무

끝이 보이지 않는 업무

근무 근무

이 짓을 30년이나 더

근무 근무

끝이 보이지 않는 업무

코러스

근무 근무

이 짓을 30년이나 더

근무 근무

끝이 보이지 않는 업무

근무 근무

이 짓을 30년이나 더

근무 근무

끝이 보이지 않는 업무

부장   자네들 지금 뭐하는 거야!

갑자기 웅장한 반주가 깔리고, 회사원은 비장하게 상자와 함께 일어
선다.

회사원
막말에 인신공격 부모욕
짐승만도 못한 사람이 다 있다니
동물들아 기다려라
오늘부로 퇴사합니다

모두가 놀라서 회사원을 쳐다보고, 회사원은 당당하게 퇴장한다. 부
장은 회사원을 쫓아간다.

근무 근무
이 짓을 30년이나 더
근무 근무
끝이 보이지 않는 업무

5장

오후 시간. 치킨집. 구석에 가방이 놓여져 있다. 중년의 아저씨가 치킨을 튀긴다.

우체부 등장.

우체부   (스마트폰을 보고) 이게 미래로 와서 Lte가 안 터지나… (아저씨를 발견하고) 앗! 안녕하세요. 편지 배달 왔습니다. 혹시 소나무 씨 맞으신가요?

아저씨   예, 전데요.

우체부   솔방울 씨께서 보내셨네요.

아저씨   (크게 당황하며) 예? 뭐라구요?

우체부   편지를 보내신 분이 솔방울 씨….

아저씨   언제 보내진 건데요?

우체부   저는 1년 전의 편지를 배달하는 우체국의 우체부입니다. (편지를 건넨다)

아저씨   (편지를 다급하게 꺼내 읽는다) 아빠에게. 이 편지를 읽을 때쯤이면 나는 어엿한 고등학생… (목이 메어 더 이상 읽지 못한다)

우체부   아! 따님이셨구나! 너무 귀엽더라고요. 그리고 가방에 열쇠고리가 붙어있었는데, 그게 무슨 희한한 이름에 가수 팬클럽들만 끼고 다니는 거라고 하더라고요.

아저씨   네. 저희 딸이 참 좋아하는 가수였어요.

아저씨는 구석에 있는 가방을 바라보자, 여중생이 뛰어 들어와 그 가방을 멘다.

여중생   학교 다녀오겠습니다!

무대는 아저씨의 과거 회상으로 돌아간다.
학교. 교복을 입은 평범한 여중생이 등장해 구석에 있던 가방을 멘다,
여장을 한 친구1과 친구2가 등장한다. 그녀들은 마치 걸 그룹 같다.

M9. 오빠야

여중생
눈웃음 한방에 오빠야 입덕
포토카드 한방에 뽑은 난 성덕

친구2
우리 오빠 시상식 짤은 내 최애

여중생
우리 오빠 위해 통장 잔고 다 빼

친구1
우리 오빠 하고 싶은 거 다 해

다같이
그저 틀어놔 스트리밍 스트리밍

1위 못하면 스트레스 스트레스

용돈을 바칠 게요

굿즈 굿즈 굿즈

밤새 틀어놔 스트리밍 스트리밍

1위 못하면 스트레스 스트레스

영원히 사랑할게

러뷰 러뷰 러뷰

친구1　　오~ 우리 잘하는데?

친구2　　방울아! 나 이번에는 잘했어?

여중생　　음… 솔직히 말하면 24번째 마디에서 손동작이 이게 아니라 이거야. 여기 저번에도 틀렸는데, 계속 틀리네.

친구2　　미안… 거기가 자꾸 헷갈리네. 미안해 리더….

친구1　　이번에 또 컴백콘 한다며?

여중생　　진짜 죽기 전에 딱 한번이라도 가보고 싶다.

친구1　　근데 우리 엄마는 절대 안 된다고 할 걸.

여중생　　우리 아빠도.

친구2　　대학만 가면 그땐 진짜 매일매일 가자!

친구1　　근데 우리가 수능 보려면 아직도 4년이나 남았다.

그때, 여중생에게 전화가 온다.

여중생　　어. 아빠.

아저씨　　방울아! 오늘 시험 잘 봤어?

여중생　　그거 그냥 수행평가라고 얘기했잖아.

아저씨	수행평가도 성적에 들어가잖아. 그래서 잘 봤어?
여중생	그냥 열심히 했어.
아저씨	너 또 그 딴따라 애들 때문에 공부 제대로 못 한 거 아냐?
여중생	아니야!
아저씨	너 그래서 과학고 들어갈 수 있겠어? 과학고 정도는 가줘 야 서울에 있는 대학⋯.
여중생	나 이제 학원 가야 돼요. 끊어요.

여중생, 전화를 끊는다.

친구1	아버지가 뭐라 하셔?
여중생	또 공부하라는 얘기지 뭐.

그때, 앞문이 열리고 전학생이 지나간다. 그때, 친구1이 전학생의 가방에 달려있는 굿즈를 본다.

친구1	야! 너네 방금 봤어?
친구2	난 쟤 진짜 이쁘더라.
여중생	공부도 잘하잖아.
친구2	맞아. 그새 반 1등 했어.
여중생	와⋯ 부모님이 진짜 좋아하시겠다.
친구1	아니! 쟤 가방에 오빠들 굿즈 달려있었어!
친구들	뭐어?!
여중생	(핸드폰을 보고) 나 진짜 학원가야겠다! 내일 보자!

무대 바뀌고, 여중생과 친구들은 퇴장한다.

다음날 아침. 교실. 친구들과 전학생이 웃으면서 등장한다. 뒤이어 여중생이 등장한다.

친구2　　어, 방울아 하이!

친구1　　방 – 하 –

여중생　　안녕~ 너네 벌써 친해진 거야?

친구들과 전학생, 일제히 팬클럽의 구호를 외친다.

친구2　　이제 전학생도 우리랑 같이 다니기로 했어. 괜찮지?

친구1　　우리 이제 짝수도 되고 좋지?

여중생　　어… 그래! 드래곤볼은 함께지.

전학생　　앞으로 친하게 지내자 방울아~

그때 무대 뒤에서 선생님의 비명소리가 들린다. 폭탄머리를 한 선생님이 들어온다.

선생님　　이번 실험도 실패군. (애들에게) 자리에 앉아!

학생들은 자리에 앉는다.

선생님　　근데 너네는 담임이 과학인데 어떻게 쪽지시험에서도 꼴찌를 하냐? 내가 창피해서 얼굴을 들고 다닐 수가 없다. 아. 전학생 니는 아니고. 시험지 자기 꺼 받고 뒤로 돌려.

학생들은 시험지를 받고 뒤로 돌린다.

선생님   그럼 아침 자습 조용히 하고 있어!

선생님은 교실을 나간다.

여중생   한 개 틀렸다. 철이 Pe 아닌가?

전학생   철은 Fe야. Pe는 플라스틱이구.

친구1   (전학생의 시험지를 확인하고) 헐! 야 얘 백점이야!

친구2   역시 우리 반 1등.

전학생   아냐. 그건 운이 좋았던 거구.

여중생   와. 부모님이 진짜 좋아하시겠다.

전학생   근데 너네, 그럼 혹시 이번에 컴백콘 가?

친구1   아니. 우리는 콘서트 한 번도 못 가봤어. 너 혹시 가?

전학생   응. 나는 매번 부모님한테 말씀드리면 보내주시거든.

친구들   우와 대박~

여중생   너가 공부도 잘 하니까 허락해주시는 거 아냐?

전학생   (웃으며) 아니야. 나도 1등은 처음이야.

친구1   나도 그럼 한 번 엄마한테 물어볼까?

전학생   그래. 설마 자식이 소원이라는데 안 보내주시는 부모님이
           계시겠어?

여중생   울 아빠는 나 연예인 좋아하는 것도 싫어해. 공부나 하라고.

친구2   우리 엄마도.

전학생   그럼 내가 너희 부모님 설득시키는 거 도와줄까?

친구1   엥? 어떻게?

전학생   나 어른들 설득하는 거 진짜 잘해. 나만 믿어!

친구들과 여중생, 일제히 팬클럽의 구호를 외친다.

무대가 바뀌고, 친구1,2는 각자의 집에서 부모님을 설득하려고 한다. 무대 뒤에는 핸드폰을 들고 있는 전학생이 등장한다. 전학생은 메시지로 친구들에게 지시사항을 준다.

M10. 소녀의 소원

전학생 (친구1,2 돌림노래)
위대한 현안을 지니시며
풍부한 지성을 겸비하시어
소녀의 든든한 방패가 되어주시는

다같이
어머니
그동안 강령하셨나이까

전학생
사려 깊으신 어머님께

친구2
미천한 소녀

친구1
자그마한 청이 하나 있사옵니다

전학생
소녀가 사모하는 오라버니들의

환향 콘서트가 있사온데
천재일우와 같은 이 기회를 놓친다면
하릴없이 다음을 기약하게 될 것임에

다같이
소녀에게 콘서트 행차를
허가해주신다면

전학생
소녀는 남은 학당생활
학업에 이 한 몸 바쳐

다같이
어머님의 뜻을 이루겠사옵니다

친구1,2는 마침내 허락을 받아낸다. 친구들은 뛸 듯이 기뻐하고, 전학
생에게 달려가서 그녀를 끌어안는다.
무대앞 쪽에는 여중생이 등장하고, 그들을 지켜보고 있다. 친구들 무
리는 여중생을 발견한다.

전학생 방울아. 너도 아버님한테 여쭤볼 거지? 같이 가자.

그 모습을 본 여중생은 객석으로 몸을 돌린다. 무대 뒤에 높은 곳으
로 아저씨가 등장한다. 친구들은 구석에서 여중생을 응원하고 있다.

여중생
위대한 현안을 지니시며
풍부한 지성을 겸비하시어
소녀의 든든한 방패가 되어주시는
아버지
미천한 소녀
자그마한 청이 하나 있사온데

아저씨   안 돼.

소녀가 사모하는 오라버니들의
환향 콘서트에 꼭 가고 싶사옵

아저씨   안 된다니까!

여중생   지금 못가면 다음에 또 언제할지 모른단 말야. 갔다 와서 공부도 진짜 열심히 할게!

아저씨   너 아빠가 연예인 뒤꽁무니 쫓아 다니는 거 제일 싫어하는 거 몰라?

여중생   이번에 갔다 오면 그 뒤론 쳐다도 안 볼게. 내 친구들은 다 간단 말이야. 제발 내 인생 마지막 소원이야!

아저씨   안 된다면 안 되는 줄 알아!

친구2   진짜 고마워~ 덕분에 나도 태어나서 처음으로 콘서트 가 본다!

여중생   내가 이렇게까지 부탁하는데 어떻게 한 번을 안 들어줘?

친구1   우리 엄마가 그렇게 허락해주는 거 처음 봤어.

여중생   다른 애들 부모님들은 다 보내주는데, 왜 아빠만 맨날 안 된다 그래?

친구2   전학생 진짜 짱이야. 전학생이 알려주니까 안무도 엄청 쉽게 외웠어!

아저씨   한창 공부해야할 학생이 콘서트는 무슨 콘서트야?

친구2   우리 리더는 나보고 외우는 게 느리다 그랬는데.

아저씨   너 그 머리 빈 친구들이랑 놀지 말라 그랬지?

친구1   우리 셋이 진짜 잘 맞는다!

아저씨   남들처럼 니 학원 다니게 해주려고 뼈 빠지게 일하는 아빤 안 보여?

여중생   그깟 학원 보내달라고 한 적 없어.

전학생   근데 우리 방울이한테 미안하니까 우리끼리 단톡 팔까?

여중생   그런 것보다 그냥 내가 진짜 원하는 걸 들어주면 안 돼?

아저씨   그런 건 나중에 대학 가서도 실컷 할 수 있어!

친구2   그럼 이제 우리 티켓팅 어떻게 할지 얘기해보자~

여중생   맨날 나중에 나중에, 이런 건 지금이 아니면 안 돼!

아저씨   그깟 게 뭐가 중요하다고! 그런 건 다음에 해!

친구들 퇴장.
사이.

여중생   그냥 솔직히 말해. 엄마랑 이혼할 때 양육비 받으려고 억지로 맡았는데, 공부도 못하는 내가 축내는 돈이 아깝다고!

아저씨가 충동적으로 여중생의 뺨을 때린다. 여중생은 충격을 받는다. 여중생은 아저씨를 노려보다가 가방을 집어 던지고 집을 뛰쳐나간다. 아저씨는 소리쳐 부른다.

여중생은 차 사고가 난다. 아저씨는 떠나간 여중생을 바라본다.

아저씨

어릴 적 학교 못나와

어딜 가도 반푼이 취급

힘든 일 궂은일에 가족까지 떠나가

내 딸만큼은 나처럼 살지 않으면 했건만

네가 뭘 좋아하는지

네가 뭘 하고 싶어 하는지

얘기나 한 번 들어줄 걸

얘기나 한 번 들어줄 걸

그렇게 소원이라는데

한번만 눈감고 보내줄 걸

그런 건 다음에 다음에 다음에

미루면 안 됐었는데

사랑한다 사랑한다

아빠 널 참 많이

사랑했단다

조명이 바뀌고, 무대에 다시 우체부가 등장한다.

우체부 (망설이다) 너무 자책하지 마세요. 사고였잖아요. 따님도 하늘에서 아버님을 지켜보면서 이미 용서했을 거예요.

아저씨 얘기 들어주셔서 감사해요. 편지도 정말 고맙습니다. 잠깐만요. (치킨을 플라스틱 용기에 담아준다) 이거라도 드릴게요. 일

하시느라 밥도 못 챙겨 드시죠? 아, 이거 플라스틱은 다시 쓰셔도 됩니다. 저희 어머니가 주신 건데, 엄청 튼튼하고 냄새도 안 배더라구요.

이 말을 듣는 순간, 또다시 우체부의 타임머신이 맑은 소리를 내며 잠깐 빛난다.

우체부 감사합니다. 잘 먹겠습니다! 그럼 전 이만 가볼게요!
아저씨 네. 조심해서 가세요.

우체부 퇴장한다.
혼자 남아있던 아저씨, 조심스럽게 편지를 열어본다. 무대 뒤편에 여중생이 환한 모습으로 등장한다.

M12. 아빠야 (오빠야 Reprise)

여중생
아빠에게
이 편지를 읽을 때쯤이면
나는 어엿한
고등학생이 되어있겠지
그땐 공부도 더 열심히 할게요
아빠는 매일 나 때문에
쉬는 날 없이 일만 하시죠
나중에 커서 꼭 호강시켜줄게
우리 집 슈퍼 히어로 아빠 항상 감사해

다음 생에도 아빠 딸 해도 되지?

메리 크리스마스

6장

이른 저녁. 신혼부부의 집. 조명이 켜지면, 아기를 품에 안은 한 여자가 안절부절 하고 있다.

신혼녀 (아이를 달래면서) 아가야, 제발 그만 좀 울어라. 엄마 잠 한숨도 못 잤다. 빨래도 돌리고 청소도 해야 되는데 진짜.

무대에 우체부가 등장한다.

우체부 (노크하며) 실례합니다, 편지 배달 왔습니다!

신혼녀 (아기를 안은 채로 문을 열어준다) 네, 누구세요?

우체부 예. 사과 씨랑 감 씨 맞으신가요?

신혼녀 네, 저랑 제 남편인데… 아! 혹시 느림보 우체국?

우체부 네 맞습니다! (멀뚱멀뚱 있다가 다급하게) 혹시 지금 읽어보실 수 있으신가요?

신혼녀 지금요?

우체부 네. 저희 우체국에서는 수신자가 편지를 받으면 꼭 그 자리에서 읽어야 하는 방침이 있어서요. 그리고 혹시 암호 같은 걸 -

신혼녀 (아기가 울어댄다) 어 그래그래.… 일단 잠깐 들어와서 앉아계세요. 아기만 금방 재우고 올게요. (잠깐 퇴장한다)

우체부 그… 그럼 실례하겠습니다.

우체부는 쭈뼛쭈뼛 들어와 거실에 앉는다. 그는 시간이 촉박해서 매우 안절부절 하고 있다.
아기를 간신히 재운 신혼녀가 들어온다.

신혼녀   (안도하며 작은 목소리로) 방금 아기 재웠어요.
우체부   아. 다행이네요. 그럼 여기 편지….
신혼녀   그때 남편이 써준 편지죠?
우체부   네. 지금 당장 읽어주시면.
신혼녀   그 사람이 뭐가 이쁘다고 그런 편지를 읽어요!?
우체부   예?

M13. 님이라는 글자에 점 하나 찍으면

신혼녀
할 일은 태산인데
애는 종일 울어대고
남편은 늦게 퇴근해
나만 종일 독박육아
좁은 방 나랑 우는 아기뿐
여기가 지옥인가 싶더라구요
화장실 한 번 맘 편히 못 가
돌아올 남편만 목 빠지게 기다려
돌아온 남편 오자마자 벌러덩
거기다 이 술 냄새 어우 뒷골이야
연애 땐 다정했던 사람
아빠가 되니 변했네

내 편이 아니라 정말
남 편이라 남편!

큰 소리에 놀라 아기가 다시 방안에서 울어댄다. 신혼녀는 황급히 방
안으로 다시 들어간다. 동시에 비밀번호 누르는 소리. 우체부는 굉장
히 당황하며 어쩔 줄 몰라 한다.

신혼남 등장.

우체부　(반갑게) 안녕하세요? 혹시 감 씨?!

신혼남　(깜짝 놀라 경계하며) 뭐야, 당신 누구야?

우체부　아, 저는, 그 1년 전의.

신혼남　(다짜고짜 우체부의 멱살을 잡으며) 당신 뭔데 남의 집에 들어
와 있어! 내 아내랑 무슨 사이야!

우체부　(목이 졸린 채로) 그게 진짜 아니구요. 저는 1년 전의….

신혼녀가 방에서 다급히 들어온다.

신혼녀　애기 방금 간신히 재웠는데 왜 또 소리를 질러!

신혼남　(아직 손을 놓지 않은 채) 내가 지금 흥분 안하게 생겼어? 이 남
자 누군데 우리 집에 들어와 있는 건데?! 진짜 바람이라도
피는 거야?!

신혼녀　미쳤어? 내가 맨날 집에서 애나 보는데 다른 남자 만날 겨
를이 있겠냐?! 너야말로 여자직원들이랑 맨날 회식하잖아!

신혼남　나도 좋아서 하는 줄 알아?! 내가 회식해서 애기 분유값 기
저귓값 벌어오는 거 아나! 나도 맨날 술 마시기 싫다고!

신혼녀　그럼 그냥 집에 오면 되잖아! 회식 안 하면 월급 안 준대?!

신혼남 회식도 비즈니스야!

우체부가 기침을 한다.

신혼녀 아! 손님한테 그러면 어떡해?!
신혼남 손님?

신혼남은 우체부의 멱살을 놓는다. 우체부가 바닥에 쓰러지고, 그들의 둘 사이에 편지 두 통이 떨어진다.

신혼녀 느림보 우체국! 작년에 우리가 썼던 편지를 배달하러 오신 거라고!

신혼남은 편지라는 말에 말문이 막힌다. 신혼녀는 신혼남을 째려보고 우는 아기를 재우러 방으로 들어간다.

우체부 (몸을 일으키며) 드디어 제 정체가 밝혀졌네요. 작년에 보내셨던 연애편지 기억나시죠? 근데, 1년 사이에 대체 무슨 일이 있으셨던 거예요?
신혼남 저는요!

신혼남
회사에선 눈칫밥에
집에서는 나쁜 남편
열심히 해보려는데 잘 안 되네요
회식자리들 빠지려하면

부장

자네만 애 키우나

신혼남

가끔은 여기가

지옥인가 싶더라구요

하루 종일 치여 살다가

집에 와서 한숨 돌리려하면

아내가 말하네

신혼녀   애기 똥 기저귀나 갈아!

신혼남

고생했어 한마디만 해줬으면

우리 아내는 정말

내 편이 아닌가 봐요

방에서 아기를 재우고 온 신혼녀가 방금 노래를 듣고 씩씩대며 달려 온다. 하지만 아기 때문에 큰 소리로 부를 수 없다.

신혼녀

회사가면 동료들과

웃고 떠들고 쉬고

(신혼남 : 말도 안 되는 소리!)

신혼남

집에서는 츄리닝에
티비 보고 낮잠 자고
(신혼녀 : 장난하나?)

신혼녀 (동시에)

애는 두 시간마다 울어대고
겨우 재우면 티비 낮잠은 무슨
밀린 빨래 설거지 청소에
시키기 전에 먼저 도와주면
시켰을 때 궁시렁 좀 안 하면
애는 나 혼자 키우냐

신혼남 (동시에)

피곤한 몸 겨우 이끌고 와서
5분만 5분만 침대에 눕고 싶어도
열심히 도와줘도 돌아오는 건 잔소리
애라도 좀 놀아주려 하면
이것도 안 돼 저것도 하지 마
나름 한다고 했는데 욕이나 먹고

신혼녀   그렇게 쉬고 싶으면 일이나 만들지 마!
신혼남   내가 언제?!
신혼녀   양말은 제발 바구니에 넣으라고 했지!
신혼남   내가 나중에 넣으려고 했어!
신혼녀   화장실 갔다 오면 불 좀 끄고 나와 제발!

신혼남 딱 한번 그랬잖아! 내가 집에서도 밖에서도 숨이 막힌다!

신혼녀 그럼 그냥 숨 쉬지 마!

신혼남 그래! 그냥 나를 죽여! 죽여!

신혼남 신혼녀
이럴 거면 그냥 우리 이혼해!

큰 소리에 아기가 또 다시 울음을 터뜨린다. 신혼녀와 신혼남은 서로 째려보다가 이번엔 신혼남이 아기를 달래러 방에 들어간다.

우체부 (정신이 혼미해져있다) 네… 많이 힘드셨겠어요. 두 분 다….

신혼녀 (한숨 쉬며) 벌써 며칠째 이혼 얘기예요. 이러다 진짜 서류라도 가져오면….

우체부 설마요. 남편분도 진심 아니실 거예요.

신혼녀 아뇨. 저 인간은 이미 저랑 애기한테 애정도 없어요. 아니, 어쩌면 처음부터 없었는지도 모르죠.

우체부는 신혼녀를 바라보며 어찌할 바를 모른다. 그리고 자신의 손에 든 편지를 바라보며 고민하다, 편지를 직접 꺼내 읽기 시작한다.

우체부 사랑하는 여보에게. 내일모레는 크리스마스….

신혼녀가 놀라 우체부를 쳐다보자 우체부가 편지를 건네준다.
신혼녀가 편지를 읽기 시작하자 무대 뒤쪽에서 신혼남이 등장한다.
그의 모습은 편지를 쓸 때 당시 그대로이다.

M14. 사랑하는 여보에게

1년 전 신혼남
사랑하는 여보에게
내일모레는 크리스마스
이번에는 새로운 식구도
앞으로는 둘이 아닌 셋이서 하루하루
행복한 기념일 되길
하지만 나에게 중요한 건
이 세상 무엇보다도
사랑하는 나의 아내뿐
이 마음 절대 변치 않아
언제나 그대 편이
언제나 그대 편이 될 게요
메리 크리스마스

1년 전 신혼남 퇴장.

우체부 (신혼녀에게) 괜찮으세요?
신혼녀 저 잠깐 화장실 좀….

신혼녀는 감정에 북받쳐서 눈물을 훔치며 화장실로 뛰어 들어간다.
그때 신혼남이 아기를 재우고 거실로 다시 나오고, 울면서 들어간 신
혼녀를 보고 놀란다.

신혼남 무슨 일이에요? 우는 거 같은데….

우체부   (편지를 건네며) 여기요.

신혼남   이건….

우체부   맞아요. 작년 이맘때 두 분이 서로에게 써준 편지요.

신혼남은 편지를 읽어본다. 무대 뒤편에는 1년 전의 신혼녀가 등장한다.

1년 전 신혼녀
사랑하는 여보에게
내일모레는 크리스마스
이번에는 새로운 식구도
솔직히 좀 무섭기도 조금 두렵기도 해
겪지 않은 엄마의 인생
하지만 안심이 되는 건
미래가 기대 되는 건
사랑하는 나의 여보 덕분인 걸
이 마음 절대 변치 않아
언제나 그대 편이
언제나 그대 편이 될 게요
메리 크리스마스

1년 전 신혼녀 퇴장한다. 신혼남과 신혼녀의 프로포즈 순간이 보여진다.

신혼녀
하지만 나에게 소중한 건

신혼남
미래가 기대 되는 건

신혼녀 / 신혼남
바로 그대

우리의 사랑 우리의 믿음
평생 변치 않을 거라 맹세해
우리의 만남 우리의 기쁨
평생 사랑해

둘은 극적으로 포옹한다. 그들의 모습은 마치 1년 전 같다.

신혼남 누나~ 이러고 있으니까 우리 연애할 때 생각난다.
신혼녀 우리 애기… 그동안 누나가 예민하게 굴어서 미안해. 앞으로는 우리 조금만 서로 양보하자. 사랑한다 -
신혼남 나도. 죽을 때까지, 아니 죽어서도 사랑할게.

이때, 우체부의 타임머신이 맑은 소리를 내며 빛난다. 둘이 진하게 스킨십을 하려는데, 우체부가 옆에서 헛기침을 한다.

신혼녀 (놀라며) 어머, 아직 계셨네요?
우체부 (억지로 웃으며) 네, 그럼. 저는 이만 가보겠습니다.
신혼남 네. 편지 정말 감사합니다.
우체부 아닙니다. 두 분 영원히 변치 않는 사랑하세요!

우체부 퇴장. 떠나는 우체부에게 신혼녀와 신혼남은 인사를 하고, 행복하게 방으로 퇴장.

7장

저녁. 우체부는 드디어 마지막 남은 집 앞에 도착한다.

우체부 오늘따라 기분이 왜 이렇게 좋지… 사람들이 좋아하는 모습을 봐서 그런가. 가끔 이렇게 배달하는 것도 나쁘지 않을 거 같기도… (정신 차리며) 아차. 내가 이렇게 여유 부릴 때가 아니지. 자정까지 이제 시간이 1시간 반 정도 남았는데… 이거 암호를 어떻게 맞춰야하는 거야… 일단 여기 배달하고 나면 알겠지! (노크한다) 계세요? 편지 배달 왔습니다— (반응이 없다) 계세요?

문이 자동으로 열린다. 우체부는 이상하게 여기지만 안으로 들어가 본다. 어두컴컴한 집안에 어떤 사람이 서 있다.

우체부 저… 체리 씨 맞으신가요?
의문녀 네… 그런데요.
우체부 네, 편지 배달 왔습니다. 작년에….
의문녀 그냥 버려주세요.
우체부 네…?
의문녀 괜찮으니까 그냥 버려주시라구요.
우체부 어떻게 그래도 남의 편지를 함부로 버립….
의문녀 (몸을 돌려 소리를 지른다) 다 필요 없으니까 그냥 찢어 달라구요!

정적. 우체부는 당황한다. 우체부는 상황을 해결하기 위해 머리를 굴리며 주위를 둘러본다. 마침 한 쪽에 천으로 둘러싸인 장식장이 보인다. 천은 살짝 걷어져있다. 우체부는 천을 걷어낸다. 그 안엔 화려한 트로피들이 있다.

우체부   와 – 트로피들이 많네요. (트로피를 읽는다) 피아니….

의문녀   (우체부에게 달려든다) 건들지 마세요!

우체부에게 달려든 의문녀는 우체부를 잡아끌고 달려들어 넘어진다. 넘어진 우체부는 그제서야 의문녀의 얼굴을 확인한다.

우체부   아야… (놀라며) 어, 혹시 아까…? (의문녀, 얼굴을 가리자 우체부, 가방에서 스카프를 꺼내들며) 이 스카프. 그쪽 거 맞죠? 아까 떨어트리고 가셨잖아요. (스카프를 건네다말고) 근데 왜 자꾸 도망가시는 거예요?

의문녀   … 그게 왜 궁금한데요?!

우체부   (진지하게) 이게 제 일이니까요. 손님한테 온 편지를 배달하는게 제 임무에요! 게다가 남의 편지를 버린다니요! 이 편지를 쓴 사람의 정성은 생각도 안 해보셨나요?!

의문녀   이거 제가 쓴 편지잖아요. 제가 괜찮다는데 왜 그러세요?

우체부   아… 그렇네요. 근데 왜 자기 편지를 버리라고 하세요? 이상하네. 그런 손님은 한 명도 없었는데.

의문녀   이상하든 말든 신경 끄시라구요.

우체부   아니 누가 봐도 이상하잖아요. 생각해봐요. 불도 껌껌한 집에. 남의 사업을 하지 말라고 하지 않나. 이 트로피들 보니까 되게 유명하신 분 같은데… 그래서 자꾸 얼굴을 가리시는 거예요?

의문녀는 우체부 말을 듣고 두통을 느끼듯 머리를 움켜쥔다. 무대는 의문녀의 과거 회상으로 돌아간다. 그녀는 무대 위에서 스포트라이트를 받고 있다. 주변인들이 의문녀를 응원하며 들어온다.

M15. 간절히 이루어지길 바라

주변인
어릴 적부터 꿈꿔온 순간
최고의 정상으로 오르는 순간
어릴 적부터 꿈꿔온 순간
최고의 정상으로 오르는 순간

피아니스트는 '작은 별'을 편곡해 멋지게 연주를 해 보인다. 연주가 끝나자 주변인은 그녀에게 꽃다발과 트로피를 주며 환호한다. 무대 앞쪽에는 뉴스 소식을 전달하는 아나운서가 등장해있다.

아나운서 이번 국제 청소년 모차르트 콩쿠르에서 체리 양은 14살의 나이로 최연소 우승을 거머쥐었습니다. 음악계의 떠오르는 샛별입니다.

피아니스트는 라흐마니노프의 곡을 멋지게 연주해 보인다. 그녀의 실력은 점점 더 늘어간다. 연주가 끝나자 그녀의 주변인은 그녀에게 더 큰 꽃다발과 트로피를 건네준다.

아나운서 아노, 요기는 일보누일보누! 얏빠리 쩨리상.
하마마스 삐아노 꽁꾸르 우승데스! 스고이네~ 혼또니 혜
성 같은 인재데스!

피아니스트는 차이코프스키의 곡을 멋지게 연주한다. 연주가 끝나자
그녀의 주변인은 그녀에게 더 큰 꽃다발과 목걸이를 건네주며 그녀
를 축하해준다. 그녀의 손은 이미 가득 차있다.

아나운서 스파씨바! 여기스키 러시아스키. 역시스키 체리스키! 차이
코프스키! 콩쿨스키! 우승스키! 체리스키! 월드와이드피아
니스트스키! 될수있스키! 기대해스키! 스파씨바 이런띠바!

아나운서 퇴장한다. 조명이 다시 밝아진다. 의문녀의 엄마가 체리에
게 다가온다.

엄마 체리야. 오늘 연주 정말 훌륭했어. 엄마 감동이야. 이제 세
계적인 피아니스트가 되는 일도 머지않았으니까 우승했다
고 긴장 놓지 말고 다음 대회 준비 잘 하자.

의문녀 네. 어렸을 때부터 꿈꿔온 콩쿠르라 꼭 우승하고 싶어요.

엄마 엄마가 못 이룬 꿈을 우리 체리가 대신 이뤄줘서 정말 기뻐.

그때, 검은 선글라스를 낀 후원녀가 등장한다.

후원녀 미스 체리. (부모님에게 명함을 건네며) 저희 컴퍼니 프레지던

	트께서 미스 체리양의 유학경비를 포함한 모든 학비, 튜션
	과 생활비를 후원할 것을 서제스트하셨습니다.
엄마	그게 사실인가요?
사장	저희 회사에서는 체리양의 쇼팽 콩쿠르에서의 연주를 실
	황음반으로 녹음해 판매하고 싶은데요. 막대한 제작비를
	투자해서 그 어느 회사보다 퀄리티 있는 음반을 만들어내
	겠습니다. 체리 양의 이름이 박힌 공식 앨범이 이제 전 세
	계에 수백만 장 팔릴 겁니다!
엄마	세상에!
체리	너무 감사합니다! 더 열심히 하겠습니다!

그때 검은 선글라스를 낀 후원남이 등장한다.

후원남	체리 양 부모님 되십니까?
엄마	네. 누구시죠?
후원남	저는 피아니스트 꽁드레 망드레 선생님의 개인 비서입니다.
꽁드레	봉주르 마담, 봉주르 체리!
후원남	안녕하세요 마담, 안녕하세요 체리!
꽁드레	(가짜 불어)
후원남	선생님께서 체리 양이 이번 쇼팽 콩쿠르에서 우승하게 되
	면,
꽁드레	(가짜 불어)
후원남	프랑스 쥘라 자래 음악원 입학추천서와 더불어서.
꽁드레	(가짜 불어)
후원남	선생님께서 체리 양을 직접 지도하시겠다는 스카우트 제
	안을 하셨습니다.

의문녀   꽁드레 망드레 선생님?! 제 롤모델이세요!

후원남   (꽁드레에게) 롤모델!

꽁드레   (뽀뽀를 날리며) 음꽈~

후원남   (뽀뽀를 날리며) 뽀뽀~

엄마   어머! 너무 잘 됐다! 그럼 자리를 옮겨서 더 자세하게 이야기 나누시죠!

모두 퇴장한다. 의문녀는 혼자 남아 노래한다.

의문녀
어릴 적부터 꿈꿔온 순간
최고의 정상으로 오르는 순간
간절히 이루어지길 바래
내년엔 달라지기를 바래
꿈이 이뤄질 나를 위해 쓰는

의문녀는 노래를 끝까지 부르지 못한다. 노래는 갑자기 변주가 된다.
아나운서 다시 등장한다.

아나운서   충격적인 소식입니다. 떠오르는 세계적인 피아니스트로 주목받던 체리 양의 연습실에서 원인을 알 수 없는 폭발사고가 일어났습니다. 다행히 생명에는 지장이 없었지만 안타깝게도 그녀는 부상이 심해 피아노를 다시 칠 수 없을지도 모른다는 진단을 받았습니다. 현재 경찰 측은 폭발 사고의 원인에 대해서 조사하는 중이며 –

무대에 홀로 서 있는 그녀는 괴로워한다. 그녀는 다친 손으로 피아노를 연습한다. 그러나 손의 부상으로 이전처럼 칠 수 없다. 그녀는 아픈 손을 붙잡고 억지로 콩쿠르에 참가한다. 그녀의 가족들과 후원자들은 그녀에게 또 다른 압박으로 변해 노래한다.

주변인
어릴 적부터 꿈꿔온 순간
최고의 정상으로 오르는 순간

주변인들은 모두 그녀를 두고 떠나간다.

의문녀
간절히 이루어지길 바래
내년엔 달라지기를 바래
모두의 기대 내 안의 희망
한 순간 물거품이 되어
난 이제 아무것도 아닌

조명이 천천히 돌아오고. 어느새 아까와 같은 모습으로 우체부는 위치해있다.

우체부　　그래서 지금 인생에 만족해요?
의문녀　　뭐라구요?
우체부　　지금 행복하시냐구요.
의문녀　　그럼 제가 여기서 뭘 할 수 있는데요.
우체부　　뭐든 할 수 있죠.

의문녀	지금 장난해요?
우체부	난 또 무슨 큰일인가 했네. 세상에 시련이 얼마나 많은데, 아직 나이도 어린 친구가 이런 일로 인생이라도 끝내려고요?
의문녀	지금 말 다했어요?
우체부	이 편지는 그럼 내가 읽어야겠어요. 이게 제 임무니까요.
의문녀	저기요!

우체부는 편지를 꺼내 읽는다. 의문녀는 그런 우체부를 잡으려고 쫓아다닌다.

우체부	(큰 소리로) 체리에게. 안녕. 나는 1년 전의 체리야. 잘 지냈지? 지금쯤이면… 음… (잠시 생각하다) 피아노를 계속 치든, 치지 않든… 넌 분명 특별한 사람이 되어 있을 거야.

우체부가 읽는 내용이 자신의 편지의 내용과 다르다는 것을 안 의문녀는 멈춘다.

우체부	있잖아, 내 친구 중에 진짜 열심히 살아온 친구가 있었거든? 그 친구는 공부도 꽤 잘했고, 머리도 좋았고, 무엇보다 한 눈 팔 줄을 모르는 친구였대. 그냥 완전 어른들 말 잘 듣는 범생이 스타일. 근데 그 친구가 하나 놓친 게 있는데, 자기가 진짜 뭘 좋아하는지 몰랐다는 거야. 그래서 어른들 말씀만 따라서 고시공부를 엄청 열심히 했는데, 항상 간발의 차로 떨어졌어.

M16. 특별하지 않아도

우체부
그렇게 1년 3년 5년
앞만 보고 열심히 달렸지
또 다시 1년 3년 5년
죽을 만큼 힘내서 달렸지
내 인생에 갈림길은 없었고
모두가 그 길이 맞다 했지만
이 길의 끝엔 막다른 골목뿐

주저앉기도 다 포기하기도
다시 돌아가기엔
너무 멀리 와 버린 걸까
내 인생 이대로 끝내야할까
거칠게 열었던 서랍장 그리고
어머니의 1년 3년 5년

길은 어디든 통해 있으니
넌 뭐든지 할 수 있으니
남들 눈에 특별하진 않아도
넌 이미 특별한 사람

우체부 그래서 그 우체국을 만들었대요. 어머니의 편지처럼, 자기
같은 사람들도 그런 편지를 받았으면 해서. 느림보들이 더
이상 스스로를 괴롭히지 않았으면 해서….

의문녀

할 줄 아는 건 이것밖에 없고

다른 길은 생각해 본 적 없지만

피아니스트 체리가 아닌

평범한 체리 그냥 그 자체로

길은 어디로 향해있을까

난 무엇을 더 할 수 있을까

남들 눈에 특별하지 않은 그저 평범한 사람

우체부

길은 어디든 통해 있으니

넌 뭐든지 할 수 있으니

남들 눈에 특별하진 않아도

넌 이미 특별한 사람

우체부/의문녀

(길은 어디로) 어디든 통해 있으니 (난 무엇을) 뭐든지 할 수 있으니

남들 눈에 특별하진 않아도

난 이미 특별한 사람

멀리 온 게 아냐 (늦지 않았어) 뭐든지 할 수 있어 (해낼 수 있어)

이제야 온전한 나를 만난 것 같아

멀리 온 게 아냐 (늦지 않았어) 뭐든지 할 수 있어 (해낼 수 있어)

남들 눈에 특별하진 않아도

넌 이미 특별한 사람

의문녀   맞아요! 저 피아노 칠 때는 막상 피아노 빼고 다 재밌어 보

였어요. 공예도 하고 싶었고, 그림도 배우고 싶었고, 과자도 만들어보고 싶었고… 이거 말고도 진짜 많았는데 이제 드디어 그 시간들이 생긴 거네요. 난 뭐든지 할 수 있고, 완벽하게 해내지 않아도 괜찮으니까.

우체부 그쪽 보니까 저도 잊고 있었던 게 있네요. 제가 왜 이 우체국을 만들었는지요. 처음에는 장사가 안 되니까 월세 밀리고, 전기도 끊겨서 촛불에 컵라면 끓여먹으며 살다보니까 내가 이렇게 고생한 거 보상은 받아야겠다는 심리가 생겼나 봐요. 지금은 먹고 살만한데도 오히려 그때보다 더 장사치처럼….

의문녀 그런 과정이 있었으니까 가게도 점점 잘 된 거죠. 그리고 지금 이 순간에도 앞으로가 더 중요한 거잖아요.

우체부 맞아요. 고마워요. 그럼 저는 이제 그만 가볼게요.

의문녀 (뭔가 생각나서) 잠시만요! (책장 구석에서 한 음악앨범을 찾아 우체부에게 건네준다. 앨범 표지에는 커다랗게 'M'이 적혀있다) 제가 처음 나갔던 모차르트 대회에서 연주한 곡을 녹음한 파일이에요. 이거, 이 세상에서 단 하나밖에 없는 소중한 건데, 선물로 드리고 싶어요.

우체부 그렇게 귀한 걸 저한테 주셔도 돼요?

의문녀 네. 새로운 출발을 기념해서! 이제부턴 지금 이 순간에 최선을 다할래요.

우체부의 타임머신이 반짝인다.

우체부 새로운 출발… (웃으며) 그럼, 소중히 간직할게요. 감사합니다. (짧게 인사하고 떠나려 한다)

의문녀　(다급하게) 또! 편지 쓰러 갈게요!

　　　　　우체부는 빙긋 웃어 보이고 퇴장한다.

8장

밤. 의문녀 집 앞. 우체부는 의문녀의 집에서 나온다.

우체부 자동차… 플라스틱… 죽음… 음악…? 그래서 암호가 뭔데! 아… 이제 진짜 30분밖에 안 남았는데. 아! 맞다 로또번호! 일단 가게로 가서 번호부터 챙겨야겠다.

우체부는 우체국으로 발걸음을 돌리려는데, 우체부의 핸드폰으로 전화가 온다.

우체부 전화는 또 오네?! (화면을 보며) 엥? 아부지? (전화를 받는다) 예. 아부지.

아버지 여보세요?! 여보세요!

우체부 예. 아부지. 들립니다.

아버지 야! 니 새끼! 니 일 년 동안 으디 있었던 거고? 와 연락이 안 되노?!

우체부 아, 그게… 좀 바빴심더.

아버지 이 쌍노무새끼야! 지금 너희 엄마 상태가 어떤지 아나!?

우체부 어무이가 와요?

아버지 너희 엄마 숨넘어가기 직전이다! 지금 중환자실이라 안 카나!

우체부 예? 그게 무슨 소립니꺼?

아버지   작년에 니랑 마지막으로 통화한 날, 니 보고싶어가 서울 가
자고 하도 졸라대길래 같이 올라갔는데, 느그 가게 앞 횡단
보도에서 차 여러 대가 냅다 들이 박았다! 내가 통화도 하
기 싫어하는 새끼 얼굴은 왜 보러 가냐고 말렸어야 되는
데… 의사가 지금 마음의 준비를 하라카드라. 우리 서울병
원에 있으니까는 당장 뛰어온나!

통화가 끊긴다. 우체부는 어안이 벙벙하다.

우체부   엄마가 죽는다고…? 서울병원… 서울병원! (몸을 돌리려다가
우체국 쪽을 바라보며) 잠깐, 그럼 내 로또번호는… (고민하다)
엄마는 내가 과거로 가서 살릴 수 있어… 그러니까 로또번
호부터 챙기자. (우체국으로 가려다) 근데 아직 암호를 모르
잖아… 그러다가 과거로 돌아가지 못하면? (병원으로 가려다)
아냐… 배달은 다 끝났잖아. 차분히 생각해보면! (우체국으로
가려다) 그러다 과거로도 못 돌아가고 엄마의 마지막도 못
보게 된다면…?

우체부의 머릿속처럼 오늘 하루 동안 만난 사람들이 무대 위로 등장
한다.

M17. 달려라 우체부

코러스
내가 진짜 원하는 걸
들어주면 안 돼?

이런 건 지금이 아니면 안 돼

지금 당장 지금 지금

아저씨   아, 이거 플라스틱은 다시 쓰셔도 됩니다. 저희 어머니가

주신 건데, 엄청 튼튼하고 냄새도 안 배더라구요.

코러스

근무 근무 근무 근무

근무 근무 근무 근무

회사원   출근길에 길고양이가 자동차에 치일 뻔해서 제가 구해줬

거든요.

코러스

우리의 만남 우리의 미래

언제나 그대와 함께

신혼남   나도. 죽을 때까지, 아니 죽어서도 사랑할게.

코러스

길은 어디든 통해 있으니

넌 뭐든지 할 수 있으니

남들 눈에 특별하진 않아도

넌 이미 특별한 사람

우체부는 가방에서 타임머신을 꺼내 버튼을 누르고 암호로 추정되는

단어들을 외친다. 소용이 없자 주변을 둘러보며 소리친다.

우체부 할아버지! 지금 나 보고 있죠? 나 가지고 장난치는 거죠? 배달도 다 했고 단서도 얻었는데 왜 안 돼요 이게! 그냥 알려주면 안 돼요? 나 돌아가서 엄마 살려야 된다고요! 모르겠어요. 암호 같은 것도 모르겠고 지금 내가 어떻게 해야 할지도 모르겠어요… 아냐. 이건 꿈이야… 꿈일 거야….

우체부의 머릿속에 의문녀의 마지막 대사가 떠오른다.

의문녀 이제부턴 지금 이 순간에 최선을 다할래요.

우체부는 고개를 들어 병원으로 달려가 퇴장한다. 멀리서 노신사가 흡족한 얼굴로 등장한다.

노신사
이것이 기회일지 후회가 될지
선택은 자네의 몫

9장

밤. 병원. 우체부는 간신히 어머니의 병실에 도착하지만, 우체부의 어머니는 이미 돌아가신 상황이다. 우체부의 아버지는 어머니 옆에서 죽음을 슬퍼한다. 의사가 어머니의 침대를 끌어 퇴장하고, 아버지도 따라 나간다. 이 모습을 본 우체부는 절망한다.

우체부   안 돼.

우체부는 믿어지지 않는다는 듯이 뒷걸음질친다. 우체부는 괴로워한다.

우체부   엄마… 미안해요… 미안해… 내가 할 수 있는 게 아무것도 없어… 돌릴 수 있는데, 막을 수 있는데 답을 모르겠어….

그때 우체부는 어머니의 침대 근처에 떨어져 있는 편지를 한 통 발견한다. 우체부는 편지를 읽는다. 무대 다른 한 곳에 편지를 쓸 당시의 어머니가 등장한다.

어머니   아들에게. 오랜만에 편지 쓰니까 내 쬐끔 어색하네. 내는 니 보고 싶어가 지금 서울 가는 기차 안이다. 우리 아들 써 프라이즈 해줄라꼬. 깜짝 놀랐제? 더 보고 싶은 사람이 가야지 별 수 있나. 그래서 지금 행복하드나? 니 공부하던 거

안 풀려가 그렇게 속상해할 때는 내 속까지 다 썩어문드러
졌는데, 그래도 지금은 하고 싶은 일 한다 하니까는. 엄마
는, 네가 행복하면 됐다. 그게 내 행복이다. 그냥 가끔, 우리
아들이 시간날 때 엄마 생각 좀 해주고. 통화도 함 하고. 아
들이랑 얼굴 보고 밥 한번 먹으면 소원이 없겠지만은. 농담
이다. 농담. 괜히 부담 갖지 마라. 아들아. 미래는 너무 걱정
하지 말고, 지금이 중요한 거 알제? 엄마가 맨날 말하는 거
있잖아. 그럼 내 간다. 메리 크리스마스.

어머니 퇴장.
우체부는 무언가 떠오른다. 손목시계를 확인해보니, 아직 12시가 되
지 않았다.

M18. 지금과 다음 (Reprise)

우체부
나한테 뭐가 중요한지
정작 나한테 뭐가 소중한지
나는 바보같이 하나도 몰랐어
그래도 우리 엄마아빠
전화나 한 번 더 해줄 걸
그렇게 소원이라는데
한번만 더 보러갈 걸
어쩌다 한 번 전화하면
다음에 다음에 다음에
이런 건 다음으로 미루면 안됐어

엄마 조금만 기다려요
내가 구하러 가요

그렇게, 그는 타임머신을 꺼내 버튼을 누르고 작게 무어라 말을 한다.
이윽고 타임머신에선 환한 황금빛이 뿜어져 나온다.
2020년의 뉴스가 방영된다. "크리스마스를 이틀 앞둔 오늘은 2020
년도 이래로 가장 기적적인 날이었습니다. 서울시 한 횡단보도에서 3
중 추돌사고가 일어났지만, 한 시민의 힘으로 다행히 인명피해는 없
었습니다. 사고의 원인은 눈길로 인해 길이 미끄러운 관계로…"

암전.

10장

2021년 12월 25일 느림보 우체국 앞. 눈이 많이 내려 우체국 앞을 우체부가 쓸고 있다.
그때 동물그림이 크게 그려진 옷을 입고 있는 회사원이 뛰어 들어온다.

회사원   메리 크리스마스!

우체부   어! 도토리 씨?

회사원   저 그저께 편지 받고 바로 회사 관뒀어요.

우체부   갑자기?

회사원   생각해봤는데, 제가 세상에서 제일 좋아하는 게 동물들이더라고요. 그래서 수의사가 되려고요! 뭐, 남들보다 좀 늦으면 어때요. 내가 하고 싶은 일인데.

우체부   그렇죠. 정말 큰 결심하셨네요!

회사원   뭐, 결과가 안 좋더라도 노력했던 시간들까지가 저한테 큰 의미가 되지 않겠어요?

우체부   꼭 이룰 수 있을 거예요. 응원할게요.

회사원   감사합니다. 그럼 전 이만 미래의 수의사에게 또 편지 쓰러 가볼게요.

회사원은 가게 안으로 들어간다. 계속해서 청소하는 우체부. 이번엔 여중생과 아저씨가 찾아온다.

여중생	(반갑게) 아저씨!
아저씨	(반갑게) 우체부 님 안녕하세요!
우체부	어? 안녕하세요!
아저씨	그저께 주신 편지 받고 감사인사 하러 왔어요.
여중생	아빠가 제 편지 읽고 엄청 좋아하셨어요!
아저씨	그때 우체부 님 덕분에 딸아이 속마음도 잘 알았네요. 딸애가 그런 생각을 하고 있을 줄은 정말 몰랐거든요.
여중생	아저씨 덕분에 아빠가 콘서트도 보내줬어요!
우체부	오. 재밌었어? 좋았겠네!
여중생	저 이제 덕질 그만하려구요.
우체부	갑자기?
여중생	그날 너무 행복했는데, 드디어 소원도 풀었고, 이제 저도 고딩이니까 아빠랑 울 오빠들한테 더 자랑스러운 사람이 되고 싶어서요! 이제부터는 마음잡고 공부해야죠. 나중에 수능 볼 때 후회하면 안 되잖아요.
아저씨	우리 딸 다 컸네. 정말 감사합니다.
우체부	(웃으며) 제가 더 감사해요. 날이 춥네요. 어서 들어가세요.

여중생과 아저씨는 웃으며 가게 안으로 들어간다. 그들을 보며 우체부는 어딘가로 전화를 건다.

무대 앞에 우체부의 어머니가 등장한다.

어머니	(반갑게) 여보세요? 아이고. 반갑다. 메리 크리스마스여.
우체부	(웃으며) 어무이도 메리 크리스마스요. 어디 불편한 덴 없십니꺼?
어머니	나야 너무 건강해서 탈이다. 그래서 요번에는 언제 올라꼬?

우체부 올해 가기 전에는 한번 내려가겠심더. 울 어무이 산타클로
스가 선물 줘야지.

어머니 (웃으며) 아우~ 됐다~ 난 그런 거 필요 읎다. 그냥 가족끼리
얼굴보고 밥이나 한 끼 먹으면 되지. (아버지 음성만) "내도
아무것도 필요 읎다. 사오지 마라 - 근데 요즘 마사지건인
가 그건 뭐냐?"

우체부 아따. 아부지 좋은 걸로 하나 해드릴게요. 내 이제 가게 봐
야겠심더. 또 전화할게요.

어머니 그래. 늘 몸조심 하고 - 건강이 최고다! (퇴장한다)

M19 산타할아버지는 우는 아이에게도 선물을 주신대

우체부

나한테 뭐가 중요한지
정작 나한테 뭐가 소중한지
나는 바보같이 하나도 몰랐지만
산타할아버지는 우는 아이에게도
선물을 주신대

가게에 들어갔던 사람들 모두 튀어나와 다 함께 노래한다.

합창

과거는 추억으로 남겨요
걱정은 훌훌 털어버려요
현재를 즐겨봐요
지금은 돌아오지 않아

순간을 (순간을) 소중히 (즐겨봐요)
나중으로 (나중으로) 미루지 말고
지금 전하세요
행복한 오늘 크리스마스

그때, 갑자기 가게가 암전되고, 마치 조명스태프의 실수인 듯 모두 당황한다. 그때, 폭죽 소리! 조명이 켜지면 한 명은 아기를, 한 명은 케이크를 들고 있는 신혼부부와 얼굴을 가리지 않은 의문녀가 등장해 있다.

모두   메리 크리스마스!

사실 이건 고생한 우체부를 위한 모두의 서프라이즈였다. 모두 고생했다며 우체부를 격려한다.

의문녀   (선물상자를 들어보이며) 크리스마스 선물!

선물이 있다는 그녀의 말에 사람들은 우체부를 가운데 앉혀놓고 눈을 가린다. 두구두구두구 기대하게 되는 작은 북소리. 의문녀가 선물을 꺼내 그의 머리에 딱 씌워주는 순간! 그 모자는 노신사의 모자와 똑같이 생긴 모자였다. 사람들의 환호소리

의문녀   (웃으며) 밤새 만들었어요. 우리의 산타클로스를 위하여-!

우체부 당황한다. 상황파악을 하려고 하지만 사람들에게 휩싸여 정신이 없다. 그들은 우체부를 축하해준다. 무대 한 쪽에, 똑같은 모자를

쓴 노신사가 나타난다.

노신사

어때 나의 타임머신
내 평생의 걸작이지
내 후회를 기회로 만들어줘서 고맙다
잘 선택할 줄 알았어
내 몫까지 효도해라!
그럼 메리 크리스마스!

합창

과거는 추억으로 남겨요
걱정은 훌훌 털어버려요
현재를 즐겨봐요
지금은 돌아오지 않아
순간을 소중히 나중으로 미루지 말고
지금 전하세요

과거는 추억으로 남겨요
걱정은 훌훌 털어버려요
현재를 즐겨봐요
지금은 돌아오지 않아
나중으로 미루지 말고
지금 전하세요
행복한 오늘 오늘 오늘 크리스마스
-The End-

작가의 말 / 류수연

LTE를 넘어서 5G까지 점령하는, 빨라도 너무 빠른 이 시대. 뭐든 앞서가는 것을 좋아하는 우리는, 정작 중요한 건 나중으로 미룬 채 살아가는 것이 아닐까요? 느림보 우체국은 거기에서부터 시작되었습니다.

상사한테 실컷 깨지기도, 사랑하는 사람이 내 마음을 몰라주기도, 때로는 내가 믿어왔던 것들이 산산조각으로 부서지기도 하겠죠. 인생은 오르락내리락 롤러코스터니까요. 그래도 언제나 겨울이 지나면 봄이 오고, 당신 곁에는 소중한 사람들이 있잖아요.

험난한 이 세상에서 고군분투하는 당신! 잠깐이라도 느림보 우체국에서 즐겁게 쉬다가셨으면 좋겠습니다.

크라잉 넛의 주크박스 뮤지컬

알랑가모르겠SHOW

김진영 지음

등장인물

빨대맨 (물고기)
귀비
서커스 매직 유랑단 (캡틴, 난장이, 쌍둥이1, 2, 나비맨)
순이
불끈 방의 여자들
나쁜 놈 과 그의 무리들
퀵서비스 맨
젖소
용왕

알랑가 모르겠SHOW

Prologue. 용왕의 아들, 꿈을 찾아 육지로 가출하다

■ 용왕님의 나라

물고기	아버님, 저는 정말로 가수가 되고 싶습니다. 부디 제 청을 들어주시옵소서.
용왕	다시는 그따위 말 듣기 싫다. 당장 나가거라!
물고기	저의 오랜 꿈입니다. 더는 참을 수 없습니다.
용왕	고얀 놈! 감히 아비의 뜻을 거스르다니. 용서할 수 없다. 여봐라. 당장 저놈을 육지로 내쫓아라. 그리고 다시는 이곳으로 돌아오지 못하게 하라!
물고기	제 발로 제가 나갑니다. 내가 가수가 되가지고 진짜. 아버지 나중에 사인 해달라고 하지나 마셔.
용왕	저 저 저놈이 저래도!
물고기	아버지! 메롱.

곡 '탈출기' 노래한다.

[탈출기]

나 홀로 떠났네 바람 부는 날에 떨어지는 빗물에 고개를
떨구며

(우 우우우 우 우우우우우 우 우우우 우우 우 우우 우 우우)

돈이 없어서 또 친구 없어서 정처 없이 떠도는 미망의 눈물

(우 우우우 우 우우우우우 우 우우우 우우 우 우우 우 우우)

같이 가보세 전설의 꿈 찾아 일곱 개의 다리를 건너 또 건너서

(우 우우우 우 우우우우우 우 우우우 우우 우 우우 우 우우)

가지 말라고 말리던 친구여 그 따뜻한 우정의 마지막 손길

날 용서해주오 다시 돌아오겠소

Chapter1. 빨대맨과 서커스 매직 유랑단

■ 1-1. 우리는 서커스 매직 유랑단

― 육지.

육지에 도착한 물고기. 주변을 둘러본다.

물고기   와… 여기가 육지구나… 저기 뭣 좀 물어봐도 돼? 가수가 되려면 어디로 가야 해?

악사   저어기.

물고기   아 저기?!

악사   아 저기로 꺼지라고.

물고기   육지는 꽤 불친절하구나.

이때 서커스 매직 유랑단 등장.

곡 '서커스 매직 유랑단' 노래한다.

[서커스 매직 유랑단]
(안녕하세요 오늘은 김선생님이랑 같이 나왔어요
아이고 김씨 아저씨도 나오셨네요
아랫마을에 장이 서서 서커스가 왔데요
아 그럼 우리 한 번 가볼까요
아이고 장에 나오니 사람 참 겁나게 많네요
글쎄 서커스단 이름이 뭐래요
서커스 매직 유랑단이래요)

요기조기 모여보세요 요것조것 골라보세요 우리들은
서커스 매직 유랑단

안녕하세요 우린 매직 서커스 유랑단 님 찾아 꿈을 찾아
떠나간다우
동네집 계집아이 함께 간다면 천리 만길 발자국에 꽃이 피리라
우리는 서커스단 떠돌이 신사 한 많은 팔도강산 유랑해보세
마음대로 춤을 추며 떠들어보세요 어차피 우리에겐
내일은 없다

오늘도 아슬아슬 재주넘지만 곰곰이 생각하니 내가 곰이네
난장이 광대의 외줄타기는 아름답다 슬프도다 나비로구나
우리는 서커스단 떠돌이신사 한 많은 팔도강산 유랑해보세
마음대로 춤을 추며 떠들어보세요 어차피 우리에겐
내일은 없다

커다란 무대 위에 막이 내리면 따뜻한 별빛이 나를 감싸네
자줏빛 저 하늘은 무얼 말할까 고요한 달그림자 나를 부르네
떠돌이 인생역정 같이 가보세 외로운 당신의 친구 되겠소
흥청망청 비틀비틀 요지경세상 발걸음도 가벼웁다
서커스 유랑단

오늘도 아슬아슬 재주넘지만 곰곰이 생각하니 내가 곰이네
난장이 광대의 외줄타기는 아름답다 슬프도다 나비로구나
우리는 서커스단 떠돌이신사 한 많은 팔도강산 유랑해보세
마음대로 춤을 추며 떠들어보세요 어차피 우리에겐
내일은 없다
떠돌이 인생역정 같이 가보세 외로운 당신의 친구되겠소
흥청망청 비틀비틀 요지경세상 발걸음도 가벼웁다
서커스 유랑단

빨대맨	(환호하며) 와! 멋지다아!
캡틴	에에?
유랑단	에에?
캡틴	이것 뭐야?
쌍둥이1	저도 몰라요.
쌍둥이2	저도 몰라요.
쌍둥이1, 2	우리도 몰라요.
난장이 · 나비맨	뭐야!

물고기는 서커스 매직 유랑단의 불친절한 모습에 당황한다.

캡틴 이런 바보 같은 새끼가 여기서 왜 이러고 있는 거야?

난장이 바보다 바보!

나비맨 바보 같아 보이지는 않아. 그냥 좀 덜떨어진 거 같은데?

모두 웃는다. 물고기 당황한다.

캡틴 야! 너 이리 와 봐! 너 혹시 우리 같은 멋쟁이들과 함께 해 보고 싶은 거냐!

물고기 끄덕거린다.

유랑단 우리들은 서커스 매직.

캡틴 유랑단~

쌍둥이2 이 짜식이 이거. 아무튼 우리랑 함께하고 싶다 이거지? 그런데 우리랑 함께 하려면 뭘 좀 할 수 있어야 하는데. 넌 뭘 할 줄 아냐?

물고기 어리둥절한데, 난장이가 목에 걸려 있는 스노클링을 만진다.

쌍둥이1 빨대? 빨대를 왜 목에 차고 다니냐?

난장이 (만지면서) 목이 마르면 물에 넣고 후루루 마시는 거야.

나비맨 빨대를 이렇게 목에 달고 다니는 건 재미있는 것 같아.

쌍둥이2 아니 난 재미없어 보여.

난장이 (혼잣말처럼) 빨대라. 아! 하! 빨대맨?

나비맨 빨대로 노래를 부르나?

쌍둥이1, 2 와! 재밌겠는데!

캡틴　　(곰곰이 생각한다) 우리 마침 가수가 필요하던 참인데! 그래 너! 노래 한 곡 불러봐!

쌍둥이1, 2　오~ 노래해! 노래해! (물고기를 밀치며) 아 노래해!

곡 '빨대맨' 노래한다.

[빨대맨]

사람들은 나를 보고 웃어 나도 그냥 웃어 나는 빨대맨

구름처럼 모여 바람처럼 가는 나는 떠돌이 나그네처럼

엄마 우유가 그리워지면 나는 빨대를 빤답니다요

랄라랄라라 랄라랄라라 랄라랄라 나는 빨대맨

나는 빨대맨 나는 빨대맨 모두 나를 보고 웃고 있네

(빨대맨 빨대맨 빨대맨 빨대맨)

구름처럼 모여 바람처럼 가는 나는 떠돌이 나그네처럼

(빨대맨 빨대맨 빨대맨 빨대맨)

나는 오늘도 빨대와 함께 미친 세상을 비웃을 거요

유랑단 어느 새 함께 노래한다.

캡틴　　재밌는데! 야 너 이거 물고도 노래 부를 수 있지?

물고기　이걸 물고 말이지?

쌍둥이1　당연히 되지!

쌍둥이2　에이~ 왜 난 안 될 것 같지?

쌍둥이1　노력하면 다 되지!

나비맨　너도 우리랑 같이 돈 벌지?

쌍둥이1   서커스로 말이지?!

난장이   넌 이제부터 빨대맨이지!

캡틴   당장 계약하지!

모두 박수 치며 환호.

암전.

Chapter2. 나와 같이 노래 부를 그녀는 내 꺼

■ 2-1. 마음에 안 든다고 비웃지 마라

― 서커스 장.

캡틴   안녕하세요! 여러분! 지금부터 서커스 매직 유랑단의 서커스와 마술! 마법! 환상과 사랑. 음모와 비극. 재난과 풍파. 재미와 슬픔. 삶과 죽음이 담긴 매직 쇼가 시작됩니다! 여러분 모두 준비되셨나요?! 네 좋습니다. 먼저 빨대를 물고 노래를 부르는 신기한 가수! 사랑과 환희 음모와 비극 재난과 풍파가 담긴 노래! 빨대를 물고 노래를 부르는 신기하고 신비로운 신의 경지에 다다른 노래꾼! 이번에 우리의 새로운 가족이 된 슈퍼루키 뉴 스타 빨대맨입니다! 커다랗고 커다란 큰 박수로 맞아주세요!

빨대맨, 앞으로 걸어 나오다 넘어졌다 다시 일어난다.

곡 '신기한 노래'가 흐른다. 빨대맨은 빨대를 입에 물고 노래를 부른다. 빨대 때문에 노래를 잘 부르지 못한다. 객석에서 야유와 오물을 던진다. 기죽은 모습으로 서 있는 빨대맨.

캡틴   왜 이러는 거야! 왜 그러는 거야! 뭐가 문제야!

난장이   이건 너무 심한데?

쌍둥이1   (응원하며) 괜찮아. 다음에 잘하자.

쌍둥이2   (놀리며) 아니야 안 될 거야.

나비맨   이겨내야지! 할 수 있을 거야!

쌍둥이1   (응원하며) 할 수 있을 거야! 방법을 찾자!

쌍둥이2   (놀리며) 못 해! 찾지 마. 이 새끼 원래 이런 새끼야 이 새끼야.

쌍둥이1   뭐 이 새끼야?

쌍둥이 1, 2 싸우면서 퇴장.

나비맨   (생각한다) 뭔가 방법이 필요해. 사실 못하긴 했어.

캡틴   병신!

빨대맨   미안해! (빨대를 물고 있어서 잘 들리지 않는다)

나비맨   다른 옷을 입혀보는 게 어때?

난장이   아니야. 쇼의 순서를 바꿔보자!

나비맨   아니면 분량을 줄여보자!

캡틴   그건 더 병신같이 보일 것 같아.

난장이   이름을 바꿔보면 어때? 빨대맨이라는 게 이상해.

나비맨   그건 네가 지어준 이름이잖아.

캡틴   그래 그건 네가 지어줬잖아. 그리고 난 반대야. 이름은 중요한 거야. 쟤는 빨대맨이니까 빨대맨이라고 부르는 거야.

너보고 미스코리아라고 할 수는 없잖아.

나비맨 나보고 배트맨이라고 할 수는 없는 것처럼.

난장이 그러네.

모두 심각하게 대화한다.

나비맨 고민해 봐. 할 수 있을 거야.

빨대맨 열심히 할게. (빨대 때문에 잘 들리지 않는다)

난장이 고민은 어려운 거야.

캡틴 또다시 이딴 식으로 노래 부르면 망할 거야. 내일 하는 것 두고 보겠어. 두 번 실수는 안 돼.

유랑단, 빨대맨을 남겨두고 자리에서 떠난다. 홀로 남은 빨대맨. 슬퍼한다.

양귀비, 순이 등장.

양귀비 이 꽃을 받아주세요.

순이 흥!

빨대맨, 양귀비는 눈을 마주친다. 양귀비, 부끄러워하며 퇴장.

빨대맨, 좋아하다가, 이내 목에 걸린 빨대를 보고 우울해 한다.

암전.

■ 2-2. 이젠 좋아 너를 좋아할 거야

－ 서커스 장.

빨대맨의 곡 '신기한 노래'가 흐른다. 역시나 잘 부르지 못한다. 야유 소리와 오물이 날아온다. 고개를 숙이고 맞는 빨대맨. 유랑단 허겁지 겁 무대로 나온다.

캡틴　　아이구 죄송합니다. 죄송합니다! (소리 지르며) 넌 오늘부로 끝이야! 우리랑은 일 못 해! 너무 하잖아! 이제 우리가 재미없는 서커스를 한다는 소문이 날거라고 그러면 모든 게 다 끝이라고 끝. 너 때문에 우리의 명성과 명예와!

쌍둥이2　의리!

쌍둥이1　권력!

캡틴　　(절망하며) 한순간에 재가 되었다!

나비맨　다른 방법이 있지 않을까?

쌍둥이2　애초에 길바닥에 있는 놈을 데려왔으니까 이 모양이지.

쌍둥이1　우리도 길에서 주워 왔어!

쌍둥이2　야? 형한테 야?

쌍둥이1　나보다 키도 작은 게.

쌍둥이2　키도 작은 게?

쌍둥이1　나보다 싸움도 못 하는 게.

쌍둥이2　싸움도 못 하는 게…?

쌍둥이1　혼나볼래?

쌍둥이2　(운다) 혼나볼래….

난장이　(쌍둥이들을 갈라놓으며) 아 그만 좀 해!

빨대맨 한 번만 더 기회를 줘! (빨대 때문에 잘 들리지 않는다)

나비맨 그래 기회를 주자!

쌍둥이2 기회?

캡틴 기회? 그래! 기회를 주자! 그리곤 우리는 망하겠지. 안 돼! 도저히 참을 수 없는 일이야! 이 자식이 뭐라고 하는지 들리지 않잖아. 무대에서는 객석으로 목소리가 잘 들려야 하는데, 저 녀석이 뭐라고 하는지 들리지 않아.

빨대맨 지금도 안 들리냐 개자식아! (빨대를 물고 있기 때문에 잘 들리지 않는다)

캡틴 지금도 뭐라고 하는지 모르겠어. 병신마냥 어버버 한다고.

쌍둥이2 (빨대맨을 따라 한다) 어버버.

이때 객석에서 귀비와 순이가 등장. 유랑단 놀란다.

귀비 (친절하게) 이것 받으세요. (고깔 모양의 확성기를 목에 걸어준다. 스노클링과 같은 디자인) 이렇게 하면 노랫소리가 더 잘 들리지 않을까요?

순이 너 똑똑해!

쌍둥이1 (순이에게) 안녕하세요! 저는.

쌍둥이2 쌍둥입니다.

순이 안녕하세요?

빨대맨 (목소리를 테스트한다) 아! 아! 아! (캡틴에게) 아직도 안 들리냐 이 개자식아! 왜 이 생각을 못 했지?

난장이 오! 잘 들리는데!

쌍둥이1 그래 무슨 마이크를 한 것 같다.

쌍둥이2 마이크는 아니고 그 뭐냐 확성기 같다.

나비맨	그리고 빨대 모양이네! 똑같이 빨대맨이야!
난장이	그럼 빨대맨으로 계속할 수 있겠다.
캡틴	노래 불러봐! (객석에) 커다랗고 커다란 큰 박수로 맞아주세요!

곡 '신기한 노래' 노래한다.

[신기한 노래]
바바라 너는 스파이였어

아주아주 신기한 노래 아주아주 신기한 노래
우리가 여기에 함께 모여서 부르는 신기한 노래
아주아주 신기한 노래 정말정말 재밌는 노래
너희도 여기 함께 같이 모여서 부르는 신기한 노래
내 다리가 짧다고 비웃지 마라 내 다리는 원래가 짧은 거다
내 머리가 크다고 비웃지 마라 내 머리는 원래가 두 개다
내 말이 심했다고 삐지지 마라 마음에 안 든다고 비웃지 마라
해 준 게 없다면 기대도 마라 이 판국에 판정패는 웬말이냐
아주아주 신기한 노래 아주아주 신기한 노래
다리 긴 사람은 요걸 못해요 애걸복걸 해 봤자 소용없어요
너무나도 서글픈 노래 요절복통 서글픈 노래
크라잉과 너트가 함께 모여서 부르는 신기한 노래

황새가 뱁새 따라가려면 긴 다릴 짧게 잘라야만해
모습은 언젠가 사라지지만 전설은 영원히 기억되리
수근수근거리면서 훔쳐보고 눈치보고 김치만세 라면 싫어

이 밤도 신이 나게 운동장을 달려보자
바가바가바가바가 바가바가바가바가 바가바가바가바가 바

아주아주 신기한 노래 너무나도 신기한 노래
땀방울이 송송 맺혀 만들어내자 아주아주 힘이 든 노래
너무나도 서글픈 노래 복장이 터지는 노래
나의 노래는 너무 못해서 정말정말 미안할 따름이다

빨대맨   (객석에 인사, 귀비에게 다가가서) 감사합니다! 감사합니다!
캡틴   성공이다! 성공!

모두 환호와 박수.

귀비   훨씬 좋은데요.

캡틴   이 분은 아주 현명하고 예쁘고 음, 그 뭐냐. (사이)

난장이   훌륭해!

캡틴   그래!

나비맨   당신이 해냈어! (귀비를 안아준다)

빨대맨   안녕하세요? 저는 빨대맨입니다.

쌍둥이2   (순이에게) 안녕하세요. 저는.

쌍둥이1   쌍둥인데요! 아까도 인사드렸습니다만.

순이   안녕하세요?

나비맨   안녕하세요?

귀비   안녕하세요?

빨대맨   안녕하세요?

귀비   안녕하세요?

난장이 안녕하세요?

귀비 안녕하세요?

캡틴 안녕하세요?

귀비 안녕하세요?

빨대맨 안녕하세요! 그런데 (귀비에게) 당신은 누구시죠? (사이) 아! 저부터 소개하는 게 순서가 맞겠네요. (사이) 사실 전 제가 누군지 잘 몰라요. 하하. 당신은 당신에 대해서 잘 아나요?

귀비 저도 잘 몰라요. (사이) 하지만 당신이 입에서 그걸 빼면 노래를 더 잘할 거라는 건 알 것 같았어요.

순이 팬이래요! 우리는 서커스를 봤어요!

빨대맨 어제 저에게 빨간 장미꽃을 주셨죠! 이거요. (주머니에서 꽃을 꺼내 보여준다)

귀비 네.

순이 잠깐, 그건 제 돈으로 산 거예요.

빨대맨 (순이에게) 감사합니다. (귀비에게) 그런데 이걸 왜 저한테 주셨죠?

귀비 왜 그런지 모르겠지만 제 귀에는 노랫소리가 잘 들렸거든요. 멋졌어요.

순이 귀도 밝다 얘.

빨대맨 (귀비에게 다가가서) 아! 그랬군요. 하하하. (사이) 근데 저도 사실 노래할 때는 제 귀에는 잘 들렸거든요? 그런데 다들 안 들렸대요. (귀비와 눈이 마주치더니 쓰러진다. 귀비 걱정한다)

쌍둥이1 저도 꽃 받고 싶어요.

쌍둥이2 저도요.

순이 다음에 두 개 사드릴게요.

캡틴 그럼 우리는 비켜 주는 것이 음. (사이)

난장이 예의야!

쌍둥이1 나는 안 갈 거야.

쌍둥이2 나도 안 갈 거야.

순이 난 가야지.

쌍둥이1 따라 가야지!

쌍둥이2 나도 따라 가야지!

유랑단, 순이 자리를 비켜준다.

빨대맨과 귀비는 무대에 남겨지고 모두 숨어서 둘을 지켜본다.

빨대맨 음. 저기.

귀비 (종이 울린다) 전 이제 가야 해요.

빨대맨 네! 안녕히 가세요. (사이) 그런데 저기, 그, 우리 10초만 더 이야기 나눌 수 있나요?

귀비 (망설이다) 네. 그럼 딱 10초 만이에요. (10초를 세고) 안녕히 계세요.

빨대맨 저기 잠깐만! 이름만이라도 알려주세요!

귀비 귀비예요. 양귀비. (퇴장)

빨대맨 안녕히 가세요! 안녕히!

순이, 귀비 퇴장.

쌍둥이1, 2 이름만이라도 알려주세요!

순이 순이에요! (퇴장)

암전.

'신기한 노래'의 후반부 나온다. 빨대맨의 노래 마치고 박수. 빨대맨과 유랑단 기뻐한다.

나비맨　성공적이야! 이건 다 그녀 덕분이야!

캡틴　그녀가 다 해 준 거야!

쌍둥이1, 2　맞아. 맞아.

나비맨　그런데 그 여자 남자친구 있을까?

쌍둥이2　그 여자의 옆의 여자는 남자친구 있을까?

쌍둥이1　순이!

난장이　없지 바보야. 없으니까 꽃을 준 거야!

나비맨　팬으로서 줬을 수 있지.

난장이　그럴 순 없어. 고백해!

유랑단　어? 고백? 고백해! 고백해!

빨대맨　고백?

유랑단　고백해! 고백해!

빨대맨　그런 건 해본 적이 없는데.

쌍둥이2　뭐가 문제야 사나이답게 행동해!

나비맨　진실 된 마음은 문제가 되지 않아.

곡 '펑크 걸' 노래한다.

[펑크 걸]
서커스장에서 만난 그녀 웬일인지 운명인 것 같아
그녀를 본 순간이야 우리는 서로를 느꼈지
모두 같은 멋진 모습 속에 그녀만이 더럽고 깨끗해
나와 같이 노래 부를 그녀는 내꺼

오직 나 하나 만을 위해 살아왔어 이젠 할 수 있어 할 일을
찾았을 뿐
오직 내 자신을 위해서 살아왔어 이젠 알 수 있어
하나가 무엇인지
그녀는 나에게 물어봤지 모두 더럽고 똑같은 세상이 싫어
이젠 좋아 널 좋아 할거야

캡틴	사랑을 찾아가!
난장이	어떻게 찾지?
나비맨	(낭송 조로) 운명이 그녀를 여기로 이끌어준다면!
쌍둥이1	그녀는 운명의,
쌍둥이2	여신이야!

이때 귀비와 순이 등장한다.

순이	안녕? 서커스 아저씨들.
쌍둥이1	운
쌍둥이2	명
쌍둥이1	이
쌍둥이2	다.
유랑단	고백해! 고백해! (구석으로 숨어 지켜본다)
빨대맨	안녕하세요?
순이	안녕하세요?
귀비	안녕하세요.
쌍둥이1, 2	(순이에게 바짝 다가서서) 안녕하세요?
빨대맨	(사이) 저 오늘 박수 받았어요! 당신 덕분이에요.

귀비	봤어요. 저도 박수 쳤어요! 멋졌어요!
빨대맨	이건 다 당신 덕분이에요.
귀비	아니에요. 당신이 노래를 잘해서 그런 거예요.
빨대맨	아니에요. 당신 덕분이에요.
귀비	아니에요.
빨대맨	아니에요.
귀비	아니에요.
빨대맨	아니에요. (두 사람 눈 마주친다. 빨대맨 주저앉았다가 다시 일어난다) 저. 그런데.
귀비	그런데?
빨대맨	왜 그런지 모르겠지만 예쁘다는 말이 하고 싶은데요.
귀비	감사합니다.
빨대맨	왜 그런지 모르겠지만 좋아하는 것 같은데요.
귀비	감사합니다.
빨대맨	왜 그런지 모르겠지만 갖고 싶습니다.
귀비	감사합니다. 하지만,
유랑단	하지만?
귀비	가질 수는 없어요.
빨대맨	왜 그런지 모르겠지만 그렇군요.

12시가 되는 종이 울린다.

귀비, 순이 종소리를 듣고 안절부절못한다.

순이	귀비야 가야 해.
귀비	먼저 가. 금방 따라갈게.
빨대맨	왜 그러시죠?

귀비	저 이제 가봐야 해요.
빨대맨	십 초만 더 이야기해요.
귀비	아무 말 하지 않으실 거잖아요.
빨대맨	네 그렇긴 하죠. 그런데 십 초만 더 여기 있으라고 말하고 싶어요.
귀비	안돼요. 가야 해요.
빨대맨	그럼 제가 재미있는 이야기 해드릴까요? 옛날에 어떤 아이가 떡을 싸들고 왔는데 떡 속에 온통 돌덩이들이!
귀비	웃기지도 않은 이야기. 너무 늦었어요. 밤이 너무 깊었어요.

곡 '밤이 깊었네' 노래한다.

[밤이 깊었네]

〈빨대〉 밤이 깊었네

〈귀비〉 방황하며 춤을 추는 불빛들 이 밤에 취해 (술에 취해)
흔들리고 있네요

〈빨대〉 지금 열두 신데 마음은 혼자네요 이 기분이 나쁘지는
않네요

〈귀비〉 항상 당신 곁에 머물고 싶어요 이 밤에 취해 (술에 취해)
떠나고만 싶어요

〈함께〉 이 기분을 알랑가모르겠어요 빨간 구두여 너만은
떠나지 마오 워어어어어

하나둘 피어오는 어린 시절 동화 같은 별은 보면서

오늘밤 술에 취한 마차타고 지친 달을 따러가야지

〈빨대〉 밤이 깊었네 방황하며 노래하는 불빛들 이 밤에 취해

(술에 취해) 흔들리고 있네요

〈함께〉 가지 마라 가지 마라 나를 두고 떠나지 마라

오늘밤 새빨간 꽃잎처럼 그대 발에 머물고 싶어

〈빨대〉 딱 한 번만이라도 날 위해 웃어준다면 거짓말이었대도

저 별을 따다 줄 텐데

〈귀비〉 아침이 밝아오면 저 별이 사라질 텐데

〈빨대〉 나는 나는 어쩌나 차라리 떠나가 주오

〈함께〉 워어어어어 하나둘 피어오는 어린 시절 동화 같은

별은 보면서

오늘밤 술에 취한 마차 타고 지친 달을 따러가야지

가지 마라 가지 마라 나를 두고 떠나지 마라

오늘밤 새빨간 꽃잎처럼 그대 발에 머물고 싶어

〈귀비〉 날 안아줘

귀비, 빨대맨 포옹한다. 쌍둥이1, 2는 귀비와 순이를 따라 퇴장.

암전.

Chapter3. 거친 손길 무서워요 나도 여자가 되고 싶어요

■ 3-1. 불끈 방

곡 '붉은 방' 노래한다.

[붉은 방]

붉게 물든 슬픈 소녀여

새장 속의 새는 슬피 우네

스쳐 지나간 손들이여

잊혀져간 나의 이름이여

사랑이란 없는 건가요

백마 탄 왕자님 거기 없나요

고독과 눈물의 세월이여

누가 날 좀 데려가 주세요

거친 손길 무서워요

나도 여자가 되고 싶어요

여자1	오빠 놀다 가세요~
여자2	오빠 놀다 가세요~
여자1	놀다 가요~
여자2	들어와~
여자1	저희가 화끈하고
여자2	짜릿하게 놀아드릴게요!
여자1, 2	들어오세요~
여자2	들어와~

여자들 깔깔대고 웃는다. 이때 쌍둥이1, 2는 숨어서 이 상황을 지켜
본다.

여자1	야! 너희는 맨날 그렇게 가만히 서 있기만 하니? 게을러.
순이	입 다물어 못생긴 게 까불기는.
여자2	그 나쁜 새끼가 오늘은 너희 둘 다 가만 안 둘 걸?
여자1	벼르고 있던데

순이　신경 끄셔! 못생긴 게.

여자2　흥! 호랑이도 제 말 하면 온다더니 저기 호랑이 오시네.

나쁜 놈과 무리 등장.

나쁜놈　일들 해 일! 뭐 하고 있어! (여자1을 가리키며) 너 상납금 밀린 것 알고는 있지?

여자1　(애교 있는 목소리) 당연히 알죠. 금방 드립니다.

여자2　오빠 저는 열심히 일해요.

여자1　오빠 저도 열심히 일해요.

나쁜놈　그래 너희 잘하고 있어. (귀비와 순이를 바라본다) 순이는 요즘 바쁘신가 봐?

순이　네.

나쁜 놈　하하. (다가가며) 섹시하고 귀엽고 깜찍하고 사랑스러운 나의 귀비. 귀비는 오늘 예약이 몇 개야?

나쁜놈무리1　열 개입니다. (귀비에게) 내가 너 힘들까 봐 예약 열 개만 잡아놨어.

나쁜놈무리2　그 정도면 괜찮네 뭐. 슬슬 쉬엄쉬엄 일하면 되겠다.

나쁜놈무리1　너 상납금 조금만 더 밀리면 신체 포기해야 해. 이 각서 보이지?

나쁜놈　신체 포기 각서.

나쁜놈무리2　내가 잘 가지고 있다고. (신체 포기각서 꺼낸다)

나쁜놈무리1　어쩌나. 이렇게 사랑스럽고 깜찍하게 생겼는데.

나쁜놈　괜찮아. 내가 사지 뭐.

나쁜놈무리1　아! 내일까지 돈을 안 주면 형님께서 저걸 사면 되겠네요.

나쁜놈무리2　어차피 형님 돈이니까 0원으로 사시면 됩니다.

나쁜 놈과 무리 웃는다.

귀비	예약이 열 개라고요?
순이	말도 안 돼! 사기꾼들!
나쁜놈	그러니까. 열심히 일해야지 않겠어? 너는 갚아야 할 돈이 장난이 아니라고. 시간 내서 내 방으로 와. 모두 보여줄 테니까. 얼마가 밀렸는지 얼마를 어떻게 내야 하는지 말이야. (다가서며) 아니면 다른 거로 계산해도 좋고.
귀비	됐어요. (나쁜 놈의 손길을 피한다)
나쁜놈	(붙잡으며) 너 내가 말하는데 이렇게 싸가지 없게 행동해야 해? 너 내가 누군지 몰라? 감히.
순이	오빠~ 일 열심히 하면 되잖아요~
나쁜놈	(순이를 밀친다) 일 같은 소리 하고 있네. (순이의 멱살을 잡는다) 너희 때문에 오던 손님도 안 오는 판에! (귀비에게) 너 내 장사 말아 먹고 싶어? 일부러 그러는 거지? 똑똑히 들어. 언제까지 튕길지 두고 보겠지만 얼마 안 남았어. 약속한 기한이 이제 얼마 안 남았다고. 두고 보자. 그때도 네가 나한테 수청을 들지 안 들지.
귀비	나쁜 놈! (얼굴에 침 뱉는다)

나쁜 놈 귀비를 때린다. 순이 말린다. 이 때 쌍둥이1, 2 등장.

쌍둥이1	(달려 나오며) 순이 씨! 야! 이 나쁜 놈아! 그 더러운 손 놓지 못할까!
쌍둥이2	(달려 나오며) 나쁜 놈! 우리가 순이 씰 지켜주러 왔다!
나쁜놈무리1	뭐야 이 덜떨어진 놈들은.

쌍둥이1 (깊은 생각) 우리는 정의의 서커스 매직 유랑단의 쌍둥이들
이다!

나쁜놈무리2 서커스 뭐시기?

나쁜놈 애기들아 가던 길 가라. 혼나고 싶지 않으면.

쌍둥이1 혼나는 건 네놈이다!

나쁜 놈 무리의 한주먹에 쓰러진다. 순이 귀비 소리 지른다.

쌍둥이2 쌍둥아! 아! 아아!

순이 괜찮아요? 피가 나요!

쌍둥이1 으 으 나 죽네. 죽어. 어? 뭐야 피? 으앙 엉엉. (운다)

쌍둥이2 나쁜 놈들!

쌍둥이1 우리 둘이 힘을 합치자! 합체! (기괴한 행동을 하며 달려들지만
나쁜 놈 무리의 한주먹에 쓰러진다)

귀비 도망가요 어서!

쌍둥이1, 2 도망간다.

귀비 때리지 마세요. 제가 잘못 했어요.

귀비와 순이는 나쁜 놈과 무리를 뜯어말린다. 귀비 순이 둘 다 얻어
맞는다.

나쁜놈 이 겁쟁이 새끼들아! 또 보자! 하하하. 네 이년. 각서에 쓰
여 있는 날. 수청을 드는 날이 될 거야. 두고 보자.

나쁜 놈 무리와 여자들 비웃으며 함께 퇴장.

귀비　　괜찮아?

순이　　괜찮아. 너는?

귀비　　괜찮아.

둘은 운다.

암전.

■ 3-2. 꽃이여 피거라 비라도 내려라

─ 서커스 장.

쌍둥이1, 2 도망쳐 온다. 피를 흘리고 있는 쌍둥이들을 보고 놀라는
유랑단.

난장이　　얼굴이 왜 이래! 무슨 일이야!

쌍둥이1　　아이고 나 죽네. 죽어.

나비맨　　(울먹이며) 어떻게 된 거야? 쌍둥아.

쌍둥이2　　그러니까 이게 어떻게 된 일이냐면.

쌍둥이1　　우리 둘이 그 예쁜 여자가 어디 사는지 쫓아갔었어.

빨대맨　　그녀를 쫓아갔단 말이야? 왜?

쌍둥이1　　우리의 구두가 그곳으로 이끌었다.

쌍둥이2　　맞다. 우리는 쫓아갈 수밖에 없었다.

빨대맨　　그래서 어떻게 된 일인데.

난장이   아! 알았다. 그 여자의 고지식한 오빠가 있구나!

쌍둥이1   아니야. 그건 잘 모르겠어. 오빠지는.

쌍둥이2   그런데 그 여자가 불끈 방에서 일해

유랑단   뭐? 불끈 방?

쌍둥이1   웅! 그렇다니까!

나비맨   무슨 사정이 있겠지.

쌍둥이1   맞아. 무슨 사정이 있는 것 같아. 상납금이 어쩌고저쩌고 하더라고.

쌍둥이2   맞아. 상납금을 잘 안 갚았대. 나도 똑똑히 들었어. 그 자식이 돈 안 갚았다고 때렸어 내 첫사랑과 네 여친을!

빨대맨   그래서 그다음에 어떻게 됐어?

쌍둥이1   그래서 내가 혼내 줬어!

쌍둥이2   그리고 더 혼났어!

쌍둥이1   둘 다 뒤지게 맞았다잉!

쌍둥이2   (운다) 맞아 맞아

빨대맨   내 이 자식을 그냥!

쌍둥이1   안 돼! 너 져! 그 자식은 싸움 잘해

쌍둥이2   엄청 잘해! 한주먹에 쓰러졌다고!

쌍둥이1   합쳐서 두 주먹이었어!

쌍둥이2   무서워 (운다)

빨대맨   도저히 참을 수 없어! 거기 위치가 어디야?

캡틴   아니야 안 돼! 거기는 나쁜 놈과 그 무리가 있는 곳이야! 위험해. 아마 그 여자를 때린 그놈. 그놈은 나쁜 놈일 것이야!

난장이   큰일인데. 나쁜 놈은 극악무도하기로 소문난 진짜 나쁜, 나쁜 놈이라고.

캡틴   우린 그놈들을 이길 수 없을 것이다!

난장이 그래. 그 인간! 악마야!

나비맨 나도 익히 들은 적이 있어. 그 사람, 사람도 먹는대.

캡틴 그 사람 식인종이야!

난장이 으 으 무서워. 공포야.

나비맨 (울며) 무서워 도망가자.

빨대맨 도망간다고? 그럴 순 없어. 귀비 씨는 지금 거기에 붙잡힌 거라고!

난장이 아! 부당하게!

빨대맨 그래 부당할 거야. 그렇게 착하고 예쁜 여자가 그런 곳에 있다니. 믿을 수 없어.

쌍둥이1 맞아. 확실해! 부당하게 붙잡혀 있는 것 같았어.

쌍둥이2 맞아. 그건 진짜야.

캡틴 그래. 맞아. 그 여자는 딱 봐도 그런 관상은 아니다!

빨대맨 우리가 힘을 합쳐서 구해야 해. 그 여자를.

난장이 그렇지만 어떻게?

빨대맨 우리는 여러 명이야.

쌍둥이1 그 자식들도 여러 명이야.

빨대맨 거기 어디야 날 안내해. 내가 가서 이야기할게.

쌍둥이1 난 무서워서 가고 싶지 않아.

쌍둥이2 나도.

빨대맨 그러니까 어디냐고! 내가 갈게.

쌍둥이1 저쪽에서 왼쪽으로 갔다가 오른쪽으로 가 그리고 쭉 가다 보면 오른쪽에 골목이 나오거든? 그 길로 100미터 쯤 가면 왼쪽에 길이 나와 거기에 가보면 그 여자가 보일 거야.

순이 등장.

쌍둥이1,2	순이 씨!
빨대맨	순이 씨! 괜찮아요?
순이	네 저는 괜찮아요. (쌍둥이1, 2에게) 괜찮아요?
쌍둥이1	네, 괜찮아요. 아프기는 하지만요.
쌍둥이2	지켜주지 못하고 도망가서 미안해요.
순이	아니에요. 도망이 최선이었어요. 죽지 않은 것만 해도 다행이에요.
빨대맨	도대체 무슨 일이에요?
순이	실은 저와 귀비는요.
빨대맨	그런 사연이 있었어요?
순이	네.
빨대맨	그렇다면 그 나쁜 놈들 용서 못 하겠어요. 갑시다!
순이	같이 가요!

빨대맨과 순이 서둘러 퇴장.
암전.

■ 3-2. 사랑의 도피를 위하여

― 불끈 방.

귀비 혼자 앉아 흐느끼고 있다. 이때 빨대맨과 순이 등장.

빨대맨	(조용한 목소리) 귀비 씨. 귀비 씨.
귀비	누구시죠?

빨대맨	저예요. 빨대맨.
귀비	(놀라며) 여길 왜 왔어요.
순이	귀비야. 내가 이 사람을 데려왔어. 너를 구해준대.
빨대맨	제가 구해 드리려고요. 괜찮아요? 걱정하지 마세요. (귀비를 들어서 안는다) 영차! 우리 여기서 빠져나가요.
귀비	안돼요. 큰일 나요.
빨대맨	저를 믿으세요. 제가 있잖아요.
귀비	(울며) 그 사람에게 걸리면 큰일 나요. 당신 친구들도 혼났어요.
빨대맨	저는요. 싸울 생각조차 없어요. 저 싸움 못 하거든요. 그러니까 도망가야죠.
귀비	어디로요?
빨대맨	어디든 멀리. 당신과 나 둘만 있을 수 있는 곳으로요.
순이	내가 아는 사람이 너희가 도망가는 데 도움을 줄 수 있어!
빨대맨	그게 누군데.
순이	퀵서비스 맨.
빨대맨, 귀비	퀵서비스 맨?
순이	응! 어디로든 너희를 데려다줄 수 있을 거야.
빨대맨	그러면 퀵서비스 맨에게 도움을 청하자. 다 잘 될 거야.
귀비	하지만 도망가다가 걸렸을 땐 살아남지 못할 거야. 진짜, 진짜 무서운 놈이에요!
순이	악마 같은 놈!
귀비	무시무시한 놈!
빨대맨	이것 참. 골치 아프네요.
순이	어서 서두르자. 그럼 퀵서비스 맨을 내일 이리 오도록 예약할게.

빨대맨   어떤 시간이 괜찮아요?

귀비, 순이   매일 오후 한 시에 그 나쁜 사람은 부대찌개를 먹으러 가요.

빨대맨   오케이. 그럼 내일 한 시까지 퀵서비스 맨을….

순이   (손목시계를 보며) 빨대 씨! 나쁜 놈이 올 시간이에요!

귀비   어서 도망가요. 내일 봐요!

빨대맨   드레스 코드는요?

귀비   화이트?

빨대맨   역시. 백의민족! 오늘 내 꿈에 나타나 주세요.

귀비   어서 도망가요!

빨대맨   빨리 내일이 왔으면 좋겠어요.

귀비   내일은 빨리 오지 않을 거예요.

빨대맨   왜요?

귀비   무언가를 기다리면 시간이 잘 안 가거든요.

빨대맨   (생각한다) 십 초만 더 쳐다보다가 도망가도 돼요?

귀비   (고개를 끄덕인다) 아이참!

순이   빨대맨 씨! 빨리 가요!

           빨대맨, 퇴장.

순이   어디로 떠날 거야?

귀비   저기. 행복의 바다로.

순이   (운다) 잘 가. 나 잊지 마.

           순이 귀비 서로 껴안는다.
           암전.

곡 '퀵서비스 맨' 노래한다.

[퀵서비스 맨]

나는 퀵서비스 맨 오호 라빠라빠

배달해드립니다 오직 초스피드

그리움에 빠진 연인들이나 원자폭탄도 배달됩니다

차가 막혀도 걱정 없는 나는야 퀵서비스 맨

〈퀵서비스 맨〉 감사합니다 퀵서비스입니다

〈순이〉 예 퀵서비스죠? 사람도 배달이 되나요?

〈퀵서비스 맨〉 네 됩니다 잠시만 다른 전화가 와서요

〈여자1〉 우리 헤어져

오늘 하루 쉽니다 사고 났거든요

너무 빨리 가다가 여자한테 채였죠

이제 사랑은 배달 안 해요 너무 빠르면 안 되거든요

그녀 맘도 몰라준 난 바보야 난 바보야

이제 사랑은 배달 안 해요 너무 빠르면 안 되거든요

손님께서 원하신다면 정 원하신다면

언제든지 전화주세요 번개처럼 달려갑니다

제가 직접 사랑해드려요 이제는 천천히

내 이름은 퀵서비스 맨 여러분의 초스피드 맨

랄랄라라 랄랄라랄라 랄랄라라 라랄랄랄라

택미홈 컨트리 로드도 달려갑니다
언제든지 초스피드로 달려갑니다

오늘도 눈썹 떨어지게 그대 곁으로
달려가는 나는야 진정한 멋쟁이 퀵서비스 맨

난장이   어디로 떠날 거야?
빨대맨   저기. 행복의 바다로.
나비맨   (운다) 잘 가. 우리 잊지 마.
빨대맨   나중에 반드시 돌아오겠어.
캡틴   잊지 마. (운다)
쌍둥이2   행복해라!
쌍둥이1   행복해!

유랑단 퇴장.

곡 '가배물어' 노래한다.

[가배물어]
커피 한 잔 시켜놓고 예쁜 아가씨를 기다리네
창 밖에는 비가 내려 차는 느리게 사랑은 빠르게
차는 느리게 사랑은 빠르게

커피 한 잔 시켜놓고 예쁜 아가씨를 기다리네
커피 리필 2회까지만 이제 물 타며 기다려야겠네
이제 물 타며 기다려야겠네

귀비, 퀵서비스 맨과 함께 약속장소로 도착한다. 빨대맨과 귀비는 진한 포옹을 한다.

귀비   감사합니다.
빨대맨 감사합니다.
퀵서비스맨 좋을 때다~

퀵서비스 맨 퇴장. 귀비와 빨대맨은 도망간다.
암전.

■ **3-3. 행복의 바다**

─ 행복의 바다.

빨대맨과 귀비는 행복의 바다로 도착. 둘은 눈이 맞더니 웃는다.

귀비   정말 다행이야 빨대. 밤에 짐을 싸는 내내 걱정했어. 걸리면 어쩌나 하고 두려워도 했어.
빨대맨 귀비, 나도 잠 한숨 못 잤어. 도망가서 귀비랑 어떻게 살아야 하는지 걱정도 했어.
귀비   그렇게 먼 미래까지 상상했다니.
빨대맨 사나이들은 원래 그렇게 상상을 하곤 해. 나는 용기 있는 남자거든. (귀비 손을 잡으며) 앞으로 이 손에 물 한 방울도 묻히지 않을 거야!
귀비   또, 또, 또 어떤 상상을 했어. 빨대?

빨대맨	그것은 말할 수가 없어.
귀비	뭔데. 말해봐.
빨대맨	좀 야한 거란 말이야.
귀비	어머! 야한 게 뭐야?
빨대맨	뽀뽀하는 거.
귀비	어?! 그건 야한 게 아니야. 좋아하면 하는 거니까.
빨대맨	나를 좋아해?
귀비	아이 바보! 그래.
빨대맨	나랑 똑같잖아. 그럼 귀비도 우리의 미래를 상상한 거야?
귀비	웅! 근데 말할 수는 없어.
빨대맨	뭔데. 말해봐.
귀비	좀 잔인한 생각이란 말이야.
빨대맨	잔인한 생각?
귀비	웅, 빨대가 붙잡혀서 두드려 맞아서 죽는 상상.
빨대맨	귀비! 근데 그건 잔인한 상상이라고 할 수는 없어. 논리적인 생각이지. 붙잡히면 두드려 맞아 죽을 테니까!
귀비	똑똑한 빨대!
빨대맨	그런데 귀비는 내가 그렇게 두드려 맞아서 죽으면 어떻게 할 거야?
귀비	아 당연히 따라 죽어야지! 잠깐만! (독약을 꺼낸다) 짜잔! 이것 봐봐 독약이야! 빨대가 죽으면! 이걸! (독약을 마시고 죽는 척을 한다)
빨대맨	(놀라서) 귀비! 귀비! 귀비 씨!
귀비	짜잔! 이렇게 독약을 먹고 빨대를 따라 죽는 거야.
빨대맨	아이참.
빨대맨	(혼잣말) 또 다시 뽀뽀가 하고 싶다.

귀비   해보세요. (입술을 내민다)

둘은 **뽀뽀**한다.

빨대맨   이제 너무 늦었어. 잠을 좀 자야 하지 않을까?
귀비   혹시 첫날밤이야?
빨대맨   그렇다고 볼 수 있지. 혹시 첫날밤은 특별한 거야?
귀비   어쩌면 그럴 수도 있어.

빨대맨 옷을 벗는다. 무언가 하려고 한다!

빨대맨   귀비 잘 자.

왠지 실망한 귀비는 빨대맨을 때린다.

빨대맨   아야! 귀비 씨 꿈꿨?
귀비   아니요! 됐거든요!
빨대맨   아… (사이) 귀비, 십 초만 안아볼 수 있을까?
귀비   십 초만 안아보고 싶다고 두 번 말해도 되는데.
빨대맨   두 번? 다섯 번도 가능해! 하! 하! 하! 그런데 이제 밤이 너무 깊었어. 나는 갑자기 빨리 자고 싶네.

짧은 암전.
아침이 밝는다.

빨대맨   귀비 잘 잤어?

귀비	네. 깊이 잘 잤어요. 아주 깊이 잤어요.
빨대맨	하하. 밤의 깊이가 그렇게 중요하지만은 않아.
귀비	맞아요.
빨대맨	이제 떠나야 해요. 배고프지 않아요? (Honey)
귀비	배고파요.
빨대맨	밥을 먹으러 가요. 그리고 다시 떠나요.
귀비	좋아요.
빨대맨	떠나기 전에 뽀뽀 한 번 할까요?

곡 'Honey' 노래한다.

[Honey]
나의 친구야 오늘은 어디 가니
무슨 일 하고 하루를 흘러가니
밤을 새고 기타를 치고 꿈도 꾸지요
술 퍼붓고 시비 붙고 한숨 쉬면서
앞으로 가선 말 못하고 뒤돌아서서 훌쩍이네 아아아 Life
뚜루루 뚜 뚜 루루루루루 나의 허니 이것만은 기억해줘
우리가 잊고 있던 시간 속에 너의 모습 내겐 살아있다는 걸

나의 연인아 무슨 생각하니
어떤 세상에 홀로 남아있니
화장을 하고 거리로 나와 수다도 떨지요
토라져서 집에 갔다 활짝 울면서
사랑을 하고 행복해하고 미워하고 저주를 퍼붓고 아아아 Life
뚜루루 뚜 뚜 루루루루루 나의 허니 이것만은 기억해줘

속삭이며 우리 사랑 얘기할 때 아픈 마음 감출 수는 없다는 걸

- 'Honey' 간주 중 대사 -

「**귀비** : 그런데 정확히 우리의 목적지가 어디예요!?

빨대맨 : 바다가 좋아요. 산이 좋아요?

귀비 : 저는 사막이 좋아요

빨대맨 : 사막이 왜요?

귀비 : 오아시스가 있잖아요.

빨대맨 : 오아시스가 왜요?

귀비 : 그림책에서만 봤어요. 한 번도 본 적이 없으니까요.

빨대맨 : 그럼 오아시스를 보면 되죠.

귀비 : 근데 오아시스가 실제로 있어요?

빨대맨 : 없어도 보여 줄 거예요. 당신이 원한다면 얼마든지 언제든지.

귀비 : 저 지금 쓰러질 뻔했어요.」

끝없는 사막을 헤맬 때 보고 싶은 오아시스 없을 때에도
꿈을 담은 너의 모습 잊지 말고 내게 돌아와 아아 예예예
뚜루루 뚜 뚜 루루루루루 나의 허니 이것만은 기억해줘
우리가 밟고 있는 그 밑에선 숨 쉬고파 두 손 모아 기도하네
우리가 가고 싶은 그 곳에선 나의 허니 이것만은 기도해줘
더럽게 어지러운 세상 속에 우리 모습 이젠 변치 않게 해

빨대맨   (가방에서 반지를 꺼낸다) 저랑 결혼해 주세요!

양귀비   (빨대맨이 말하자마자 곧바로 대답) 네! 네! 네!

빨대맨, 반지를 양귀비의 손에 끼워준다.

암전.

Chapter4. 나의 지랄 같은 인생

■ **4-1. 위험한 냄새**

－ 서커스 장.

나쁜 놈과 무리 등장.

나쁜놈   우리 어디서 만난 적 있는 것 같은데요?

쌍둥이2   몰라요.

쌍둥이1   (한 대 얻어맞는다) 알아요.

캡틴   왜, 왜 그러시나요?

난장이   이거 놔!

나비맨   벌 받을 거야!

나쁜놈   귀비가 어디 갔는지 아는 사람 손?

쌍둥이2   몰라요.

나쁜놈   아 그래?

나쁜 놈 무리1은 쌍둥이2를 때린다.

쌍둥이1   알아요.

캡틴	알아요. 저도 압니다.
난장이	난 모른다. 으 으.
나비맨	도망갔어요.
캡틴	때리지 마요. 우리 잘못 아니라고!
나비맨	살려주세요.
나쁜놈	그래 알아 너희 잘못은 아니겠지. 그 년 데리고 와!

나쁜 놈 무리1, 순이를 데리고 나온다.

나쁜놈무리2	인질 대령!
순이	이거 놔! 이거 놔! 나쁜 놈들아!
쌍둥이1	순이 씨를 놔줘!
쌍둥이2	그녀는 건드리지 마!
나쁜 놈	지금 당장 말하지 않으면 이 년 먼저 죽여주마.
순이	절대 말하지 마요! 절대로!
쌍둥이1, 2	네!
나쁜놈	아. 그래 (쌍둥이1, 2와 순이를 손으로 가리키며) 이렇게, 이렇게 그렇고 그런 사이? 그럼 순이를 때려주면 네가 말하겠구나?
쌍둥이1	바다!
쌍둥이2	행복!
순이	입 닥쳐!

쌍둥이1, 2 입을 다문다. 나쁜 놈 순이를 때린다.

순이	절대로 말하지 마. 윽. (기절한다)
나쁜놈	자 지금부터 친절하게 설명하지. 그년이 그놈하고 어디로

갔는지 말하면 더 이상은 때리지 않을게. 그런데 대답하기 전에 이것만 알아둬. 지금 내가 질문을 할 건데. 대답을 바로 해야 해. 대답을 바로 그 즉시 하지 않으면 누군가는 (총을 꺼낸다) 죽는 거야. 그게 네가 될지, 네가 될지, 네가 될지 (나쁜 놈 무리1을 쏜다) 아니면 모두 다 죽을 수도 있지. (캡틴의 머리에 대고) 여기에 대고 한 번 당기면 한 사람이 죽어. 그게 바로 총알 한 발이 가진 힘이야. 아주 위험하지. 자 이제 질문을 시작한다. 발음에 유의하면서 말을 해. (캡틴을 바라보고) 그 아이가 어디로 갔니?

캡틴 저는 잘 모릅니다. (나쁜 놈이 머리에 총을 갖다 대자 난장이를 가리킨다) 얘는 알 거예요.

난장이 의리를 저버릴 수는 없어. 난 말하지 않을 거야 (나쁜 놈이 총구를 난장이에게 겨눈다) 하지만 종이에 써드릴 수는 있습니다.

순이 (일어나며) 말하지 마! 쓰지 마!

난장이 죽고 싶지 않아.

쌍둥이1 차라리 날 죽여.

쌍둥이2 아니야. 날 죽여.

난장이 (고민한다. 울며) 행복의 바다요!

나쁜 놈 행복의 바다. 행복의 바다로 갔군.

나비맨 벌주지 마세요.

나쁜놈 좋아. 나는 말이지 약속은 확실히 지킴. 하지만 빨리 빨리 말하지 않았으니까. 벌은 줘야지? 얘들아 이 새끼들 꽁꽁 묶어놔.

나쁜놈무리2 예 형님!

나쁜놈 알아서 풀고 가라 이 귀여운 것들아. 자 가자!

나쁜 놈 무리는 유랑단을 줄에 묶어 둔 채로 퇴장.

암전.

■ 4-2. 비둘기야

— 행복의 바다.

밧줄에 묶여있는 빨대맨 과 귀비. 이를 보며 즐거워하는 나쁜놈
무리.

곡 '비둘기' 노래한다.

[비둘기]
비둘기야 어딜 가니 나랑 같이 춤을 추자
비둘기야 어딜 가니 나랑 같이 술 마시자
비둘기 비둘기 비둘기 비둘기 비둘기 비둘기 비둘기 비둘기
비둘기 비둘기 비둘기 비둘기
비둘기 비둘기 비둘기 비둘기 비둘기 비둘기 비둘기 비둘기
비둘기 비둘기 비둘기 비둘기
비둘기 비둘기 비둘기 비둘기 비둘기 비둘기 비둘기 비둘기
비둘기 비둘기 비둘기 비둘기
비둘기 비둘기 비둘기 비둘기 비둘기 비둘기 비둘기 비둘기
비둘기 비

비둘기야 어딜 가니 나랑 같이 춤을 추자

비둘기야 어딜 가니 나랑 같이 술 마시자
비둘기 비둘기 비둘기 비둘기 비둘기 비둘기 비둘기 비둘기
비둘기 비둘기 비둘기 비둘기
비둘기 비둘기 비둘기 비둘기 비둘기 비둘기 비둘기 비둘기
비둘기 비둘기 비둘기 비둘기
비둘기 비둘기 비둘기 비둘기 비둘기 비둘기 비둘기 비둘기
비둘기 비둘기 비둘기 비둘기
비둘기 비둘기 비둘기 비둘기 비둘기 비둘기 비둘기 비둘기
비둘기 비

비둘기야 비둘기야 비둘기야 비둘기야
비둘기야 비둘기야 비둘기야 비둘기 비

나쁜놈　야 이 나쁜 놈아! 네가 감히 나의 작은 새를 훔쳐 달아나?
못된 놈!

빨대맨　너 이 자식. 귀비 씨 몸에 손대지 마라!

나쁜놈　싫어! 댈 거야! 난 하지 말라는 건 더 하고 싶은 사람이라
고!

나쁜놈무리1　맞아요! 악당 중의 악당!

나쁜놈무리2　악당이라면 하지 말라는 것을 해야 해!

나쁜놈　맞아. 하하. 나는 청개구리의 아들이라고!

나쁜놈무리1,2　청개구리의 아들!

나쁜놈　(총을 허공에 쏜다)

빨대맨　귀비를 놔줘라!

나쁜놈　양귀비. 너 정말 나빴어. 내 사랑은 사랑이 아니야? 왜 나는
안 돼. 왜 쟤는 돼?

귀비	(나쁜 놈의 얼굴에 침을 뱉는다) 나쁜 자식.
나쁜놈	네 이년. 오늘이 각서에 써진 약속한 마지막 날인 것은 아니? 넌 이제 내 거야.
빨대맨	내가 대신 네 거가 될게! 제발 귀비 씨를 놔 줘.
나쁜놈	너는 남자라서 싫어.
빨대맨	(빌면서) 내가 대신 수청을 들게. 귀비 씨는 보내줘.
나쁜놈	쯧쯧 덜떨어진 놈. 애들아 가자. (귀비에게) 오늘은 수청을 드는 날이 될 거다.
나쁜놈무리1	저 자식은 어쩔까요?
나쁜놈무리2	죽여야지!
나쁜놈	당연히 죽여야지. 살려두면 안 돼. 죽여 버려.

한 발 총소리. 빨대맨 총에 맞고 쓰러진다.
암전.

■ 4-3. 한낮의 꿈과 브레이브 맨

— 행복의 바다.

곡 '한낮의 꿈' 노래한다. (어쿠스틱으로)

[한 낮의 꿈]
꿈속의 꿈속의 꿈속의 꿈
기나긴 망각을 지나가는 나의 꿈
지평의 무너진 시간

너의 발자국과 긴 사막을 걸어가는 나를 보렴
네가 부서져 어디든지 보여 소녀의 눈에도 짐승의 내장에도
북쪽의 매서운 바람에 흔들리는 나뭇가지에도 흩어져가렴

모두　　빨대야!

순이　　귀비야!

빨대맨　　여기는 어디지? 천국?

캡틴　　나야 나 캡틴.

빨대맨　　왜? 너희가 여기에?

나비맨　　널 찾아 왔어! 사실 우리가 나쁜 놈에게 네가 도망간 것을 말해 버렸어.

쌍둥이1　　그리고 우리를 묶어두고 그 자식이 널 찾으러 갔어!

쌍둥이2　　그 자식이 오고 있어. 어서 도망가자.

난장이　　근데 너 몰골이 왜 이래?

나비맨　　귀비 씨는 어디로 간 거야?

빨대맨　　이미 잡혀가 버렸어.

순이　　어디로 갔어요?

캡틴　　우리가 한 발, 아니! 몇 발 늦었다.

쌍둥이1　　(운다) 나쁜 놈들.

빨대맨　　(넋이 나간 채로) 너희가 말했어?

쌍둥이2　　난 아니야. 쟤야.

난장이　　(운다) 말은 안 했어. 종이에 썼어. 아! 말도 해버렸어.

캡틴　　네가 이해해야 해. 우리 모두를 죽이려고 했어. 우리도 어쩔 수가 없었어.

난장이　　너도 알다시피 우리는 겁쟁이야.

빨대맨　　(넋이 나간 채로) 너희는 멋쟁이야. 그래서 나는 너희와 함께

한 거야. (절망하며) 너희 때문이야. 너희 때문에 귀비가 그 자식들한테 잡혀갔어. 오늘 밤 수청을 든다고 했어. 이제 다 끝이야. 끝이라고

캡틴   하지만 우리 모두 살아 있잖아. 죽지 않은 거로 다행이라고.

빨대맨   (화를 낸다) 그깟 죽음이 뭐라고! 죽음은 아무것도 아니야. 그리고 난 이미 총에 맞았어. 죽었다고. 다 꿈이야. 꿈 일 거야. 난 분명 총에 맞았는데.

나비맨   (빨대맨의 목에 걸려 있는 깨져 있는 스노클링을 발견한다) 여기 총알이 박혀있는데?

난장이   이 빨대세트가 널 살렸나 봐.

쌍둥이2   불행 중 다행이야.

쌍둥이1   귀비 씨를 생각하면 다행 중 불행이야.

순이   빨대 씨 그 자식들이 어디로 갔는지 알고 있어?

빨대맨   (넋이 나간 채로) 몰라. 난 아무것도 몰라. (절망한다) 오늘 밤 귀비는 그 자식의 수청을 들 거야.

캡틴   정신 차려! 너까지 이러면 안 돼! 사랑의 힘으로 귀비 씨를 구해야 해!

빨대맨   우리는 너무 약해! 얻어맞고 죽을 뻔했어. 아니. (운다) 난 죽은 거나 마찬가지야.

캡틴   사랑의 힘을 믿어!

빨대맨   (절망한다) 사랑의 힘은 폭력보다 약해.

퀵서비스 맨   빠라바라빠라밤~

유랑단   퀵? 우와 퀵이다~

퀵서비스 맨   퀵서비스 맨~

쌍둥이2   내 거야!

난장이   아냐. 내 거야!

나비맨	내 거야!
쌍둥이1, 2	아냐. 우리 거야.
캡틴	내놔! 서커스단에 온 건 다 내 꺼지! 근데 이게 어디서 온 거지?
퀵서비스 맨	그건 모르겠고 바다에서 온 퀵인데. (주소를 읽는다 '울릉도 동남쪽 뱃길 따라') 음? 용왕이라고 적혀 있는 데요.
캡틴	오~ 용왕? 용왕,
빨대맨	아버지?!
유랑단	에에?
난장이	아버지? (빨대맨을 쳐다본다)
빨대맨	(딴청을 피운다) 날 보고 있다면 정답을 알려줘.
쌍둥이2	뭐라는 거야? (사이) 신난다!

유랑단 다 같이 환호한다.

나비맨	빨리 열어보자!
캡틴	(상자를 낚아챈다) 내가 열어 볼 거야! 내가 열어 볼 거야! (상자를 연다) 어? 팬티인데?
유랑단	어? 팬티? (사이) 내 팬티야 내 팬티!
캡틴	브? 레이브 맨?
유랑단	브레이브 맨?
퀵서비스 맨	저기 잠깐만요. (사이) 헉! 뭐라고! 브레이브 맨? (사이) 브. 레. 이. 브. 맨? (나서며) 오! 전설의 브레이브 맨. 브레이브 맨을 입는 자는 영웅이 된다. 강력한 힘을 손에 얻게 돼. 입으면 천하무적이 된다는 그 전설의 브레이브 맨. 세상의 모든 악당을 이길 수 있는 힘! 전설의 브레이브 맨. 오! 브레

이브 맨!

유랑단·퀵서비스맨   오 브레이브 맨!

유랑단과 퀵서비스 맨 서로 끌어안으며 환호한다.

퀵서비스 맨   착불입니다.

캡틴   착불?

유랑단   착불?

캡틴   얼마죠?

퀵서비스 맨   2만 5천 원입니다.

캡틴   물가가 많이 올랐구나. 여기 3만 원입니다. 잔돈은 가지세
요.

퀵서비스 맨   브레이브 맨!

유랑단   브레이브 맨!

퀵서비스 맨 퇴장.

캡틴   빨대야! 네가 입어 봐!

빨대맨, 넋이 나간 채로 브레이브 맨을 입는다. 갑자기 힘이 솟는 빨
대맨.

곡 '브레이브 맨' 노래한다.

[브레이브 맨]
지난 날 다시 영광을 찾으려 군대 시절의 빤스를 입었다

고무줄은 헐렁헐렁 늘어졌어도 나의 이름은 브레이브 맨
여자들은 아마 이해하지 못할 거야 소심한 내가
브레이브 맨인지를
너 하나를 지켜주고 싶어 지난 추억을 다시 꺼내 입어
브레이브 맨 브레이브 맨 브레이브 맨 용감한 남자의 자격
브레이브 맨 브레이브 맨 브레이브 맨 카키색과 황토색이 있지

캡틴   이제 그 나쁜 놈을 이길 수 있어! 복수한다!

나비맨   벌처럼 날아서 나비처럼 쏘자!

쌍둥이1 힘을

쌍둥이2 합치자!

순이   브레이브 맨! 나쁜 놈들을 혼내 주세요!

빨대맨   싸우자.

암전.

Chapter5. 바보 놈이 될 순 없어

■ 5-1. 수청

— 나쁜 놈의 아지트.

귀비는 예쁜 드레스를 입고 있다.

나쁜놈	(흥얼거린다) 살다 보면 그런 거지 우후 말은 되지. 울지 마 귀비.
귀비	닥쳐. (드럼 소리)
나쁜놈	모두들의 잘못이야. 난 모두 알고 있어.
귀비	닥쳐. (드럼 소리)
나쁜놈	그러지 마. 우리 이제 행복해 질 수 있어. 각서 그대로라고 넌 나와의 약속을 지키지 않았어. 이제 넌 내 거야. 즐거운 노래를 불러 봐. 기분이 좋아져.
귀비	노래하면 잊혀지나?
나쁜놈	내가 사랑해줄게. 그놈보다 더.
귀비	사랑하면 사랑받니?
나쁜놈	갖고 싶은 거 다 사줄게. 나 돈도 많아.
귀비	돈 많으면 성공하니?
나쁜놈	네가 타고 싶은 좋은 차도 있어.
귀비	차 있으면 빨리 가.
나쁜놈	닥쳐! (드럼 소리)
귀비	닥쳐! 닥쳐! 닥쳐!

나쁜 놈은 귀비를 겁탈하려고 한다. 나쁜 놈 무리1, 2 헐레벌떡 들어온다.

나쁜놈 무리1	나쁜 놈님 큰일 났어요!
나쁜놈	뭐야! 이 중요한 순간에.
나쁜놈무리2	서커스단 새끼들이 쳐들어왔어요!

귀비 도망간다. 유랑단, 순이 무리지어 쳐들어온다.

나쁜놈 뭐야! 너 이 자식들 아직 덜 혼났구나?

순이 귀비야! 괜찮아?

귀비 응.

캡틴 복수다! 귀비 씨를 구하러 왔다.

난장이 넌 이제 죽었어.

이때 빨대맨, 브레이브 맨을 입은 상태로 등장.

나쁜놈 뭐야. 넌 분명히 죽었을 텐데?

빨대맨 죽음은 아무것도 아니야.

나쁜놈 (웃는다) 이상한 명언 하지 마.

빨대맨 명언은 용감한 남자의 자격

나쁜놈 (놀란다) 전설의 브레이브 맨? 그걸 어떻게 네가!

빨대맨 싸우자.

■ 5-2. OK목장의 젖소와 결투

곡 'OK 목장의 젖소'가 원곡 그대로 흐른다. 이때 총격 씬(총소리)

나쁜놈 (총에 맞고) 으 으 아파. 살려 줘.

쌍둥이1 괘씸한 놈!

쌍둥이2 나쁜 놈!

캡틴 (소리친다) 언제나 나쁜 놈은 져. 착한 놈은 이겨.

난장이 권선징악!

빨대맨 아름다운 세상을 위해서 잘 가. (마지막 한 발 쏜다)

나쁜놈	으악! (죽는다)
귀비	나의 영웅. 나의 태양. 저는 당신이 구해줄 줄 알았어요. 하마터면 죽을 뻔했어요.
빨대맨	내가 구했어. 괜찮아? 걱정하지 마 날 믿어. 앞으로도 내가 널 지켜줄 거야.

빨대맨, 귀비 뽀뽀한다. 유랑단 박수치며 웃는다.

귀비	고백할 게 있어요.
빨대맨	뭐야?
귀비	(사이) 사랑해요.

유랑단 깔깔대고 웃는다. 야유와 부러움의 소리.

빨대맨	(긴 사이) 나도 고백할 게 있어.
귀비	뭐야?
빨대맨	나 여기 총 맞았어.
귀비	안 돼!

유랑단 깔깔대고 웃다가 놀란다. 신음하는 빨대맨. 다 같이 놀란다.

귀비	안 돼! 정신 차려요!
나비맨	안 돼!
캡틴	일어나!
순이	119에 전화해요. 어서!
나비맨	죽어가고 있어.

캡틴	그거 해! 그거! 살려내는 거.
난장이	심폐소생술!
나비맨	CPR!
쌍둥이1,2	뭐? 씨팔?

쌍둥이 함께 심폐소생술을 한다.

빨대맨	윽. 이런 CPR.
난장이	피가 더 나와.
나비맨	총 맞았을 땐 씨팔이 아니야. 이 바보야!
쌍둥이2	욕하지 하지 마라!
쌍둥이1	바보라고 하지 마라!
순이	야! 바보 새끼들아! 닥쳐!
귀비	순이야 내가 할게. (빨대맨을 안아준다) 괜찮아요. 죽지 않을 거예요. 많이 아파?
빨대맨	아프지는 않은데 피가 자꾸 나오니까 무서워.
귀비	피가 파란색이야.
난장이	그래. 피가 파란색이야.
빨대맨	나 사실 바다에서 왔어. 바닷속 말이야
귀비	바다?
빨대맨	응 난 바다에서 왔어! 사실 나. 가수 되려고 가출했거든.
귀비	그럼 당신은 인어야?
빨대맨	응. 난 인어야 사람이 아니야.
귀비	멋지다.
빨대맨	멋있지는 않아. 징그럽지. 비린내 나고.
귀비	그래도 내 눈엔 최고야.

빨대맨	(죽어간다) 있잖아. 내가 죽으면 바다에 버려줘. 이제는 집에 가고 싶어.
귀비	하지만 여기서 바다는 너무 먼걸.
빨대맨	그러면 내 시체를 네가 가져.
귀비	(독약을 꺼낸다) 어차피 나도 죽을 텐데?
쌍둥이1	내가 버릴게.
쌍둥이2	나도 버릴게.
빨대맨	(신음한다) 으, 죽어 간다.
귀비	안 돼.
빨대맨	나 죽을 것 같아 지금.
귀비	죽지 마.
빨대맨	죽는다. 안녕 귀비. 아 맞다. 그리고 나도 사랑해유.
귀비	십 초만 더 살면 안 돼?

빨대맨, 손가락으로 수를 세다가 십 초를 다 세지 못하고 죽는다. 모두 운다.
짧은 암전.

Epilogue. 빨대맨, 양귀비와 함께 떠나다

곡 '물 밑의 속삭임' 노래한다.

[물 밑의 속삭임]

나와라 나와라 나와라 나와 함께 가자꾸나 라라라라라
오천 년 속 널 기다린 바다 속으로 용왕님의 나라로 가자꾸나

놓아라 놓아라 놓아라 우리 함께 가자꾸나 라라라라라
널 버린 그 땅에 무슨 미련이 널 기다린 유일한 땅 어서
가자꾸나

파도여 파도여 파도여 바닷속에 용왕님도 라라라라라
그 곳에 그 밑에 무슨 미련이 널 기다린 바닷속을 가자꾸나

뛰어라 뛰어라 뛰어라 구름 아래 굽은 바람 라라라라라
저 거친 파도를 두려워 마라 널 기다린 전설 속을 어서
가자꾸나

저 별이 뜨고 내가 널 지켜줄게 메마른 발에 내가 널 끌어줄게
내 아련한 곳 물 밑의 속삭임 라라라라라라 라라라라라라 라

뛰어라 뛰어라 뛰어라 구름 아래 굽은 바람 라라라라라
저 거친 파도를 두려워 마라 널 기다린 전설 속을 어서
가자꾸나

저 별이 뜨고 내가 널 지켜줄게 메마른 발에 내가 널 끌어줄게
내 아련한 곳 물 밑의 속삭임 라라라라라라 라라라라라라 라

뛰어라 뛰어라 뛰어라 구름 아래 굽은 바람 라라라라라

저 거친 파도를 두려워 마라 널 기다린 전설 속을 어서
가자꾸나
나와라 나와라 나와라 나와 함께 가자꾸나 라라라라라
오천 년 속 널 기다린 바다 속으로 용왕님의 나라로 가자꾸나
용왕님의 나라로 가자꾸나 용왕님의 나라로 가자꾸나
용왕님의 나라로 가 가자꾸나

두 사람의 시체가 앞에 놓여있고. 유랑단 운다.

나비맨   잘 가.

난장이   잘 죽어.

캡틴   이렇게 끝이 나는군.

쌍둥이1   멋진 사랑이야.

쌍둥이2   그게 아니야 사랑은 원래 멋진 거야.

순이   사랑은 짧고 이별은 길다고 하더라.

유랑단   안녕.

암전.

※ 쿠키 장면

무대에 죽어있던 빨대맨이 일어난다. 환하게 미소 짓고 자신의 고향
(깊은 바다)을 바라본다. 양귀비 깨운다.

* 이때 중요한 것은 관객의 퇴장을 위해 극장의 문이 열리면 극이

진행되어야 한다는 것이다.

빨대맨　　귀비 씨~!

양귀비 일어난다. 황홀하게 정면 바라본다.

귀비　　　우와!
빨대맨　　여기가 우리 집이에요.
귀비　　　너무 좋아요! 완전 짱!
빨대맨　　아버지한테 인사드리러 가요.
귀비　　　아버님?!

둘 다 일어난다.

빨대맨　　아부지~!
귀비　　　아버님~!

퇴장.

막.

극 중 깊은 바다 속에 사는 물고기는 미지의 세계인 육지에서 꿈을 이루기 위해 모험합니다. 육지에서 고난을, 꿈과 사랑을 경험하지만 결국 총에 맞아 죽고 마는 우리의 물고기 빨대맨! 엉뚱하고 웃기는 이야기입니다. 그냥 모두가 즐겁고 재미있게 바라봐지기를 바라면서 쓴 작품 〈알랑가모르겠SHOW〉를 아무 생각 없이 바라 봐주시기 바랍니다. 의도만큼 잘 써내지는 못했지만요.

＊ 본 극은 25년간 대한민국의 '인디'신에서 수많은 명곡들을 만들어 낸 밴드 '크라잉 넛'의 노래에서 영감을 받아 만들게 되었습니다.

연애차사

김현준 지음

1.

병원. 몽둥이를 든 옥졸이 등장해서 둘러본다. 두리번거리더니 어디론가 사라진다. 잠시 후, 차사 쫓기듯 헐레벌떡 들어온다. 옥졸과 술래잡기 하듯 둘러보는 차사. 갑자기 전화기가 울린다. 기겁하며 전화 받는 차사.

차사　대감님? 아니… 저 그게 지금은 좀 전화가… 아 예. 급하시다고요. 네? 물론 쉽지 않은 결정이라는 거 알고 있습니다… 예, 그렇죠. 남자 쪽이 외모가 좀 별로에요. 그래도 팔다리도 다 달려있고 키도 크지 않습니까. 대감님, 요즘 대세는 키입니다. 외모가 중요한 게 아니에요.

옥졸 바람처럼 나타나 둘러본다. 차사 숨을 죽이고 핸드폰을 막는다. 옥졸 반대편으로 다시 사라진다.

차사　죄송합니다. 지하라서 잘 안 터지나… 그리고 제가 확인한 바에 의하면, (종이를 넘긴다) 이 친구가 삼재를 넘기고 나면 대운이 들어올 예정이랍니다. 부동산 쪽입니다. 대감님, 만석부자가 어디서 나옵니까. 땅에서 나옵니다. 지금 대감님 쪽 아이는 다 좋은데 사주에 금이 부족해요.

옥졸 다시 나타나고, 차사 납작하게 엎드린다.

옥졸 어디야? 어디 갔어? 어디냐고! 오늘은 진짜 잡는다! 내가 너 때문에 휴가도 못가고 갈굼 먹어야 돼? 뭔 놈의 인연장부는 그렇게 많이 고쳐대? (주변 둘러보며) 삼신님도 화나셨고, 인연부서 관리들도 전부 과로사로 쓰러지고! (몽둥이 휘두른다) 나와! 나오면 내가 확 씨!

옥졸 화려하게 몽둥이 휘두른다. 하지만 반응이 없다. 다시 사라진다.

차사 지금이 기회입니다. 대감님, 생각 잘 좀 해 주십시오. 저도 사주명부까지 빼돌리면서 이러고 있지 않습니까.

옥졸 갑자기 나타난다. 차사 목소리를 죽인다.

차사 네? 잘 안들려서⋯ 잘 결정하셨습니다! (눈치 보고 목소리 죽인다) 상대 쪽에 전달하겠습니다. (전화 끊고 다른 곳에 건다) 백 프로지, 백프로. 아, 여보세요? 성공했습니다. 뭘요. 제가 한 게 뭐 있다고. 어머님께서 덕을 잘 쌓으셔서 그 친구가 혜택을 보는 거지요. 예, 들어가세요. 퍼펙트! 아이고, 끝났다.

서서히 사라지던 옥졸 고개를 내민다. 차사 입을 틀어막는다. 옥졸. 한번 흘깃하더니 사라진다.

차사 아, 삼신할매 진짜 쪼잔하네. 어? 내가 뭐 죽을 죄 졌어? 그러게 누가 붓글씨로 일일이 장부 작성하래? 컴퓨터 좀 들여놓고 그래야지.

그러고 돌아서는데, 앞에 옥분 분홍색 상자를 끌어안고 앉아있다. 차사와 옥분, 잠시 서로 쳐다보고 있다. 옥분, 차사를 보더니 손을 모은다. 차사, 옥분 눈앞에 손을 가져다 흔든다. 꿈쩍도 않는 옥분의 눈. 슬그머니 상자에 손을 갖다 대는데, 귀신같이 상자를 옆으로 치운다. 한 두어 번 시도하다가 포기하고 성질내는 차사.

차사　보이는 줄 알았잖아! 에이씨, 간 떨어지게 진짜.

돌아서서 가려는데, 옥분의 기도소리 들린다.

옥분　비나이다, 비나이다. 우리 손자에게 아름다운 짝 하나만 점지해주십시오. 제가 가고 나면 홀로 외로이 살아야할 아이가 걱정이 됩니다. 제가 안심하고 눈을 감을 수 있도록 이쁘고 참한 색시 하나만 옆에 두게 해주십시오. 신령님 부처님 하느님, 기도드립니다….

옥졸 다시 나타난다. 차사 옥분의 뒤에 숨는다. 옥분 중얼거리면서 계속 기도하고 있다. 옥졸, 기도하는 옥분 보고는 사라지고, 차사, 옥분 뒤에 숨어 있다가 잠든다.

시간이 흐르고 날이 밝는다. 차사 눈 뜨는데, 옥분 여전히 기도중이다. 차사, 옥분 멀거니 바라보고 있다. 그때, 희태 나타난다. 멀리서 할머니를 보고 손을 흔들며 걸어온다. 옥분, 반갑게 맞으며 상자를 챙겨 끌어안는다.

희태　할머니, 왜 나와 계세요.

옥분	아이고, 우리 손자 왔나?
희태	식사는 하셨어?
옥분	묵었지. 아이고, 얼굴이 왜 이렇노.
희태	이렇게 태어났어.
옥분	아니, 피부가 꺼실하네. 밥은 잘 챙겨묵나?
희태	그럼, 오늘도 두 그릇이나 먹고 왔지.
옥분	한창 클 나이인데 그거 가꼬 되겠나.
희태	할머니, 나 서른 넘었어.
옥분	뭐라꼬? 니 대학생 아이가?
희태	몇 년 전이야.
옥분	(말이 없다)
희태	할머니.
옥분	밥은 잘 챙겨묵나?
희태	한창 클 나이니까 밥 잘 챙겨 먹지.
옥분	그래, 많이많이 묵어야 된다. 그래야 힘내서 공부하지. 자… 이걸로 맛있는 거 사묵어라.
희태	에이, 됐어요. 괜찮아.

옥분, 희태에게 돈을 내민다. 희태, 손을 내젓다가 슬그머니 돈을 받아 주머니에 넣는다.

희태	할머니, 아직 날이 쌀쌀해요. 이제 들어가요.
옥분	느그 할배 기다려야 되는데.
희태	할아버지 이야기 하지 말아요.
옥분	그래도 느이 할아버지다.
희태	죽었는지 살았는지도 모르는데.

옥분	그런 소리 하지 마라.
희태	알았어요.
옥분	(사이, 상자를 쓰다듬으며) 꼭 돌아 올끼다.
희태	할머니, 그 상자 안에 뭐 들었어요?
옥분	느이 할배 사진.
희태	봐도 돼요?
옥분	안된다. 닳는다.
희태	한 번을 안 보여주시네. 집 나간 사람 뭐가 좋다고 기다려요.
옥분	희태야.
희태	할아버지 아니었으면 우리 더 행복했을 거야.
옥분	(사이) 밥은?
희태	들어가요, 우리.

희태, 옥분 들여보낸다. 옥분, 가다가 뒤를 돌아보고, 희태 미소 지으며 손을 흔든다. 옥분도 웃으며 손을 흔들고는 병실로 들어간다. 돌아서는데, 누군가가 반갑게 다가와 희태에게 손을 흔든다. 희태도 얼결에 손을 흔드는데, 종이 하나를 건네고 다시 사라진다.

희태	아… 병원비… 돈이….

희태 핸드폰을 꺼내 계좌를 확인한다. 차사 역시 옆에서 고개를 내밀고 희태의 핸드폰을 본다. 잔고가 뜨자 한숨을 쉬는 희태와 경악하는 차사. 희태, 힘없이 걸어간다. 차사, 희태 멀어져가는 뒷모습 바라보다가 희태 쫓아간다.

2.

희태 집. 희태 소주를 봉투에 담아 들어온다. 앉아서 소주를 마신다.
가만히 허공을 바라본다.
아무것도 없이 휑하다. 희태는 소주를 더 마신다.

희태 감독님, 제가 오디션만 되면 너무 긴장을 해서요… 다른 거
하나 더 보여드리면 안 될까요? 준비해 놓은 게 있어요. 너
무 떨려서 그렇습니다. 실전에 강해요 제가… 제발 한번만
기회를 주세요. 저 아직 오 분도 안 보셨잖아요.

대답이 없다.

희태 죄송합니다. 월세가 많이 밀렸죠. 요즘 알바가 다 끊겼어요.
조금만 시간을 주세요. 제가 어떻게든… 아니, 보증금을 올
리시면… 할머니 돌아오실 곳은 있어야 된단 말이에요.

희태 주변의 소주병이 점점 더 늘어간다. 여전히 대답은 없다.

희태 솔직하게 말씀해 주세요. 저희 할머니 얼마나 심각하신 상
태에요? (사이) 더 나아질 순 없나요? (사이) 좀 희망적인 이
야기는 못 해주시나요? (사이) 그럼 이렇게 지켜볼 수밖에
없어요? 돌아가실 때까지? (하늘을 바라본다) 왜 저한테만 이

러세요… 저 이제 할머니 하나 밖에 없어요. (사이) 이럴 거면 왜 태어나게 만들었어요.

대답이 없다. 희태, 품속에서 약통 하나를 꺼낸다.

희태   그냥 죽는 게 편하겠다….

뚜껑을 연다. 알약들을 손에 쏟는다. 망설이는 희태. 한 알만 꺼내서 씹어본다. 쓰다. 퉤 뱉는다. 찌푸린 얼굴로 쳐다보다가, 한 번에 털어넣는다. 가만히 있다가 다시 약통에 뱉어낸다. 얼굴을 감싸고 가만히 있는다. 문득 주머니에 손을 넣어 꼬깃꼬깃한 만원을 꺼낸다. 약통을 닫고 잠든다.
차사 등장. 희태의 엉덩이를 걷어찬다.

차사   안녕. 이건 꿈이야.
희태   (여전히 잠에 취했다) 아… 뭐야.
차사   맛이 갔네. 야. 정신 좀 차려봐.
희태   (눈 번쩍 뜬다) 뭐야, 누구세요? 왜 우리 집에 와 있어?
차사   이거 꿈이라니까.
희태   꿈이라구요? (볼 꼬집어본다) 아픈데? 신고할 거예요. 나가세요!
차사   아 꿈 맞다고, 임마!
희태   도둑이야!

희태, 차사에게 달려든다. 차사, 손 휘젓자 희태 그 자세 그대로 굳는다. 입만 움직인다.

희태	뭐야 이거?
차사	꿈이야 꿈.
희태	너무 생생한데?
차사	안 까불 거야?
희태	네.
차사	(손을 젓는다) 풀어줄게.
희태	(휘청한다) 당신 뭐야?

차사, 굴러다니는 약통을 집어든다. 경박스럽게 흔든다.

차사	너 혹시 자살하려고 했냐?
희태	줘요.
차사	너만 편해지면 다야?
희태	달라구요.
차사	너희 할머니는 어쩌고?
희태	(소리 지른다) 그래서 안 죽었잖아!
차사	(가만히 바라본다)
희태	당신 뭐야?
차사	이 몸으로 말할 것 같으면, (헛기침) 저승에서도 제일 유명한 연애차사다.
희태	연애차사? 그게 뭐야?
차사	(핸드폰 꺼내 본다) 이름, 김희태, 나이 서른둘, 직업 배우… 너 왜 배우 해?
희태	잘생긴 사람들만 배우 해야 돼요?
차사	성격 자신감 없고 소심함. 연애경험 … 너 모쏠이냐?
희태	아까부터 뭘 보고 있는 거예요?

차사	너 신상 다 나와있는 저승 어플인데?
희태	어디 봐요.
차사	어허, 안 되지. (희태 멱살 잡는다) 됐고, 너 혹시 좋아하는 사람 있냐?
희태	왜요?
차사	인생에 재미 좀 느끼게 해주려고. 원래 인생에 희망도 재미도 없으면 죽고 싶은 거거든.
희태	냅둬요.
차사	(들어올린다) 싸움 잘하냐?
희태	같이 일하는 배우요!
차사	좀 자세하게 이야기해봐.
희태	어, 그러니까 이름은 서지연이구요, 나이는 아직 정확하게 잘 모르구요,
차사	재미있게!

차사, 희태를 집어 던진다. 장면 바뀌어 술집. 웅성거리는 소리. 지연 앉아있다. 희태, 쭈뼛거리며 들어온다. 주변 둘러보는데 자리 다 차 있다. 선배가 지나가며 희태 어깨 툭 친다.

선배	야, 뭐해? 저기 자리 비었어. 가서 앉아.
희태	아… 네.

희태, 자리에 앉는다.

지연	안녕하세요.
희태	….

지연	안녕하세요.
희태	저요? 아, 안녕하세요.
지연	서지연이에요.
희태	김희태입니다.
지연	알아요. 얼마 전에 공연하신 거 봤어요.
희태	아, 그래요? 어쩌다….
지연	민정이가 제 친구라서요. 민정이가 오빠 연기 엄청 잘하시고 착하다고 칭찬 많이 했어요.
희태	(부끄럽다) 에이, 아니에요.
지연	저는 이번에 연극 처음이에요. 그래서 막 떨려요. 많이 가르쳐 주세요.
희태	아, 저도 잘 몰라서….
지연	오빠 공연하는 거 봤다니까요. 잘하시잖아요.
희태	아니에요.
지연	(고개 꾸벅) 제가 많이 부족해도 잘 부탁드려요.
희태	(같이 꾸벅) 아… 아니. 제가 더 잘 부탁드려요. 저도 부족해서….

둘 다 할 말이 없다. 지연은 희태에게 말을 더 걸려고 하지만 희태는 핸드폰만 만지고 있다. 눈치보다 슬그머니 폰을 꺼내 술상 사진을 찍는다. 어설프다.

지연	뭐 하세요?
희태	아… 이게… 할머니 문자 오셔가지구요. 저 뭐하는지 궁금해 하셔가지고.
지연	할머니요?

희태	네… 지금 병원 계시거든요.
지연	어쩌다가요.
희태	그냥… 뭐… 나이 드셔서 몸도 안 좋으시고 그냥.

지연, 고개 끄덕이고 희태 다시 사진 찍는다. 지연, 계속되는 찰칵 소리에 희태 화면 슥 본다.

지연	진짜 맛없게 생겼어요.
희태	네?
지연	폰 줘 봐요.
희태	아… 네.
지연	(뭔가를 만져준다) 이렇게 찍으면 더 예뻐요.
희태	우와. 사진 잘 찍으시네요.
지연	할머니 좋은 거 보셔야죠.
희태	감사합니다. (한 번 찍어본다) 아니 이게… 근데 잘 안 되는데.
지연	각도가 중요해요. 요렇게.
희태	아… 이렇게.

희태, 지연의 지시에 따라 요리조리 사진 찍는다. 그러다 문득 지연을 보는데, 열심히 자신에게 사진을 가르쳐주는 모습이 예뻐 보인다.

차사	사진 찍어줘서?
희태	그런 거 아니에요. 성격 좋잖아요.
차사	너한테 관심있는 게 아니고 그냥 원래 저런 성격이면?
희태	상관있어요?
차사	뭐?

희태	제가 반했다는 게 중요한 거지.
차사	그냥 얼빠는 아니라는 거지?
희태	차사님 저승 사람 맞아요? 말이 왜 이렇게 저렴해?
차사	나 저승 핵인싸야 임마. 이승 트렌드 안 따라가면 어떻게 살아 남냐? 그래서, 그렇게 얼마나 됐냐?
희태	얼마 안 됐어요. 그냥 그러고 지금 한달 지났나.
차사	한 달 동안 아무 진전이 없었어?
희태	연습하기 바빴죠.
차사	연습하면 연애 못하냐?
희태	저는 멀티가 안 되는 사람이에요.
차사	밥 먹으면서 티비 본 적 없어?
희태	그거랑 어떻게 똑같아요?
차사	뭐가 달라. 답답해 죽겠네 진짜. 야, 알았어. 일단 다음에 만나자.
희태	이러고 그냥 가요?
차사	나도 뒷조사 좀 해야 될 거 아니야 임마!
희태	알았어요.
차사	그리고 술 작작 쳐 먹어. 이제 정신 차려!
희태	차사님은 저 처음 봤는데 제가 술을 많이 먹는지 안 먹는지 어떻게….
차사	기상!

희태 일어난다. 잠시 멍하니 있다가 주변의 술병을 치운다.

3.

차사, 지연을 쫓아다니며 일거수일투족을 감시한다. 지연이 하는 행동 하나하나를 상세하게 보면서 뭔가를 열심히 메모하는데, 뒤에서 누군가가 나타나 차사의 멱살을 들어 집어 던져버린다. 쾅 소리. 지연 깜짝 놀라 돌아보는데, 차사가 보일 리가 없다. 고개를 갸웃하고 다시 할 일에 집중하는 지연. 비틀거리며 차사 일어나는데, 누군가 팔짱을 끼고 차사를 노려보고 있다.

수호령 아니, 이게 누구세요? 저승 최고의 양아치 중매쟁이 아니세요?

차사 저를 아시는 거 보니까 그 쪽이 얘 수호령이시겠네.

수호령 왜 우리 지연이 뒤를 졸졸 따라 다니시는 거예요?

차사 아니 뭐… 크게 별 일 있는 건 아니고….

수호령 저쪽 황가네가 당신한테 속아서 울고불고 난리가 났던데요.

차사 황가…? 아니, 내가 그 쪽에 뭘 잘못했어? 선남선녀 이어줬는데.

수호령 남자 쪽이 빈털터리잖아요!

차사 무슨 소리야? 돈 많잖아? 말년에 운세 좀 비틀어져서 그렇지.

수호령 그냥 비틀어진 게 아니고 사업 말아먹고 10억 넘게 빚 졌잖아!

차사 아니, 둘이 서로 사랑해서 결혼한 거지! 법칙 몰라? 수호령

50대 본인 마음 50! 뭐 내가 억지로 둘이 이어지라고 칼 들고 협박했어? 거 황씨 아저씨도 그 남자 재산 보고 혹했잖아!

수호령 당신 진짜 악질이에요. 사주명부 빼돌렸으면 말년에 운세 기울어질 거 알고 있었잖아요. 아니에요?

차사 아니, 이봐. 그래서 뭐 사람이 죽길 했어 어쨌어? 그래도 결국은 다시 둘이서 힘 모아서 취직도 하고 애들도 사고 안 치고 잘 크고 있잖아? 꼭 부자여야 사람이 행복해?

수호령, 대답 대신 차사의 멱살을 잡아 들어올린다.

수호령 우리 지연이, 어릴 때부터 집안에서 금이야 옥이야 하면서 키운 애에요. 함부로 건드리면 가만 안 둬.

차사 (목이 막혀 컥컥거리면서도) 지가 좋다는 사람 만나야지. 당신이 그걸 왜 정해?

수호령 경고했어 진짜.

수호령, 차사를 털썩 내려놓는다. 차사 바닥에 주저앉아 목을 만지고, 수호령 노려보면서 뒷걸음질로 사라진다. 차사, 섬찟하다. 목을 매만지다가 화풀이하듯 희태를 끌고 나온다.

희태 뭐야? 나 또 꿈이야?

차사 이제 그냥 믿을 때 되지 않았냐?

희태 같은 꿈을 두 번 꿀 수 있나…?

차사 야, 집중해. 들어봐. 너 얘가 진짜 좋냐?

희태 누구…?

차사	누구 이야기 하는 거 같냐? 서지연!
희태	(사이) 좋은 거 같은데요.
차사	좋은 거 같은 게 뭐냐?
희태	아니, 왜 이렇게 자꾸 밀어붙이세요? 만난 지 얼마 되지도 않았어요. 저도 제 마음 어떤지는 확실히 알아야 되잖아요.
차사	확실히 해야 앞으로 가든 말든 하지 임마! 나도 목숨 걸어야 돼!
희태	왜 화를 내요.
차사	나도 뒤질 뻔했단 말이야!
희태	저도 제 마음을 잘 모르겠어요.
차사	니 마음이 어떤데?
희태	그냥 가슴 두근거리고 계속 생각나고 그러다보면 미소도 지어지고 같이 있고 싶다고 생각하고 그 정돈데요.
차사	좋아하는 거잖아?
희태	그게 말이 돼요? 본지 이제 한 달 됐는데?
차사	하루 만에도 사랑에 빠지는 게 사람이야. 너 개 싫어?
희태	싫은 건 아니죠. 좋은데….
차사	좋으면 좋은 거 아니야? 뭐 때문에 자꾸 그래?
희태	… 자신이 없어요.
차사	뭐?
희태	차사님. 지금 제 꼴 좀 보세요.
차사	니가 뭐… (얼굴 본다) 넌 손톱이 예뻐.
희태	그거 말고는요?
차사	나머진 비밀이야.
희태	됐어요. 내 인생이 그렇지 뭐.
차사	야, 그게 아니라.

희태	무서워요. 할머니 돌아가시고 나면 못 버틸 거 같아요.
차사	그래서 기껏 생각한 게 할머니보다 먼저 가는 거야?
희태	….
차사	너 할머니한테 너무 한 거 아니냐? (억지로 고개를 잡아 돌린다) 내 눈 똑바로 보고 이야기 해봐. 심한 거 아니야?
희태	뭐가요.
차사	할머니 두고 먼저 갈 거야? 내가 죽어봐서 아는데, 죽고 나면 돌릴 수도 없어.
희태	….
차사	죽을 거면, 한 가지만 해 주고 가자.
희태	뭘요?
차사	할머니가 너한테 가장 크게 바랬던 게 뭐야?
희태	성… 성공하는 거?
차사	내가 로또 번호 읊어주는 산신령으로 보이냐? 좀 더 소소한 거 생각해봐 임마!
희태	참한 처자… 만나는 거 보고 싶다고 했어요. 그럼 행복할 것 같다고.
차사	그럼 그거 하나 해 드리자. 그리고 나서도 살기 싫으면, 그 때 내가 직접 죽여줄게.
희태	무슨 그런 무서운 말을 해요.
차사	안 아프게 보내 줄 수도 있는데.
희태	그런 소리 좀 하지 마요.
차사	근데 너 그거는 알아야 된다. 지연이라는 애, 사주가 좋아. 얘는 팔자 핀 애야. 성공도 하고 잘 먹고 잘 살 거야. 집안이 덕을 잘 쌓았어. 너랑은 급이 달라. 수호령도 만만찮게 꼬장꼬장하고.

희태　그러면, 안 되는 거잖아요….

차사　법칙이 있어. 오 대 오의 법칙. 수호령 5, 본인 마음 5. 그런데 너, 자식 이기는 부모 봤냐? 본인의 오를 꽉 채우고 나면, 수호령도 어쩔 수 없이 허락한단 말이야. 그러니까, 서지연 개 마음만 잡아.

희태　수호령도 남아 있다면서요.

차사　그건 나만 믿어. 나 해결사야. 계속 이러고 싶어? 니 구질구질한 인생, 행복이라도 하나 건지고 싶지 않냐?

희태　(사이) 행복했으면 좋겠어요.

차사　그럼 하는 거다? (손 내민다) 악수.

희태　(잡는다) 네.

차사　이제 놔.

희태　아, 죄송합니다.

차사　손에 땀이 왜 이렇게 많아.

희태　다한증인가….

차사　가지가지 하네 진짜. 지금부터 내가 하는 이야기 잘 들어.

4.

연습실. 희태, 대본 보고 있는데 정신은 다른데 가 있는 듯 보인다. 자꾸 입구를 힐끔거린다. 갑자기 입구 쪽이 확 밝아지면서 지연 등장한다. 츄리닝에 머리 질끈 묶었지만 희태의 눈에는 누구보다 화사하다. 희태, 넋을 놓고 지연을 바라본다.

지연   오빠, 안녕하세요.

희태   (멍하다) 네.

지연   네?

희태   안녕하세요.

지연   (웃는다) 왜 그래요.

희태   아니, 지연 씨 들어오는데 그게… 빛이….

지연   저 오늘 이쁘죠?

희태   어, 그게, 네.

지연   농담인데. 화장도 제대로 안 하고 왔는데 뭐가 그렇게 이뻐요.

희태   화장 안 해도 이쁜데.

지연   (주먹질) 이 오빠 봐?

희태   (신음) 진짜예요.

지연   웃겨 진짜. 어디가요?

희태   다요.

희태, 지연 빤히 쳐다본다. 지연, 희태, 둘 서로 마주 보고 있다. 분위기가 묘하다.

지연 (때린다) 에잇!

희태 왜요??

지연 아, 나는 이런 분위기 못 견디겠어! 오빠 진짜!

희태 (억울하다) 아니, 저는 그냥….

지연, 희태 보다가 가방 뒤져서 초콜릿 건네준다.

희태 뭐예요?

지연 오늘 저 이쁘다고 해줬으니까 선물이에요.

희태 괜찮은데….

지연 받아요. 내가 제일 좋아하는 건데.

희태 잘 먹겠습니다.

지연 오빠도 오늘 잘생겼네.

희태 네?

지연 농담! (웃는다) 아니에요. 오빠도 멋진데 있어요.

희태 어딘데요?

지연, 대답 없이 안으로 뛰어서 들어간다.

희태 어디….

희태, 멍하다. 차사, 고개만 빼꼼 내밀고 그 모습 보고 있다.

차사	야, 입에 파리 들어가겠다.
희태	깜짝이야. 뭐예요? 이거 꿈이야?
차사	아닌데.
희태	근데 왜 여기 있어요?
차사	난 꿈에서만 나온다고 한 적 없는데?
희태	들어가요, 다른 사람들 보기 전에!
차사	너나 조심해. 허공에 대고 중얼거리는 정신병자 같을 걸.
희태	(눈치 보면서 대본 앞에 편다) 나만 보이는 거예요?
차사	어, 너만 보여.
희태	아, 진짜 미치겠네.
차사	연기 하는 거 좀 보자.
희태	오늘 연기 안 해요!
차사	배우가 연기 안 하면 뭐해?
희태	오늘 춤추는 씬이란 말이에요!
차사	야, 이거 조졌다.
희태	왜요?
차사	너 관상이 춤 뒤지게 못 추는 관상이야.
희태	그건 무슨 관상이야?

갑자기 무대 한 쪽이 확 밝아진다. 똑같이 트레이닝 복에 머리를 뒤로 질끈 묶은 지연 등장. 희태 또 멍하니 바라본다. 차사, 고개를 절레절레 젓는다.

차사	너 쟤가 토해도 이뻐 보일걸.
희태	(멍) 조용히 해요.
지연	네? 저요?

희태	(깜짝) 아니, 아니요, 지연 씨. 지연 씨 말구요. 대본. 대본이에요.
지연	아, 놀랐잖아요.
희태	죄송해요.
지연	아니에요. 우리 빨리 준비해요!
희태	네.
목소리	자, 배우 분들 준비하세요. 오늘은 저번에 말했던 안무 나갈게요. 준비 되셨죠?
지연	네!
목소리	자, 갑시다!

음악 두둥.

목소리	자, 10분 휴식하고 다시 갑시다!
희태	와, 힘들다.
지연	아, 더워.
희태	더워요?
지연	네.
희태	그렇구나.

정적. 뒤에서 차사 희태에게 물통 쥐어준다.

차사	뭐해!
희태	(황급히 뛰어가서 물을 건네준다) 마실래요?
지연	고마워요, 오빠.
차사	(뚜껑 열어준다) 뚜껑 좀 따 줘라.

지연	어? 아까 뚜껑….
희태	(차사에게서 뚜껑 뺏는다) 여기요. 저 손 엄청 빨라서.
지연	그렇구나.

지연이 웃는다. 희태 차사 쳐다보고 차사는 엄지손가락을 들어올린다. 그때, 수호령이 뒤에서 나타나 엄지손가락을 꺾어버린다.

수호령	하지 말랬지!
차사	(끌려 들어간다) 으아악!
희태	(당황) 어… 저기….
차사	(수호령과 얽혀서 힘겹게 튀어나온다) 약속잡기!
희태	지연 씨, 혹시 오늘 끝나고 뭐해요?
차사	(볼 꼬집힌다) 안 돼!
지연	친구들이랑 한잔해요.
희태	저도요.
차사	(머리채 잡힌다) 다음 주!
희태	혹시 다음 주 연습 끝나고 같이 밥 먹을래요?
지연	(보다가) 그럴까요? 뭐 좋아해요?
희태	아무거나….
차사	(수호령 헤드락 걸면서) 야!
희태	먹지는 않습니다. 생각 좀 해볼게요.
지연	알았어요.
희태	(벌쭉) 네.
차사	(헤드락 당한다) 시간, 시간!
희태	아, 언제가 팬찮으세요?
지연	다음 주 월요일 어때요?

희태 좋아요.

차사 좋았어. (끌려 들어간다) 살려주세요!

희태 아, 시끄러워 죽겠네! 진짜! (주변 둘러보며) 아… 대사… 대사에요.

희태, 머쓱하게 대본 보면서 구석으로 걸어가고, 차사, 수호령, 엉망진창이 된 채 숨을 헐떡이며 나온다.

수호령 (숨을 몰아쉬며) 내가 경고했죠!

차사 (숨을 몰아쉬며) 뭔 경고?

수호령 머리를 더 맞아야 기억이 날라나, 진짜. 뭐에요. 저 남자죠, 당신이 지연이랑 엮어주려는 사람!

차사 그래, 맞는데 어쩔래!

수호령 급이 맞다고 생각해요 지금? 생긴 것도 완전 별로고 옷 스타일도 후줄근해! 거기다가 얼굴에 빈티 엄청나게 생겼어! 우리 지연이는 천사 같고 이쁘고 아름답고 날개도 있다고!

차사 야, 그거 발언 위험해! 차별이야?

차사, 수호령에게 가까이 다가온다. 수호령, 가만히 보다가 차사의 목을 잡는다.

수호령 붙지 말아요, 짜증나니까.

차사 넵.

수호령 (차사를 놔준다)

차사 나는 한 번도 사람 불행하게 만든 적 없어.

수호령 뭐라구요?

차사	진심이야. 밖에서 봤을 때 당신들 기준에서는 그렇겠지. 그 기준이 뭔데? 돈? 부동산? 물론 중요하지. 하지만 두 손아귀에 움켜쥐고도 넘쳐 흐를 만큼 돈이 있어야 꼭 행복이란 게 생겨? 더 큰 재산이 생겼잖아. 사람과 사랑이라는 큰 재산이 생겼잖아.
수호령	(가만히 보다가) 아저씨. 돈이 최고예요. 어디서 약을 팔어?
차사	아 안 먹히네 진짜!
수호령	도대체 이렇게까지 하는 이유가 뭐예요? 저 남자가 도대체 뭔데?
차사	내가 이상한 애 소개하겠어? 그래. 인정해. 말도 안 되는 인연도 여럿 이어주고 그랬어. 근데 얘는 애 괜찮아. 좀 봐 줘라. 쟤도 저렇게 좋아하는데. 당신도 저럴 때 있었잖아.
수호령	초면에 뭘 알아?
차사	모르는데 그냥 그랬을 거 같다고.
수호령	좀 꺼져 그냥!
차사	쟤 할머니 얼마 안 남았어. 가고 나면 혼자란 말이야. 불쌍하지도 않아?
수호령	불쌍해. 나도 감정 있어! 근데 안 되는 건 안 되는 거야.
차사	너 나 몰라? 내가 연이란 연은 다 끊어놓을 거야.
수호령	어금니 꽉 깨물어요.
차사	암만 때려봐라, 다음 날 또 나타날 거다.
수호령	당신 진짜 미친 사람이지?
차사	왈왈왈.
수호령	야, 이 미친놈아!
차사	왜 이렇게 까칠하게 굴어?
수호령	지연이 쟤, 상처받은 애예요.

차사	사람마다 상처 없는 애가 어디 있어?
수호령	전에 만났던 남자한테 다 퍼줬는데 그 찢어 죽일 놈이 결국 바람피워서 헤어졌다고.
차사	그런 사람들 많아.
수호령	다른 놈들 내가 알아야 돼요? 내 새끼가 중요하지? 헛소리 할래요? 몇 날 며칠을 나가지도 않고 밥도 안 먹고 우는데 그걸 보면서 아무것도 못 해 주는 내 맘을 니가 알아요? 아니고!
차사	(사이) 알아. 그냥 바라보기만 해야 하고 손도 내밀 수 없는 마음이 뭔지 알아. 내가 방금 경솔했어. 진심으로 사과할게.
수호령	… 좋아요. 사과는 받을게요.
차사	내 아이는 달라. 사주에 불이라곤 하나도 없는 애야. 찐따라서 사람들 앞에서 화도 못 내고 속으로 삭히거나 방 한 구석에서 벽이나 두드리는 멍청이라고. 적어도 바람피우거나 당신 아이 나쁘게 대하거나 그러진 않아. 그럴 깜냥도 못 돼. 봐서 알잖아. 많이 바라지도 않을게. 기회 한 번만 줘.
수호령	진짜….
차사	서지연이 싫다고 하면 더 귀찮게 안할게. 진짜, 약속!

수호령, 고민한다. 입술도 깨물고, 발도 두드리고, 빙글빙글 돌기도 한다. 그리고 크게 한숨을 내 쉰다.

수호령	알았어요. 내 이야기 잘 들어요.
차사	뭔데.
수호령	괜찮은 사람 아니면 죽어요. 진짜 두 번 죽는 거야. 우리 지연이 눈에서 피눈물 나게 하면 찢어서 지옥에 던져버릴

거야.

차사 진짜? 진짜지? 거짓말 아니지? 정말이지?

수호령 조건 이야기 안 했어요.

차사 뭐야, 저거 조건 아니야?

수호령 저건 당연한 거야. 진짜 헛짓거리만 해봐요.

차사 알았다니까. 그럼 뭐야, 뭐가 맘에 안 들어?

수호령 (희태 가리킨다) 쟤 옷 좀 어떻게 해봐요.

차사 오케이, 딜!

차사, 손을 내민다. 수호령, 가만 보다가 그 손을 철썩 친다.

수호령 이게 무슨 계약인 줄 알아요?

차사 거 손 되게 맵네.

차사, 손 털다가 희태 노려본다. 그리고 희태 끌고 들어간다.

희태 아, 뭐예요 갑자기!

차사 반항하지 말고 가만히 있어!

소란스러운 소리, 간간이 희태의 비명소리가 들린다. 잠시 후, 녹초가 된 차사와 깔끔하게 변한 희태 등장.

희태 왜 이렇게 옷이 불편해요?

차사 야, 왜 이렇게 꾸미는 걸 못해? 다 입혀줘야 돼?

희태 차사님은 죽은 사람이 뭐 이렇게 옷에 관심이 많아요?

차사 저승도 텔레비전 나와 이 새끼야.

희태	맨날 욕하고 그래….
차사	빨리 가! 야야, 잠깐!
희태	왜요?
차사	안경 벗어!
희태	(안경 벗는다)
차사	얹어.
희태	(안경 쓴다) 네.
차사	얼른 가.

희태, 가다가 멈춘다.

차사	왜 그래 임마?
희태	너무 떨려요.
차사	뭐?
희태	심장 터질 거 같아요. 못 가겠어요.
차사	뭐라는 거야, 진짜!
희태	(주저앉는다) 진짜 너무 긴장돼서 숨이 안 쉬어져요. 만약에 거절당하면 어떻게 해요?
차사	야, 정신 차려! 행복해지고 싶지?
희태	… 네.
차사	공짜로 오는 행복은 없어. 노력해. 난 지금 널 위해서 쎄빠지게 뛰고 있는데 넌 뭐 하는 거야. 남이 떠 먹여주는 행복만 쳐 먹을 거야?
희태	그치만 떨려요.
차사	안 떨리면 사이코패스야. 정상이라 다행이다. 이제 일어나!
희태	(숨을 깊게 쉰다) 저 할 수 있겠죠?

차사	할 수 있어.

희태, 고개를 씩씩하게 끄덕인다. 그리고 움직이지 않는다.

차사	이 타이밍에 가야 돼.
희태	(고개 세차게 흔든다)

차사, 희태 뒷덜미 잡아 던진다. 희태 날아간다.
시간이 흘러 커피숍. 지연과 수호령 함께 있다. 수호령 계속 못마땅한
표정이다.

희태	아니 지연 씨… 제가 산다고 했는데….
지연	누가 사면 뭐 어때요.
희태	아니에요. 그래도 지연 씨가 나와 줬는데 제가 사야죠.
지연	같이 놀려고 나온 건데 나와주는 게 어딨어요. 왜요, 오빠 저랑 반반 하실래요?
희태	어… 그럼… 계좌가….
차사	미쳤어? 차라리 커피를 사.
희태	커피 살게요.
수호령	커피?
지연	그럼 비싼 거 마실래요. 케이크도 할래요! 괜찮죠?
차사	(희태 턱 잡는다) 표정 관리 좀 해.
희태	다 괜찮아요.
지연	근데 오빠, 왜 이렇게 심각해요? 표정이 너무 긴장돼있어요.
희태	아니에요, 저 오늘 정말 재미있어요.
지연	저도 재미있었어요.

희태	진짜요?
수호령	(흉내) 쥔짜여?
지연	(웃는다) 오빠 좀 귀엽네요.
차사	(희태 입 막는다) 여기서는 그냥 웃어.
희태	(그냥 웃는다)
지연	어? 무슨 동물 닮았다는 이야기 들어봤어요?
차사	호랑이.
희태	(고민) 비버?
수호령	비버?
지연	(웃는다) 죄송해요. 너무 웃었죠.
희태	지연 씨는요?
지연	전 뭐 닮았을 거 같아요?
희태	이쁜 고양이요.
수호령	천사거든?
지연	칭찬이죠?
희태	그 눈 파란 거… 페르시안 블루?
지연	저 페르시안 블루 진짜 좋아하는데.
차사	이거 물어야 돼.
희태	저도요. 멋있어요.
지연	키워보셨어요?
희태	인스타에서 사진만 봤어요.
지연	오빠 인스타 해요?
희태	네.
지연	우리 맞팔해요.
수호령	안 돼!
차사	돼.

희태	아… 네.

둘, 인스타 주소를 교환한다.

지연	오빠는 인스타에 왜 아무 것도 없어요?
희태	그냥….
지연	인스타 업로드 하나 해요. 사진 제가 골라줄게요.

지연, 희태의 핸드폰을 가져간다.

지연	근데요.
희태	네, 지연 씨.
지연	인스타도 안 하는 사람이 셀카는 왜 이렇게 많이 찍었어요?
희태	아, 안 돼요!
지연	왜요, 귀여운데. 이거 올려야지!
희태	안돼요, 진짜 안돼요. 부끄러워요.
지연	알겠어요. 그럼 맘에 드는 사진 하나도 없는 거네요?
희태	그게 그냥 심심해서 찍은 거라서 뭐 절대로 다른 생각이나 이런 게 있는 건 아니고….
지연	같이 사진 하나 찍을까요?
희태	저는 절대로 제 자신한테 취하거나 그러지… 네?
지연	같이 사진 하나 찍자구요. 저 사진 이쁘게 잘 찍잖아요.
희태	아… 네.
지연	인스타에 올려도 돼요.
희태	(멍하다) 네.
지연	할머니도 보여드려도 좋고.

희태	네.
지연	여기 배경 좋다. 할머니 이쁜 거 보여드려요 우리. 오빠 머리 좀….

희태, 머리를 만지지만 자꾸 헝클어진다. 보다 못한 지연이 머리를 넘겨준다. 희태, 심장이 또 빠르게 뛴다. 차사와 수호령, 그 모습 지켜보고 있다.

차사	애 착하지?
수호령	비버보다 못생긴 게 맘에 안 들어요.
차사	마음에 들 거야. 걱정 마.
수호령	개수작 부리면 바로 꿈에 들어가서 벼락 때려버릴 줄 알아요.
차사	알았어.
수호령	약속했으니까 일단 지켜보는 거예요.
차사	알았어, 알았어. 고맙다.

희태 집. 희태, 피곤한 표정으로 터덜터덜 걸어 들어온다. 차사, 한심한 표정으로 쳐다보며 뒤따라 들어온다.

희태	아, 피곤하다. 사진을 몇 백 장을 찍은 거야 도대체….
차사	아직 안 끝났어, 임마. 잘 들어갔냐고 연락해.
희태	아, 네. (핸드폰 꺼내서 자판 눌렀다 지웠다 한다) 아, 뭐라고 하지.
차사	카톡하지 말고 전화해.
희태	(주저한다) 그래도 돼요?
차사	그러고 싶어, 안 그러고 싶어?

희태   (소심) 그러고 싶어요.

희태, 긴장되는 얼굴로 핸드폰을 바라본다. 손가락이 떨린다. 머뭇
거리는 희태를 보던 차사, 희태의 손가락을 쳐서 통화버튼을 눌러
버린다.

희태   으악, 무슨 짓이에요!
차사   시끄러, 통화음 간다.
지연   여보세요?
희태   지, 지연 씨? 들어갔어요?
지연   아뇨. 아직 지하철이에요. 오빠는요?
희태   저는 막 방금 도착했어요.
지연   좋겠다. 한참 남았는데, 저는.

차사, 희태를 쿡 찌른다.

희태   들어가실 때까지 통화할게요.
지연   아녜요, 피곤하신데.
희태   제가 그러고 싶어서요.
지연   진짜요? 안 그러셔도 되는데… 고마워요.
희태   보통은 뭐 하면서 가세요?
지연   음악 듣거나 뭐….

희태, 즐거운 표정으로 통화하고 있다. 얼굴에 생기가 넘친다. 차사,
미소 짓고는 슬그머니 사라진다.

5.

희태 지연, 계속 연락한다.

희태, 지연, 연습실에서 연습한다. 지연, 핸드폰을 꺼내 셀카 찍다가 희태 어깨를 톡톡 친다. 희태, 어색한 표정으로 브이 한다.

둘, 연락한다.

희태, 길거리 걷다가 문득 사진 찍는다. 차사, 같이 보다가 고개 절레 절레 젓고는 희태 세운 뒤 대신 사진 찍어준다. 지연에게 사진 보내 준다. 지연, 고개 끄덕이며 엄지 세운다.

지연, 춤 연습하고 있고 희태가 동영상 찍어주고 있다. 그러다 둘이 웃으며 장난친다.

둘, 문자 대신 전화하고 있다.

만난다. 즐겁게 이야기 하고 있는데 희태, 문득 지연의 얼굴 쳐다본 다. 그리고 미소를 짓는다. 지연, 희태 보고는 희태 퍽 친다. 희태, 가 슴 문지르면서 웃는다.

차사와 수호령, 이 모습 지켜보고 있다. 차사 수호령을 쳐다보고, 수호령 내키지는 않지만 고개를 끄덕인다.

희태 집. 차사 걸어 들어오다가 멈칫한다. 희태 괴성을 지르며 팔굽혀 펴기 중이다.

차사　뭐 하는 거야?

희태　차사님 집처럼 드나드시네.

차사　파트너잖아. 근데 뭐야?

희태　운동 좀 하려구요. 좀 달라지고 싶어요.

차사　행복하지?

희태　가슴이 뛰어요.

차사　그리고.

희태　잠이 오히려 안 와요. 계속 지연 씨 생각이 나요.

차사　그리고?

희태　지연 씨랑 했던 대화가 다 생각나요. 이거 보세요. 제 인스 타 첫 사진이에요. 지연 씨랑 찍은 건데요, 매일 봐요.

차사　(핸드폰 돌려준다) 나잇값 좀 해.

희태　근데 어떻게 해요. 너무 좋은데.

차사　웃기네. 아직도 죽고 싶어?

희태　아뇨? 죽긴 왜 죽어요.

차사　사람이 이렇게 간사하다.

희태　행복한데 왜 죽어요. 지금 행복해요, 저.

차사　(보다가) 행복한 건 좋은데… 조심해라.

희태　뭘 조심해요?

차사　남한테 기대는 행복은 오래 못 가. 니가 스스로 행복해야지.

희태　남한테 기대는 것도 어쨌든 행복이잖아요.

차사	오래 못 간다고.
희태	그러다보면 자기 자신도 행복해지겠죠.
차사	그랬으면 좋겠다.
희태	그럴 거예요.

희태 다시 열심히 팔굽혀펴기 한다. 하지만 몇 개 못하고 곧바로 퍼질러 앉는다.

차사	너 근데 할머니 요새 잘 안 찾아가는 것 같다?
희태	아니에요. 좀 바빠서 그랬죠.
차사	잘 한다. 내일 할머니 얼굴이라도 좀 뵙고 와라.
희태	알았어요. 어휴, 잔소리 잔소리.
차사	이걸 확 그냥. 나 간다.

차사, 퇴장하고 희태 다시 팔굽혀펴기 시작한다.

병원 앞. 옥분, 앉아있다. 희태 신나는 표정과 가벼운 발걸음으로 옥분 앞에 나타난다. 의아한 표정으로 올려다보는 옥분.

희태	요거는 강남 가서 찍은 거.
옥분	아이고, 사진을 뭐 이래 무시무시하게 찍었노. 눈 아파가꼬 다 보지도 못하겠다.
희태	이게 다 기록이에요. 나중에 할머니랑 같이 갈라고.
옥분	고맙데이.
희태	할머니, 이거 봐봐요.
옥분	뭔데?

희태	자, 확대. 이 여자 어때?
옥분	아이고, 뭐꼬? 남자같구로. 에이, 틀렸다 틀렸어.
희태	할머니 그건 나야.
옥분	아이고, 아가씨가 참하네.
희태	가끔 만나서 밥 먹고 그래요.
옥분	가끔 만나서 밥 먹다가 집에서 밥해주고 그라는기다. 라면 끓여주면 한방 아이가.
희태	아니 할머니 때도 라면이야?
옥분	(히죽) 할매가 라면 잘 끓인다 아이가.
희태	아, 상상하기 싫다고요.
옥분	우리 손주 그래가꼬 얼굴에 꽃이 화창하게 피었구나. 좋다. 좋아. 언제 한번 데리고 올래?
희태	아이, 할머니. 아직은 좀… 몰라, 조금만 기다려 봐요.
옥분	(미소, 상자 쓰다듬는다) 느이 할아버지 생각난다.

옥분, 상자 틈을 열어 슬그머니 사진을 바라본다. 희태, 사진 보려고 고개 내밀지만 옥분이 상자 닫아버린다.

옥분	닳는다.
희태	맨날 그래.
옥분	그때 김옥분 카면 읍내에서 소문난 미인이었다 아이가. 동네 총각들이 전부 다 몰려 들어가지고 내한테 말 한번 붙여 볼라고 난리도 난리도 아니었다. 근데 느이 할배는 내한테 관심 없었다. 그래가꼬 내 자존심 상해가꼬, 하루는 느이 할배가 장터에 혼자 서 있길래 가가꼬 따져물었다 아이가.
희태	뭐라고?

옥분 보소, 다른 총각들은 다 내캉 한번 말이라도 해볼라꼬 난린
데 그 짝은 내한테 와 관심도 없심니꺼?

희태 그랬더니 할아버지가 뭐래?

옥분 할배가 뭐라 켔더라… (사이) 내가 무슨 이야기 하고 있었노?

희태 할아버지 이야기 하고 있었지.

옥분, 대답하지 않고 상자만 멍하니 바라보고 있다.

옥분 다 희미하다….

희태 할머니?

옥분, 뭔가를 말하려는 듯 입을 열었다 이내 닫는다. 희태, 옥분 보다
가 옥분의 손잡는다.

희태 할머니, 그때 기억나요? 아빠 엄마 돌아가시고 아무도 없
는 장례식장에서 할머니랑 나랑 둘이서 누워 있었잖아. 내
가 갑자기 막 무서워서 울었어. 엄청 울었어 그때. 할머니
가 깜짝 놀라가지고 나 막 안아줬잖아. 왜 그러냐고. 그래
서 내가, 아빠도 없고, 엄마도 없는데 할머니도 죽으면 어
떻게 해? 내가 막 이렇게 물어봤잖아. 기억나요?

옥분 할매는 절대로 안 죽는다. 우리 희태랑 오래오래 살끼다.

희태 맞아요, 할머니. 할머니는 절대로 안 죽어. 할머니는 나랑
오래오래 살아야지.

옥분 그래. 희태랑 오래오래 살아야지.

희태, 옥분 손잡고 있다.

지연, 희태 같이 앉아있다. 지연, 열심히 사진 찍는데 희태, 하는 둥 마는 둥 다른 생각에 빠진 표정으로 포즈 취하고 있다.

지연　　오빠.

희태　　(여전히 심각) 네.

지연　　반대로 돌아봐요.

희태　　(그대로 한다) 네.

지연　　허리 숙여 봐요.

희태　　(엉덩이 내밀며 숙인다) 네.

지연　　다리 사이로 얼굴 내밀어 봐요.

희태　　(그대로 한다) 네.

지연　　오빠 진짜 뭐해요?

희태　　네, 네? 뭐야, 나 뭐하고 있는 거야?

지연　　괜찮아요?

희태　　잘 모르겠어요.

지연　　무슨 일 있어요?

희태　　그냥….

지연　　왜요?

희태　　지연 씨. 저 요즘 즐겁거든요.

지연　　근데요?

희태　　근데… 제가 이래도 되는지 모르겠어요.

지연　　왜요?

희태　　할머니 아프신데 제가 이렇게 기분 좋아도 되는 거예요?

지연　　할머니도 그걸 원하실 것 같은데.

희태　　그럴까요?

지연　　그러실 거예요.

희태	고마워요. 저 그래도요, 지연 씨 만나고 요새 좀 즐거워요.
지연	저도 많이 즐거워졌어요… 예전보다.
희태	지연 씨도 무슨 일 있었어요?
지연	그냥… 뻔한 이야기예요. 세상 살기 힘들고, 그래도 꿈이 있어서 버티고, 누구 사랑하고, 믿었다가 배신당하고. 죽고 싶을 만큼 힘들고.
희태	지금은 괜찮으세요?
지연	괜찮아지려고 노력해요. 문득 옛날 생각나면 잠이 안 올 때도 있고, 가끔씩 숨이 턱턱 막힐 때도 있어요. 저는 그럴 때 사람 만나요. 지금 오빠 만나는 거처럼. 좋은 사람 만나서 바깥 공기도 쐬고, 좀 웃기도 하고, 그렇게 있다 보면 좀 나아지더라구요.
희태	좋은 사람이요?
지연	네. 오빠 좋은 사람이잖아요.
희태	그렇구나….
지연	오빠는 그렇게 생각 안 하나 본데요?
희태	아, 아니에요. 저도 그렇게 생각해요. 지연 씨 좋은 사람이에요.
지연	누워서 떡먹네.
희태	엎드려서 절반기….
지연	아. (퍽 친다) 에잇.
희태	(맞은 곳 문지르며) 저도 지금이 즐거운 거 같아요.
지연	네? 뭐라구요?
희태	저도 지금이 즐거운 거 같다구요.
지연	그럼 저도 오빠한테 좋은 사람 맞다는 거죠?
희태	맞아요. 지연 씨 좋아요.

지연   너무 다 맞다고만 해. 그럼 한 대 맞으세요.

희태   아, 이건 좀….

둘이 티격태격한다. 지연, 희태의 명치를 때리고, 생명의 위협을 느낀 희태는 도망가기 시작한다. 열심히 뛰어가는 희태. 즐거워 보이는 표정이다. 차사, 구석에서 슬그머니 미소 짓고 있다.

6.

옥분, 가만히 앉아있다. 불이 환하게 켜져 있다. 옥분, 상자를 쓰다듬으며 주변을 둘러본다. 갑자기 불이 하나씩 꺼진다. 깨지는 소리가 난다. 옥분, 상자를 열어본다. 그럴수록 깨지는 소리와 함께 불이 점점 꺼진다. 마침내 옥분을 비추는 빛밖에 남지 않았을 때, 옥분, 멍하니 앞을 바라본다. 뭔가 깨지는 소리가 난다.

희태   할머니.

밝아진다. 병원 앞이다. 희태와 차사 서서 옥분을 바라보고 있다.

옥분   (미소 짓는다)

희태   할머니, 바람 쐬러 나오셨어요?

옥분   (여전히 미소)

희태   뭐 하고 계셨어요?

옥분   우리 손주가 안 온다.

희태   할머니?

옥분   우리 손주가 이 시간쯤이면 내 보러 오거든예.

희태   (멍하다)

옥분   (미소)

희태   할머니, 저 보세요. 저 누군지 모르시겠어요?

옥분   (멍하니 보다가 미소) 희태.

희태   맞아요. 할머니.

옥분   희태 언제 오는지 좀 물어봐주이소.

희태   아니….

옥분   내 얼마 안 남은 거 같아서.

희태   무슨 말씀이세요.

옥분   요새 기운도 읍고.

희태   식사 잘 안 하셔서 그러실 거예요. 괜찮아요.

옥분   우리 희태가 고생이 많았재.

희태   할머니!

옥분   (천천히 고개 든다. 미소 짓는다) 여보…?

희태   할머니? 무슨 말씀이세요?

옥분, 차사를 바라보고 있다.

옥분   여보… 어디 갔었능교? 내가 얼마나 찾았는데….

희태   할머니…? 이 사람이 보여요…? 이게 어떻게 된 거예요?

차사   시간이 얼마 안 남은 거야.

옥분   여보, 보고 싶었소. 변한 게 하나도 없소. 그대로네요.

희태   할머니, 그러지 마시고… 자, 이리 오세요.

옥분   우리 손주요. 희태. 많이 컸지요. 재훈이 똑 닮았소. 참한 색
        시도 만난다 안카요.

희태   아니에요, 할머니. 할아버지 아니에요. 할아버지는 못 와요.

옥분   내가 우리 희태 결혼하는 거는 보고 죽어야 안 되겠소. 당
        신도 올 거지요? 우리 같이 희태 절 받아야지요. 오순도
        순 사는 거는 보고 죽읍시더. 희태는 우리처럼 살게 하지
        맙시더….

차사, 옥분 바라만 보고 있다. 옥분, 차사 바라보다가 미소 서서히 사라진다. 희태, 옥분을 부축해 들여보낸다. 둘, 옥분을 두고 나온다. 희태, 차사의 팔을 잡는다.

희태   차사님. 할머니가….

차사   너 괜찮아?

희태   할머니가… 원래 할머니가 저는 기억하셨어요. 그런데 지금….

차사   심호흡 해.

희태   우리 할머니 어떡해요… 차사님, 우리 할머니 어떻게 좀 해줘요….

차사   (침묵)

희태   우리 할머니 이제 나밖에 없는데… 할아버지 집 나가고… 아빠도 일찍 돌아가시고… 할머니 저만 보고 살았어요… 근데 아직 아무것도 못 해드렸는데….

차사   일단 진정 좀 하고, 우리 어디 가서 이야기 좀 하자. 따라와 봐.

차사, 먼저 앞장선다. 하지만 희태 따라오지 않는다. 차사 돌아본다. 희태, 핸드폰 꺼내서 지연에게 전화하는 중이다.

희태   지연 씨, 내일 뭐 해요? (잠시) 음… 내일 저 중요하게 좀 드릴 말씀이 있어요. 만날 수 있어요? 네. 네. 그럼 거기서 만나요. 고마워요. 내일 봐요.

차사   뭐 하는 짓이야?

희태   해야겠어요. 할머니 소원 들어드려야 돼요!

차사 때가 아니야, 급하게 굴면 안 돼!

희태 때가 언젠데요?

차사 아직은 나도 몰라, 시간이 더 필요해.

희태 시간 없어요. 봤잖아요, 할머니 저러시는 거.

차사 어린애도 알아. 이대로 가면 망해.

희태 내 인생 이미 망했어요! 왜 항상 잃어야 돼요? 난 할머니 소원도 이루어주고, 내가 좋아하는 사람도 옆에 두고 싶어요.

차사 그거 욕심이라고! 네 할머니는 어차피 죽어! 서지연이라도 옆에 둬야 될 거 아니야!

희태 (사이) 가세요.

차사 아니….

희태 도대체 무슨 이득이 있어서 저한테 이렇게까지 해주셨는지는 모르겠는데요. 감사해요. 그런데 저 지금 욕 나올 거 같거든요. 이제 차사님 필요 없어요. 그만 가세요.

차사 야.

희태 아니다. 제가 먼저 갈게요.

희태, 퇴장한다. 차사, 멍하니 희태 사라진 자리만 바라보고 있는데, 옥졸 반대편에서 슬그머니 등장한다. 차사의 뒷모습을 보고는 회심의 미소를 지으며 몽둥이를 뽑는다.

옥졸 죄인은 오라를 받으라!

차사 (옥졸 목 움켜쥔다) 지금 기분 안 좋으니까 건들지 마라.

옥졸 크에엑!

차사 뭐? 안 들려.

옥졸 (목을 가리킨다) 퀘에에르렉!

차사   (풀어준다) 알아듣게 말해.

옥졸   허, 죽을 뻔 했다!

차사   그 이야기가 끝이지?

옥졸   잠깐, 잠깐!

차사   뭐야?

옥졸   물러가겠다. 원래는 다른 볼일이 있는 거여서….

차사   삼신한테는 내가 가고 싶을 때 갈 거야. 알았어?

옥졸   나는 아무것도 못 봤다!

차사   좋아. 가봐.

옥졸   (사라지려고 한다) 그래!

차사   야, 잠깐만.

옥졸   왜!

차사   무슨 볼일인데?

옥졸   수명을 다한 생명을 거두어주러 간다.

차사   니가 옥졸인데 그걸 왜 해?

옥졸   자네 때문에 전부 과로사로 쓰러졌지 않나!

차사   누군데?

옥졸   내 입으로 말할 수 없다!

차사   너 가만히 있어.

옥졸   안 된다! 삼신님한테 혼난다! 안 돼에에엥!

차사, 옥졸 제압하고 품을 뒤져서 명부를 꺼낸다. '김옥분' 글자 크게
쓰여져 있다.

차사   언제까지 데려가야 돼?

옥졸   오늘이다.

차사   이거 좀 미룰 수 없겠지?

옥졸   내가 쓰러지지 않는 이상 안 된다!

차사   꿀팁 고맙다.

차사, 옥졸에게 주먹을 날린다. 기절하는 옥졸. 차사, 복잡한 표정으로 명부 바라보고 있다가 옥졸 질질 끌고 나간다.

희태, 지연 기다리고 있다. 지연, 황금색 가발과 하늘하늘한 드레스 입고 뛰어온다.

지연   오빠, 저 알바하다가 급하게 와서 꼴이 좀 이런데….

희태   지연 씨, 할 말이 있어요. 좀 어려울 수도 있는 이야기에요.

지연   네?

희태   제가 생각을 좀 많이 해봤는데요.

지연   네.

희태   저희 만나보면 어떨까요?

지연   만나고 있잖아요.

희태   아니… 진지하게요.

지연   진지하게?

희태   네.

지연   (사이) 연인처럼?

희태   네. 지연 씨, 저 지연 씨가 좋아요.

둘, 잠시 서로 쳐다보고만 있다. 지연, 천천히 입을 연다.

지연   저를 좋아해주셔서 정말 고마워요.

희태	정말요?
지연	그런데… 제 꿈도 챙겨야 되고, 다른 사람한테 받은 상처도 챙겨야 되고, 아직은 저 돌보는 것도 힘겨워요. 정말 이런 말 하는 거 저도 너무 어려운데… 힘들 것 같아요.

희태, 침묵. 어쩔 줄 몰라 한다.

희태	저에 대한 마음이… 아예 없는 거예요?
지연	그런 건 아니에요.
희태	그럼….
지연	너무 갑작스러워요. 저한테도 시간이 조금만 더 있었으면….

희태, 당황한다. 말을 잇지 못하고 머리만 쓸어 넘긴다.

희태	미안해요. 제가 실수했어요.
지연	사과하지 마세요.
희태	아니에요. 실수에요.
지연	실수 아니에요.
희태	지연 씨 불편하게 만들고 또….
지연	아니라니까요.
희태	저는 항상 왜 이러는지 모르겠는데….
지연	오빠, 제가 오빠한테 한 말은 다 진심이에요. 오빠 좋은 사람 맞아요.
희태	좋은 사람이면 뭐해요. (사이) 솔직히 이야기 해 주셔서… 고마워요.

지연 아니에요. 왜 고마워해요.

희태 저는… 아니에요.

희태, 일어난다. 퇴장. 지연, 혼자 남겨져 있다. 잠시 앉아 있다가, 역시 퇴장한다. 이때 차사, 기절한 옥졸 질질 끌고 등장. 구석에 내버려 둔다.

수호령 저건 무슨 일인지 안 물어볼게요.

차사 응. 넌 엮이지 마.

수호령 말리려고 노력했어요. 그런데 우리는 산 사람 일에 개입할 수가 없어서….

차사 알아.

수호령 지연이가 준비가 안 됐어요.

차사 당신은?

수호령 너무 갑작스러웠어요. 언질이라도 줬으면 모르겠는데.

차사 … 미안하다.

수호령 안타까운데… 여기까진 것 같아요.

차사 방법이 있으면?

수호령 방법이 뭐가 있어요. 연이 끝난 건데.

차사 내가 다시 노력해볼게.

수호령 노력이 문제가 아니라….

차사 쟤 그렇게 별로냐?

수호령 그런 문제가 아니에요.

차사 좋게 바뀌고 있었어. 옆에서 봐서 알지? 조금만 더 하면 되잖아. 제발. 여기서 그냥 끊어내지 마라. 50대 50이잖아. 니가 허락해주면 네 아이 마음 돌리면 되잖아.

수호령   나는 우리 지연이가 원하는 대로 할 거예요.

차사   걔가 원하도록 만들게.

수호령   어떻게 하려구요.

차사   허락만 해줘. 부탁이다.

수호령   안 돼요. 죄송해요.

차사   야.

수호령   차사님도 차사님 아이 소중하죠. 저도 그래요. 여기까지인 거예요.

수호령. 퇴장한다. 차사, 복잡한 표정으로 수호령이 사라진 자리만 바라보고 있다.

7.

희태 방. 주변에 소주병들 널브러져 있고, 희태, 취해서 방바닥에서 흐느적거리고 있다. 차사, 결박당하고 입에 청테이프가 붙여진 옥졸과 함께 등장.

희태	어어? 이게 누구야?
차사	그만 먹어.
희태	냅둬요.
차사	이러다 죽어.
희태	그냥 죽게 내버려두라구요.
차사	야, 정신 차려. 괜찮아?
희태	무슨 일이 일어난 거죠?
차사	니가 저질러놓고 물으면 어떡해.
희태	제가 무슨 짓을 한 거예요?
차사	(한숨) 일어나라. 할 말 있어.
희태	저는 왜 항상 이 모양이죠?
차사	일어나라니까.
희태	(소리 지른다) 병신 새끼! 죽어, 그냥 죽지 왜 살아!
차사	속이 시원하냐?
희태	다 된 거 아니었어요?
차사	사람 마음이란 게 그렇게 쉬운 건 줄 알아?
희태	서로 통했다고 생각했는데···.

차사	마음의 크기라는 게 다 똑같지 않아.
희태	왜 안 똑같은 거야.
차사	어린애처럼 굴지 마! 너도 성급했어. 자꾸 행복해지고 싶어서 안달 나서 보채지 말란 말이야.
희태	그럼 어떻게 해요!
차사	시간이 해결해줘.
희태	시간이 저를 이렇게 만들었는데도요?
차사	시간이 아니라 너 아니야?
희태	아파요.
차사	뭐가.
희태	그 말, 진짜 아파요. 맞는 말이라서.
차사	그 뜻이 아니라….
희태	그 기분 아세요? 풍선 다 불어놓고 신나서 가지고 놀다가 놓치는 거. 그럼 풍선이 하늘로 높이 날아가요. 매번 그랬어요. 아주 작은 행복이라도 손에 잡을 것 같았다가도 놓치는 멍청이 같은 짓을 계속 반복해요. 그럼 다음번엔 그러지 말아야지, 하면서도 또 그래요. 전 왜 이러죠? (희태, 얼굴을 감싼다)

갑자기 울리는 핸드폰. 희태, 핸드폰 보다가 차사 쳐다본다. 차사는 무표정하다. 희태, 떨리는 손으로 전화 받는다.

희태	여보세요?

한동안 멍하니 전화기 너머 음성 듣고 있던 희태, 힘없이 통화 종료한다. 그리고 차사 바라본다.

차사 할 말 있다고 했잖아.

희태 언제… 언젠데요?

차사 (옥졸 가리킨다) 쟤 풀어줄 때.

희태 (그제서야 발견한다) 저건 또 뭐예요?

차사 네 할머니 데리고 갈 녀석이야.

희태 저게 할머니를 데려간다고요?

차사 그래.

희태 그럼 저게 없으면 할머니 안 가도 되는 거잖아요.

희태, 일어나서 죽일 듯이 옥졸에게 다가간다. 옥졸, 청테이프에 입이
막힌 채 비명 지르면서 몸을 꿈틀거린다. 차사, 희태 앞을 막아선다.

차사 안 돼.

희태 어디 땅 속에 묻어버려요. 시멘트 공구리 그 위에 덮어버리
면 아무도 모를 건데?

차사 아니야.

희태 불에 태워버려요. 그럼 우리 할머니 못 데려 갈 거 아니에요.

차사 너 취했다.

희태 안 돼요. 우리 할머니 못 데려가요. 안 된다구요!

희태, 소리를 지르고, 차사 희태가 진정될 때까지 희태를 붙잡고 있는
다. 잠시 후, 희태는 제풀에 지쳐 주저앉는다.

희태 왜 저한테 이런 일이 자꾸 일어나는 거예요….

차사 네 잘못 아니야. 일어날 일이었어.

희태 모르겠어요 전.

차사	정신 차려. 할머니하고 인사 해야지. 술냄새 풍기면서 보내 드리고 싶어?

희태, 고개를 젓는다. 차사 희태를 놓아준다.

차사	세수라도 좀 해.
희태	네.

희태, 고개 끄덕이고 퇴장. 옥졸, 꿈틀거리며 소리를 낸다.

차사	지금은 그럴 때 아니야.

옥졸, 움직임 멈춘다.
옥분 병실. 옥분 누워있다. 희태 서둘러 들어온다.

옥분	누고…?
희태	할머니, 희태에요. 희태.
옥분	내 새끼… 할매가… 느이 할배 만나러 갈라는 갑다….
희태	할머니, 그런 말씀 하지 마세요.
옥분	니 혼자서 우짜노.
희태	왜 자꾸 그래요. 아직 할머니 괜찮아. 의사 선생님들이 잘 봐줄 거예요.
옥분	이거… (상자를 내민다) 갖고 가라. 안에… 내 쪼매 모아논 돈… 통장에 넣어둔 거 있다.
희태	이런 걸 왜 모아뒀어. 할머니 쓰지.
옥분	니 잘 되면 그게 최고다. 사진만 할매 갈 때 같이 묻어도.

알겠제?

희태 제발.

옥분 그래줄 수 있제?

옥분, 희태 바라본다. 희태, 망설이다가, 고개를 끄덕인다. 옥분, 미소 짓는다.

옥분 이제 쪼매 쉬어야겠다.

희태 네, 할머니.

옥분 희태야. 얼굴이 와 이라노. 밥 잘 챙겨 먹어래이.

희태 (애써 미소) 이렇게 태어났어.

옥분, 잠들고 희태, 밖에 나와서 주저앉는다. 멍하니 상자만 쓰다듬고 있다. 차사 천천히 희태 옆에 걸어와서 앉는다. 둘 다 한 동안 말이 없다.

희태 차사님. 안 될 사람은 안 되나봐요.

차사 무슨 소리야.

희태 태어난 대로 살았어야 했는데, 무슨 행복을 찾겠다고 발버둥쳤나 몰라요.

차사 그런 이야기 하지 마.

희태 다 의미 없는 짓이었어요.

차사 노력했잖아.

희태 노력이란 말도 싫어요. 아무리 노력해도 안 되는 건 안 되는 거잖아요. 나같은 놈 신경 쓰느라 고생 많았어요, 차사님.

차사, 희태 본다. 희태, 멍한 표정으로 상자만 내려다보고 있다. 천천히 상자를 열려고 한다. 차사, 희태의 손을 붙잡는다. 희태, 의아한 표정으로 차사 바라본다.

차사 장터에서 처음 봤다. 한 눈에 반했어. 키도 크고 시원시원하게 생겼는데, 하는 짓은 강아지 같은 게 귀여웠어. 근데 항상 사람들한테 둘러싸여 있어서 말을 걸 수가 없었다. 동네 총각들이 다 노리고 있었어. 그래서 오히려 말을 안 걸었지. 그랬더니 나한테 와서 투덜거리더라. 왜 자기한테 관심이 없냐고. 그래서 대뜸 꽃 달린 머리띠 하나 주면서 이랬다. 다음번에 만날 땐 하고 나와요. 이쁠 것 같아. 동생 주려고 샀던 건데, 그날 난리가 났었지.

차사, 희태 대신 상자를 연다. 희태, 사진과 꽃 달린 머리띠를 상자에서 꺼낸다.

차사 그때 옥분이 처음 만났다.

희태, 멍하니 사진과 차사를 번갈아본다.

희태 거짓말.
차사 진짜야.
희태 어디서 뭐 하고 있었어요…? 지금까지?
차사 … 죽어서 이렇게 됐지.
희태 뭐…?
차사 내가 옥분이 재산 다 날려먹었다. 사기꾼한테 걸려서 보증 한번 잘못 섰다가 큰 빚을 졌어.

희태 무슨 소리에요… 자살했다구요?

차사 나 때문에 장인 장모까지 화병으로 돌아가셨어. 옥분이 볼 낯이 없었어.

희태 나한테는 죽지 말라고 해놓고….

차사 맞아. 무책임했어. 자살한 사람은 수호령이 될 수 없다는 걸 그땐 몰랐어. 그래서 너한테도, 옥분이한테도 아무 것도 해 줄 수가 없었어.

희태 그래도 찾아올 수도 있었잖아요. 얼굴은 볼 수 있었잖아요.

차사 내가 어떻게 그러겠어. 옥분이 다시 보게 될 거라고 나도 생각도 못했다. 저승에 가자마자 소멸시켜달라고 했어. 그런데 강제로 차사를 만들더라. 어떻게든 사라지고 싶었다. 그래서 장부도 훔치고, 이어져서는 안 되는 인연들도 억지로 이어줬다.

희태 … 차사가 맞긴 해요?

차사 지금은 아니야.

희태 (사이) 도대체… 제대로 하는 일이 뭐에요? 나보다 나을 게 하나도 없는 인생이야. 아니, 나보다 더 최악이야! 그런 주제에 날 가르치려고 했어요? 내 구질구질한 인생을 구원해 준다고? 결국 똑같잖아! 그렇게 생각 없이 사니까 자살 같은 거나 하는 거 아니에요!

차사 그래서 넌 그러지 말라고 이런 거 아니야! 너는 나처럼 되지 말란 말이야. 힘들다고 놓지 말고 끝까지 버티고 지키라고!

희태 지키라고… 지킬 게 남아 있어요? 이미 다 잃었어요.

옥졸, 쭈뼛쭈뼛 등장한다. 희태와 차사, 옥졸 바라보자 옥졸 움찔한다. 차사가 일어나지만 희태, 차사를 막는다. 옥졸에게 다가가 고개를 숙인다.

희태　우리 할머니 잘 좀 부탁드릴게요….

옥졸, 고개를 끄덕이고는 명부를 꺼낸다. 옥분에게 다가가는데, 갑자기 가로막는 차사.

차사　야, 잠깐만.

옥졸　무엇인가!

차사　하루만 미뤄주라.

옥졸　이미 자네 때문에 하루를 미뤘다!

차사　하루만 더. 내가 직접 너랑 같이 갈게.

옥졸　제 발로 잡혀 들어오겠다고?

차사　그래. 너 나 잡고 싶은 거 아니었냐?

희태　잠깐만, 지금 무슨 말씀 하시고 있는 거예요?

차사　좋은 생각이 났어. 니가 하나라도 잃지 않을 수 있는 방법이야.

희태　좀 알아듣게 이야기해요.

차사　너, 내일 서지연한테 만나자고 연락해.

희태　갑자기 지연 씨 이야기는 왜 해요? 지금 만나서 뭘 어쩌자고?

차사　삼신하고 직접 담판 지을게.

희태　지금 그럴 정신이 어디 있어요!

차사　지금 아니면 안 돼. 어차피 옥졸한테 발각 당했으니 곧 잡힐 거야.

희태　그러지 말아요.

차사　(옥졸에게) 야, 가자.

희태　잠시만요.

차사　내일 만나자고 연락해. 제발. 시간 끌 수 있는 것도 내일까지야. 내일 지나면 옥분이 장례다 뭐다 니가 얼마나 정신없겠냐.

희태　이러면 내가 고마워 할 것 같아요? 그만 해요!

차사　그런 건 자격 없어서 바라지도 않아.

희태　이렇게 뭔가를 얻는 게 의미가 있어요?

차사　(사이) 니가 행복해지면 되지 않을까. 잘 있어라 희태야.

희태　하지만…

차사　나 좀 멋있게 가자!

차사, 희태 꿀밤쳐서 기절시킨다. 널브러진 모습 보고는 팔 다리 가지런하게 모아준다. 그리고 옷매무새 가다듬고는 옥졸 바라본다.

차사　가자. 삼신 만나러.

8.

닭 우는 소리와 함께 젊은 옥분, 기지개를 펴며 나온다. 포대기를 소중하게 안고 어린 아이를 어르고 있다. 아이 보면서 미소 짓고 있는데, 뒤에서 차사 배낭 하나 메고 나온다.

옥분　여보. 일찍 일어났네요?

차사　응.

옥분　아직 밥도 안 해놨는데.

차사　괜찮아. 오늘 나가 봐야 돼.

옥분　어딜요?

차사　저기… 선산에 다녀올게. 어머니 아버지 산소에 풀 벤 지도 오래 됐고.

옥분　그래요. 가서 인사라도 드리고 오이소.

차사　그래.

옥분　여보. 괜찮지요?

차사　괜찮아.

옥분　우리 같이 이겨내입시더. 재훈이랑, 당신이랑 나랑 셋이서 같이. 어떻게든 하면 먹고 사는 거 하나 못하겠습니꺼.

차사　그래. 그럽시다.

옥분　바로 나갈라고예?

차사　응.

옥분　풀 베러 가는데 뭐 아무 것도 없이 갑니꺼?

차사 (사이) 가서 박씨 아저씨네서 빌리려고.

옥분 다녀오이소. 재훈아, 아부지한테 인사 드리라.

차사, 옥분 바라보다가 끌어안는다.

옥분 이 양반이 와 이카노, 남사시럽구로. 동네 사람들 다 봅니더.

차사 잘 있어.

옥분 평소에는 휘적휘적 가드만 웬일로 인사를 다 하노. 맞다, 그냥 가지 말고 물이라도 한잔 마시고 가이소.

옥분, 서둘러 들어간다. 차사, 옥분 뒷모습 바라보다가 그 자리를 떠나버린다.

깊은 산 속. 차사, 배낭을 내려놓는다. 배낭을 들고 물건을 쏟는데, 밧줄, 칼, 농약 병이 쏟아져 나온다. 맨 먼저 밧줄을 들고 주변을 둘러보는 차사. 밧줄을 걸 곳이 없다. 내려놓고 칼을 집는다. 심호흡 몇 번 한 뒤 목에 살짝 대보는데, 아프다. 결국 칼도 내려놓는다. 마지막으로 농약 병을 들고 뚜껑을 연다.

차사 (울음 터뜨린다) 미안해···.

떨리는 손으로 농약 병 들고 농약 마셔버린다. 잠시 무릎 꿇고 있다가, 타는 듯한 고통에 몸부림치기 시작한다. 숨도 제대로 못 쉬면서 가슴을 쥐어뜯고 있는데, 포대기를 안은 옥분이 앞에 나타난다.

옥분 여보!

차사	옥분이, 보지 마!

차사, 옥분에게 다가가려고 하지만 잘 움직여지지 않는다. 고통 속에서 억지로 옥분에게 기어가는 차사, 하지만 옥분에게 닿지 못하고 쓰러져 죽는다. 그런 차사를 내려다보고 있는 옥분.

삼신	어리석은 놈.
차사	(살아난다, 숨을 들이마신다)
삼신	정신 차려라.
차사	(기침한다) 뭐야, 어떻게 된 거야? (옥분 본다) 삼신님.
삼신	아직 수천 번은 더 반복해야 너의 죄가 씻길 것이다.
차사	잠시만요, 삼신님.
삼신	다시 돌아가자.
차사	삼신님, 부탁 하나만 들어주십시오.
삼신	부탁을 들어달라?

삼신, 차사의 목을 움켜쥔다.

삼신	뻔뻔한 놈! 내가 네 놈을 가엾게 여겨 기회를 한 번 더 주었건만, 이승에서도 저승에서도 스스로의 목숨을 소중히 여기지 않았지. 인연의 율법을 망가뜨려 수많은 사람들에게 피해를 준 주제에 뭘 또 부탁하려는 것이냐!
차사	삼신님, 제 말 한 번만 들어 주십시오.
삼신	시끄럽다!
차사	서씨 일가 지연과 제 손주의 연을 이어주십시오.
삼신	조용히 하지 못할까!

차사	사람이 기회가 한 번은 더 있어야 하는 것 아닙니까?
삼신	너는 이미 기회를 날렸다.
차사	저 말고 제 손자 말입니다.
삼신	닥쳐라!

삼신, 손가락을 튕기자 모든 것이 제자리로 돌아간다. 옥분, 포대기 어르며 나오고, 차사, 곧이어 뒤따라 나온다.

옥분	여보. 일찍 일어났네요?

차사, 멍하니 옥분을 바라보고 서 있다. 옥분, 여전히 미소 지으면서 그 자리에 서 있다. 차사, 주변을 둘러본다. 그리고 배낭을 내려놓고 무릎을 꿇는다.

차사	저는 나쁜 놈입니다. 맞아요. 삼신님 말씀이 옳습니다.
옥분	아직 밥도 안 해봤는데.
차사	손주의 재롱을 보지도 못한 채 죽어 구천을 떠돌았고, 심지어 제 스스로 목숨을 끊어 환생조차 못하는 망자가 되어 제 아들, 제 손주, 제 마누라를 보호하지도 못했습니다.
옥분	어딜요?
차사	이렇게까지 됐는데도 저는 제가 못난 놈이라는 걸 인정할 수가 없었어요.
옥분	그래요. 가서 인사라도 드리고 오이소.
차사	삼신님께서 저한테 두 번째 기회를 주셨을 때도, 제가 저지른 일의 결과를 받아들이지 못하고 도망만 다녔습니다.
옥분	여보. 괜찮지요?

차사	이제 도망치지 않겠습니다.
옥분	우리 같이 이겨내입시더. 재훈이랑, 당신이랑 나랑 셋이서 같이. 어떻게든 하면 먹고 사는 거 하나 못하겠습니꺼.
차사	말씀 드린 대로 무슨 벌이든 받겠습니다.
옥분	바로 나갈라고예?
차사	정말 진심으로 부탁드립니다.
옥분	풀 베러 가는데 뭐 아무 것도 없이 갑니꺼?
차사	희태는 저처럼 되지 않았으면 좋겠어요.

옥분, 가만히 차사를 바라보고 있다. 그러더니 포대기에서 인연장부와 붓을 꺼내 차사 앞에 던진다.

삼신	목숨을 걸어라.
차사	예?
삼신	네 손으로 직접 장부를 고쳐라. 나는 손을 더럽힐 수 없다. 대신, 인연의 율법을 어지럽힌 죄를 모조리 물어 너를 소멸시킬 것이다.

차사, 앞에 던져진 인연장부를 바라본다.

삼신	영원한 어둠에 들어가겠느냐, 아니면 목숨을 부지한 채 벌을 받겠느냐?

차사, 손을 뻗어 붓을 잡는다. 그리고 삼신을 바라본다.

차사	삼신님, 마지막으로 제 손주 얼굴 한 번만 보고 싶습니다.

삼신. 손가락을 천천히 튕기자 희태 나타난다. 희태 혼자 있는 모습
보자 실망해서 붓을 내려놓는 차사. 희태는 혼자서 안절부절 못하고
있다. 잠시 후, 지연이 나타난다. 둘, 서로 마주보며 이야기 한다. 희
태가 미소 짓고, 지연도 미소 짓는다. 둘, 서로를 향해 손을 뻗는다.
차사, 그 모습을 보고 붓을 집어 들어 인연장부를 편다.

차사　그동안 감사했습니다. 이번에 주신 세 번째 기회, 값지게
　　　　쓰겠습니다.

　　　　차사, 인연장부를 집어 들어 붓을 긋는다. 잠시 동안 아무 일도 일어
　　　　나지 않는다. 그러다가 차사는 비명을 지르기 시작한다.

　　　　희태, 서 있다. 돌아갈까 말까 망설이는데, 멀리서 지연 나타난다.

지연　오빠.
희태　지연 씨.
지연　잘 지내요? 얼굴이 많이 상했네.
희태　원래 이래요.
지연　그 뜻이 아니고….
희태　알아요. 할머니가 곧 돌아가실 것 같아요. 저도 이러면 안
　　　　되는 거 아는데… 누구한테라도 털어놓고 싶었어요. 그래
　　　　서 지연 씨 불렀어요. 죄송해요.
지연　아니에요. 잘 했어요.
희태　진짜… 저는 정말 하나도 모르겠어요. 너무 혼란스럽고 힘
　　　　들어요. 마음이 너무 쓸쓸하고 아파요.
지연　괜찮아요. 진정해요.

희태	이제 모든 게 다 잘 되는 것 같았는데… 그게 무너지니까 길을 잃은 것 같아요. 그냥… 그냥 이 세상에서 사라지고 싶어요. 그럼 편할 것 같아요.
지연	잠깐 자리에 앉을래요?
희태	… 네.

둘, 자리에 앉는다.

지연	오빠 혼자 아니에요.
희태	혼자 맞아요.
지연	혼자면 어떻게 지금까지 살아왔겠어요. 사람은 혼자서 못 살아요. 누군가가 옆에서 함께 해준 거예요.
희태	그게 저한텐 할머니였어요.
지연	정말 할머니 밖에 없었어요?
희태	….
지연	스스로는 잘 몰라도, 누군가는 분명히 우릴 도와주고 있을 거예요. 우리도 모르는 사이에. 보이지 않는 사람들의 마음 이 하나둘씩 우리를 밀어주고, 격려해주고, 그래서 여기까 지 온 거라고 저는 믿어요. 오빠도 그랬을 거예요… 또 도 와줄 사람이 나타날 거예요. 혼자 아니에요.

희태, 지연 , 서로 잠시 마주보고 있다.

희태	지연 씨. 제가 저번에 지연 씨 좋아한다고 말씀드렸죠.
지연	네. 그랬죠.
희태	그 마음은 지금도 변함없어요. 지금 이 순간도 지연 씨가

좋아요. 처음 사진 가르쳐줬을 때부터 그랬고, 매일 보냈던 시간마다 지연 씨가 좋았어요.

지연 저도 오빠가 싫은 건 아니에요. 즐거웠어요.

희태 지연 씨가 너무 좋아서, 어떤 친구의 도움을 받았어요. 그 친구가 이것저것 가르쳐줬어요. 연애를 아주 잘 안다고 하는 친구에요.

지연 좋은 친구네요.

희태 근데 연애 잘 모르는 것 같아요. 실패한 거 보면.

지연 그래도 좋은 친구에요. 봐요. 오빠 혼자 아니잖아요.

희태 맞아요.

희태, 고개를 끄덕인다. 그리고 자리에서 일어난다.

희태 지연 씨. (사이) 그동안 감사했습니다. 저를 너무 어색해하지 말아주셨으면 좋겠어요. 저는 그걸로도 좋을 것 같아요. 계속 제 멋대로 굴었고 지금도 제 멋대로 굴고 있는데… 정말 마지막이에요. 이제는 더 귀찮게 안 할게요. 그냥… 짧은 순간이지만 저를 살아있게 해주셔서, 저는 너무 감사해요.

지연 마지막 아닐지도 몰라요.

희태 네?

지연 친구 한 명 정도는 더 둘 수 있죠?

희태 친구… 네.

지연 저도 응원할게요.

희태 저도 지연 씨 응원할게요.

둘, 미소 지으며 악수한다.

차사	(비명 지르는 중이다) 으아아아아아아아… 아아?
삼신	목 다 쉬겠다.
차사	어? 이거 왜 안 적혀? 붓이… (붓 마구 흔든다) 혹시 먹 있으세요?
삼신	(고개 젓는다) 없다.
차사	이게 왜… 삼신님?
삼신	저승의 율법에 따라 장부는 바뀌지 않을 것이다.
차사	예?
삼신	네 손주가, 서씨 일가 아이와의 연을 끊었단 말이다. 그것도 스스로.
차사	뭐라고요? 왜요?
삼신	왜인지는 네가 잘 생각해 보거라.
차사	그 녀석이….
삼신	장부는 이제 필요 없겠지.

삼신, 장부를 챙겨 품에 집어넣는다. 차사, 그 모습 바라보다가 손을 든다.

삼신	뭐냐?
차사	아니… 그… 저… 이제 그럼 가봐도 되는 거죠?
삼신	아니. 인연의 율법을 어지럽힌 형벌은 받아야지.
차사	끝난 거 아니었어요?
삼신	이때까지 죄는 합산해야지.
차사	소멸 당하는 겁니까?
삼신	그것보다 더한 형벌을 내릴 것이다.
차사	잠시만요, 잠시만요!

삼신   죄인에게 형벌을 내리겠다. 너의 형벌은!

차사   삼신님, 진정하세요, 잠시만요!

　　　　삼신, 손가락을 들어 근엄하게 차사를 겨눈다.

　　　　차사, 눈을 감는다.

9.

희태, 검은 정장 입고 서 있다. 뒤에는 옥분의 영정사진이 놓여져 있는데, 이상하게 알록달록하다. 근조화환들도 형형색색의 아름다운 꽃들로 장식되어 있다. 주변은 밝고 따뜻하다. 희태, 눈 비비며 잠시 휘휘 둘러본다. 그러더니 빙그레 웃는다.

희태   거기 있어요?

차사   (걸어 나온다) 눈치 빨라졌네.

희태   무사했네요.

차사   야, 말도 하지 마. 엄청 고생했어.

희태   멀쩡해 보이는데요 뭘.

차사   너는?

희태   뭐가요?

차사   너는 괜찮냐고.

희태   괜찮아요.

차사   고생이 많다.

희태   어? 우는 거 같은데.

차사   울긴 뭘 울어 임마. 왜 그랬어?

희태   뭘 왜 그래요?

차사   서지연.

희태   그건 진짜 행복이 아닌 것 같아서요.

차사   고맙다.

희태	지금 나한테 고맙다고 한 거 맞죠? 한번만 더 말해봐요. 녹음하게.
차사	이걸 확 그냥.
희태	가서 아무 일도 없었어요?
차사	고생했다고 한 거 못 들었냐?
희태	그런 거 치고는 멀끔해 보이니까 그렇죠. 무슨 벌 받았어요?
차사	니 수호령 되는 벌.
희태	예?
차사	그게 무슨 벌이냐는 표정인데 너. 수호령은 24시간 대기야. 엔간히 사랑하는 사람 아니면 못해. 그래서 수호령 중에 가족들이 많은 거야.
희태	삼신 할매가 착하시네.
차사	착하긴 뭘 착해. 내가 보니까 그 양반 계획적이야. 옥분이랑 나랑도 일부러 만나게 한 거 같애. 나중에 약점 잡아서 부려먹으려고.

붉은 빛 한번 깜빡거린다. 차사, 움찔한다.

희태	들었나본데요.
차사	귀는 밝아가지고… 그리고 인연부서 업무도 다시 보란다. 나 때문에 병원에 실려간 관리들이 많대. 내가 그 사람들 몫까지 일해야 돼.
희태	당분간 바쁘시겠네요.
차사	몸이 열 개라도 모자랄 지경이다. 그래도 소멸 안 된 게 어디냐.

희태	(미소) 이제는 안 죽고 싶으신가 봐요.
차사	(미소) 너도 그런가 본데. 자. 이제 마지막이다.
희태	왜 마지막이에요?
차사	원칙적으로 수호령은 수호하는 사람 앞에 모습을 못 드러 내게 되어 있어.
희태	또 혼자네요.
차사	(바라본다)
희태	농담이에요. 이젠 혼자서도 열심히 살 거예요.
차사	내가 지켜줄게.
희태	정말이죠.
차사	나 이제 니 수호령이야 임마. 나만 믿어.
희태	부탁이 있는데요.
차사	왜.
희태	한 번 안아 봐도 돼요?
차사	싫어.

희태, 차사를 안는다. 차사, 바짝 얼어 있다가 손을 들어 희태의 등을 쓸어준다.

차사	참. 누가 너한테 인사하고 싶단다.

희태, 뒤를 돌아보면 젊은 옥분, 희태에게 미소 짓고 있다.

희태	할머니 이쁘다.

희태, 차사에게 꽃 머리핀을 건넨다. 차사, 머리핀 보다가 다시 희태

에게 건네준다.

차사 니가 달아줘라.

희태, 옥분에게 다가가 꽃 머리핀을 달아준다. 그리고 옥분의 손을 잡는다.

희태 할아버지랑 행복하게 잘 지내요. 나 밥도 잘 먹고 건강하게 오래오래 살게. 할머니가 왜 이렇게 안 오냐고 할 정도로 오래오래 살게요. 그러니까 내 걱정하지 말아요. 고마웠어요.

옥분, 고개를 끄덕이며 희태의 뺨을 쓸어준다. 희태, 차사를 돌아본다.

희태 조심히 가세요. 할아버지.
차사 잘 있어라 희태야.

차사, 옥분 손잡는다. 둘, 천천히 사라진다. 희태는 둘의 뒷모습 계속 바라보고 있다. 그러다 문득 생각난 듯 핸드폰 꺼내 바라본다.

희태 인스타 사진 지워야 되나?

지연과 함께 한 사진들 계속 보는 희태. 사진을 볼수록 얼굴에 미소가 띄어진다. 문득 핸드폰을 집어넣는다.

희태   천천히 하나씩 하자.

하늘의 빛이 조금씩 밝아진다. 희태, 하늘 바라본다. 빛이 따뜻하다.
심호흡한 뒤, 천천히, 조심스럽게 한 발 내딛는다.

⟨끝⟩

삶을 살다보면 예기치 못한 시련에 부딪힐 때가 있다. 좋은 일은 적은 것 같고 나쁜 일들만 인생에 가득해서, 어떻게 살아가야 할지 길을 잃을 때도 많다.

20대~30대라는 나이를 살아가면서, 아직 단단해지지 못한 나는 절망을 참으로 많이 느꼈다. 혼자인 것 같은 순간들은 많았고, 속으로만 비명을 지르면서 버티는 순간도 있었다. 철저하게 혼자라고 생각하는 순간들이 있었다. 하지만 세상이 힘들고 어렵게 느껴져서 버틸 수 없을 것 같아도, 우리 주변에는 늘 우리를 사랑하고 도와주는 사람들이 있다. 스스로 만든 늪에 빠져 허우적거릴 때는 절대 알지 못하지만, 어느 순간 보면 누군가가 손을 잡아주고 있는 것이다. 어떠한 형태로든, 이 손은 한 번쯤 느끼게 되는 것 같다.

"죽으란 법은 없더라"라는 사람들의 말처럼, 언젠가는 홀연히 희망의 빛이 나타나 다시 살아갈 힘을 주게 될 것이다. 〈연애차사〉는 홀로 힘겹게 서 있는 모든 사람들에게 조그마한 위로가 되었으면, 하는 바람에서 쓰여졌다.

버닝필드 (THE BURNING FIELD)

우종희 지음

*

본 작품은 2019년 4월 5일 강원도 고성, 속초 일대에서 발생한
초대형 산불 사건,
2010년~2020년 사이 발생한 수많은 소방관들의 사망사건 및 자살사건,
기타 그들의 트라우마와 관련한
실제 인터뷰를 근거로 하여 구성되었습니다.

본 대본은 2020년 2월, '2019 차세대열전 연출 분야'를 통해 실연된
공연의 내용을 기초로 하여 일부 수정되었습니다.

등장인물(등장 순서대로)

소방관A,B,C,D,E,F	의사
진우	정복소방관
진철	소방관1,2,3,4
지휘센터	구조팀
지휘팀	구급팀
진압팀	학생
소방관들	시민
앵커	비밀소방관
정치인1,2	무전소방관
주유소소방관1,2	

공연 전, 인터뷰

다음의 인터뷰 장면의 모든 대사는 실제 인터뷰를 그대로 기록한 것이다.

무대, 불에 타 주저앉은 건물의 자재들로 구성된 거대한 이동식 구조물들로 채워져 있다. 조명은 불에 타 무너져 내린 건물 내부의 어두운 모습과 건물 외부에서 부서진 건물 틈새로 들어오는 약한 빛줄기들이 가득하다. 극장 사방에는 주인 없는 소방 구조복들, 산소통들이 무대 곳곳에 배치된 이동식 구조물들 근처에 무심히 놓여져 있으며 그 주변에는 소방관들이 걸터앉아 무전기를 통해 관람객들에게 소방관으로서의 자신의 경험에 대해 동시에 차분히 전달한다. 관객, 모든 관객은 개인 무전기를 극장 입장 전부터 건네받는다. 이들은 무전기의 채널을 1번부터 6번까지 스스로 조절, 자유롭게 무대공간을 돌아다니며 인물들의 이야기를 선택하여 들을 수 있다. 공연 시작 20분전부터 공연 시작 시점까지 한참동안 진행된다.

소방관A   2017년 그날… 강릉 석란정. 사실 그 전날 1차 화재가 있었습니다. 1차 화재 그 자체는 10분 만에 진압되긴 했거든요. 그 건물 자체가 원래 상태가 좀 안 좋긴 했죠. 그 뭐 이렇게… 파이프 같은 거를 받쳐놓고 그래가지고 처음에 딱 가자마자 건물이 좀 위험한 상태구나… 붕괴 위험이 있겠구나 싶어서 팀원들이랑 굉장히 조심하면서 작업을 했었거든요. 그리고 저는 교대하고 퇴근해서는 집에 와서 새벽에 쉬고 있는데… 서에서 전화가 와가지고는 석란정에 2차 화재가 났다면서, 저희 팀원이 매몰됐다고… 깜짝 놀랐죠. 큰일이 났구나 그래서 바로 차 몰고 현장으로 출동을 했죠. 그렇게 큰 건물도 아닌데 매몰이 된다는 게… 소방관들끼리 매몰이라는 표현 잘 안 쓰거든요. 고립됐다 그러면 적어도 기적을 바라기는 하는데… 매몰이라니까 머릿속이 하얘지면서 숨을 못 쉬겠더라구요. 가는 내내 계속 그 생각이 들었죠. 내가 같이 있었어야 했는데… 원래 저희 팀이 3명이서 움직여야 하거든요. 그런데 교대근무 하다보니까 셋이서 다 같이 있는 경우가 별로 없어요. 그날도 저희 팀 팀장이었던 진욱이 형이 팀 막내 수현이가 제 몫까지 새벽근무 하고 있었던 거거든요… 가는 동안 무전으로 들었던 얘기가, 정자 바닥에서 연기가 난다는 제보가 있어서 둘이 현장으로 들어갔고, 거기서 잔불작업을 하다가 갑자기 뭔가 와르르 쏟아졌다고 하는데… 듣는 순간, 내가 불을 덜 껐나? 그런 생각이 드는 거예요. 분명 전날 저녁에 완전히 작업을 해 놨는데 그게 어떻게 다시 불이 붙지? 내가 뭔가 깜빡하고 잔불 작업을 못 했나? 벼라별 생각이 다 드는데 그 모든 게 내가 잘못한 것 같고 미쳐버릴 것 같은 거죠. 겨우 현장에 도착해서는… 급하게 방화복만 걸치고 곧장 장비고 뭐고 그럴 겨를도 없이 우선 구조물들부터 치워냈던 것 같은데… 그리고 그 안으로 들어가서 손으로 덮여 있던 흙들을 막 파헤치는 거죠. 근데 얼마 파지도 않았는데 금세 뭔가 손에 걸리길래 조금 더 파 보니까 막내놈 얼굴이 나타나기 시작하더라구요. 그런데 아무 반응이 없더라구요 그때부터 숨을 못 쉬겠고 손이 덜덜덜 떨리기 시작하더니…
못 움직이겠더라구요. 아니 불과 몇 시간 전에 근무교대하
고 온 놈이 왜 지금 여기 이렇게 파묻혀서 숨을 못 쉬지…?
이런 생각밖에 안 나니까… 어떻게든 꺼내서 심폐소생술
이며 할 수 있는 건 다 해보는데… 늦은 거죠. 제가 너무 늦
었던 거죠. 그놈은 임용된 지 얼마 되지도 않았거든요. 작
년 가을엔가 임용되었으니까 일년이 채 안 된 상태였는데,
어떻게 이렇게 될 수 있지? 그 상황 자체가 납득이 안 되는
거죠. 그때… 옆에서는 다른 대원이 이정환 팀장님을 꺼내
오는데… 흰 천으로 덮어서 나오더라구요. (한동안 말을 잇지
못한다) 그 양반은 은퇴 1년 남았었거든요. 저희 센터에서
가장 맏형인 사람인데… 원래 현장 갈 나이가 아니죠. 아닌
데… 그렇게 된 거죠. 원래는 저랑 막내랑 팀으로 해야 하
는 거고 형님은 뒤에서 지원해주고 그래야 하는 건데… 교
대 인원이 안 나오니까… 그 양반은 은퇴하면 경포대에 놀
러 와서 너네 일하고 있을 때 앞에서 소주 마시고 회 먹고
놀 거다 그러면서 맨날 우리 놀리고 그랬거든요… 미쳐버
릴 것 같더라구요. 같이 구급차 타고 이송하는데 저도 시간
이… 멈춘 것 같은 느낌이 들고… 아무 생각이 안 나더라구
요. 그런데 이걸 또 그 가족들한테 알려야 하잖아요. 날 원
망하지 않을까… 네가 쉬어서 내 아들이 이렇게 됐다, 네가
똑바로 확인 못 해서 우리 아버지가 이렇게 됐다… 그런 상
상이 되기 시작하니까 주체할 수가 없는 거죠. 계속 그 생
각만 나면서… 아… 차라리 따라갈까? 그런 생각도 솔직히
많이 했었어요. 솔직히 지금도 자주 해요. 휴가내고 좀 쉬
어보기도 하고 서에서 무슨 심리상담도 연결해주고 그러

면서 휴직도 해보고 하는데 이게 혼자 있으면 더 불안해서 죽을 것 같은 거예요. 집에서 누워서 천장 쳐다보고 있으면 저 천장이 당장이라도 무너질 것 같고⋯ 그러다보면 또 막내랑 형님 생각나고. 계속 반복되는 거죠. 그래서 도저히 안 되겠어서⋯ 살려고, 살려고 현장 다시 돌아왔죠. 치료도 계속 받고. 확실히 현장 돌아오니까 사람이 또 살기는 살게 되더라구요. 늘 하던 거니까 아무 생각 없이 서류 작업하고, 어디에 사건 났다 하면 또 가서 일 처리하고⋯ 화재 같은 경우도 불났다 그러면 출동하긴 하는데⋯ 불을 끄는 게 아니라 불을 보고 있게 돼요 자꾸. 뭐랄까 이게 절 부르는 것 같기도 하고⋯ 그 연기 냄새 맡을 때 뭔가 편안하기도 하고⋯ 한편으론 거기에 방수하고 있으면 좀 후련해지는 것 같기도 하고⋯. 퇴근할 때마다 요즘엔 석란정에 종종 들려요. 그냥 그 앞에서 멍하니 소주 한 잔 마시면서 있다가 가는데⋯ 답답하죠. 아직까지 원인도 몰라요. 왜 불이 났는지⋯ 경찰, 소방, 강원도, 국과수, 한전 뭐 있는 기관 없는 기관 다 달라붙어서 합동조사 하는데도 그 경위도 파악이 안 되고 있고. 경찰은 사실상 내사종결 한다고 하고⋯ 그러면서 점점 전 자꾸 그런 생각이 나는 거죠. 내가 1차 화재 때 뭘 잊었었나⋯ 사람들이 아니라고 해도 그렇게 돼요. 눈만 감으면 자동으로 떠올라요. 잠은 잘 자지도 못 하지만 그나마 잠 들어도 나 때문에 불나서 그렇게 되는 악몽만 반복적으로 꾸고. 얼마 전에는 두 명⋯ 소방혼충탑으로 보내는 위패 봉안식을 하는데⋯ 그런 생각이 들더라구요. 불 때문에 죽은 사람들한테⋯ 또 향을 피워서 연기를 맡게 해야 하나, 아니면 이렇게 향이라도 피우면 불난 줄 알고 그 두 명이 다시 불 끄러 돌아오진 않을까… 뭐 그런 말도 안 되는 생각이 나면서 그냥 못 견디겠더라구요. 그때부터 하루 하루가 지옥 같은 거죠. 숨을 쉬어도 그 두 명 숨 뺏어서 쉬는 것 같고, 잠을 자면 영원히 안 깨어났으면 하게 되고… 가족들한텐 도저히 말 못하죠 이런 얘긴. 그냥 감당하고 사는 거죠….

소방관B 2010년 12월 30일 오후 8시였습니다. 날짜까지 정확히 기억나죠. 그 날이 야간 근무를 하는 날이었는데 5시 반 정도에 서에 도착해서 제복으로 갈아입고 장비점검하고 뭐 일상적이었죠. 그러다 오후 7시 반경에 '화재가 났다'는 신고를 받았는데 거기가 빌라였는데 원룸 형식으로 돼 있는 곳이었거든요. 거기에서 화재가 난 거죠. 도착했을 때 거기 골목길에 다 차들이 주차돼 있어서 작은 차량만 진입하고 나머지는 걸어가야 했는데 한 150m 정도를 걸어 들어가야 했거든요. 어둡고 오르막길이라 '헉헉'대며 올라갔던 기억밖에 안 나네요. 현장에 도착해서 보니까 건물 1층에서 창문 밖으로 화염이 솟구치고 있더라구요. 선착대가 관창을 하고 화재를 진압하고 있었는데 진압이 쉽지 않은 상태였죠. 건물을 한 바퀴 도는데 4층에서 '구해달라'면서 사람이 손을 내밀고 있었는데. 말이 어눌해서 초등학생으로 알았죠. 아이인 줄 알고 그때부터 마음이 급해지기 시작하는 거죠. 보통 아무리 순간이라지만 마음을 다잡고 구조도 상상해가며 들어가는데… 일단 빨리 구해야겠다 이런 생각만 나는 거죠. 그 사람을 구하러 저를 포함한 구조대원 3명이 들어갔어요. 계단을 통해 금방 꼭대기 층으로 올라갔어요. 밑에서 진압을 하고 있으니까 금방 진압이 될 줄 알 았죠. 4층은 아직 불이 번지진 않았고 연기만 자욱하더라 구요. 건물 자체에 열기가 있어서 '사우나' 같은 느낌이었 죠. 복도에는 5개 방이 있었는데 근데 막상 들어와 보니 밖 에서 볼 때랑 구조가 다르더라구요. 게다가 5개 방 모두 방 문이 잠겨 있었고. 파손기로 철문 자물쇠 부분을 부수고 빠 루로 제쳐서 여는데 철문이 다른 문처럼 부드럽게 열리는 게 아니라서 쉽게 열리지 않는데… 문마다 한 5분에서 10 분 걸리는데 하필이면 제일 마지막 집이었어요. 화재는 진 압되지 않고 있고 저흰 손으로 더듬더듬하고 지그재그로 걸음을 옮기며 구조할 사람을 찾아다니고, 연기 때문에 앞 도 안 보이는 상태였고. 종이 타는 것과 다르게 연기의 농 도가 짙고 어두웠는데… 원래 석유 재질 같은 것이 타면 연 기가 더 시커멓거든요. '놓쳤나'하는 생각에 초조하게 작업 하고 있는데 마지막 집 화장실에서 발견했습니다. 2~3평 도 안 되는 공간이라 문을 여는데 뭔가 걸리는 느낌이 들어 서 '아 여기 있구나' 하는 것을 직감했어요. 문을 억지로 밀 어 열었는데 놀랐어요. 180㎝도 넘는 건장한 체격의 남자 가 누워 있었거든요. 머리부터 발끝까지 손으로 더듬더듬 하며 만지는데 꽤 오래 걸렸죠. 이미 죽어있었습니다. 중국 인 유학생이었는데… 시신을 발견했을 무렵 '현장에서 빠 져 나와라' 그런 무전이 나왔었어요. 근데 그냥 두고 갈 수 가 없어서 '데리고 가자'고 이야기했어요. 제가 목덜미를 잡았고 나머지 두 명이 허리춤과 발목을 잡았어요. 목덜미 를 잡은 제가 뒷걸음질치며 화장실에서 현관 쪽으로 걸어 나오는데 그때 순간 멈칫했습니다. 등 쪽이 너무 뜨겁더라구요. 뒤돌아보니까 '불바다'였어요. 계단도 집어 삼킨 상태였고요. 고립된 거죠. 무서웠어요 그냥… 아무런 생각도 안 나더라구요. '아 잘못하면 죽겠다', '힘들어 죽겠다' 이런 개념이 아니었어요. 그냥 '여기서 죽는구나' 싶었죠. 게다가 제가 문 개방을 담당해 산소 사용량이 커서 산소도 바닥난 상태였고 창밖으로 간신히 움직여서 창밖으로 고개를 내밀고 마스크를 벗고 한 모금 마셨는데 창밖으로 화염과 연기가 나오다보니 유독가스만 들어왔어요. 정신이 혼미해졌죠. 마스크를 다시 썼는데 산소는 바닥이 나서 '아 더 이상은 힘들겠구나' 싶었어요. 창밖으로 뛰어야겠다는 생각이 들었어요. 창문을 깨고 보니까 옆 건물 1층 앞에 녹색 아크릴판이 있었어요. 한 2m 정도 떨어져 있었는데 저기로 뛰면 죽진 않겠다라는 생각이 들더라구요… 그래서 창틀을 잡고 뛰려는 순간에… 바닥으로 꼬꾸라졌어요. 열 때문에 양손에 잡고 있던 창틀이 녹아 떨어져 버린 거예요. 뛰지 못하고 머리 쪽으로 떨어졌습니다. 이후 의식을 잃었어요. 이후 병원 이송 도중 깼어요. 너무 아파서 깬거예요. 오른쪽 정강이뼈가 밖으로 튀어 나왔는데 차가 덜컹거리니까 통증으로 온 겁니다. 수술 후에 97일을 입원했습니다. 1년 반 휴식을 했고. 무릎, 정강이 뼈, 턱 관절, 치아 뭐… 다 온전치가 못 한 거죠. 임플란트만 11개를 했으니까요. 치아 28개 중에 25개가 부러졌고. 11개는 아예 탈구됐구요. 현실을 부정하고 싶었죠. 혀로 입 안을 만지면 치아는 없고 온 몸은 붕대로 감겨 있고… 한 6개월은 치료만 했어요. 그나마 몸이 안 좋을 땐 몸 생각만 났어요. 그런데 몸이 조금 나아지니까 꿈을 꾸기 시작하더라고요. 그 날

아침 출근하는 장면부터 떨어지는 장면까지 파노라마처럼 이어지는데… 무서워서 잠을 못 자겠더라고요. 멍하다 갑자기 소리치기도 하고… 진통제에 취해 2시간 정도 잠을 자는 것이 유일한 휴식인 상황이죠. '나한테 왜 이런 일이 일어났을까' 이런 일이 있다는 거 자체부터 받아들이기 힘든 거죠. 요령 안 피우고 열심히 했는데 왜 나한테만 이런 일이 생기지…? 악몽은 분명 꿈에서만 나타나야 하는데 눈 뜬 순간에도 온통 그 생각뿐이 안 나고… 그 생각에 거의 지배가 됐었다고 보면 되는 거죠… 하루 종일 20시간 이상을 그 장면만 생각했어요. 와이프가 "상담 좀 받아보면 안 되겠냐"란 말을 계속 했어요. 정말 심할 때는 1시간도 못 자겠더라고요. 눈 감으면 다시 눈을 못 뜰 거 같단 생각이 계속 들었거든요. 전구가 반짝이면 블랙홀에 빨려 들어가는 것 같고, 큰 바위가 머리와 목 위를 짓누르는 듯한 중압감이 느껴지면서 숨이 가빠지기 시작하는데… 반년을 그렇게 살았죠. 되돌아보면 그 순간을 반년 산 것 같습니다. 6개월 동안 그렇게 지내다 와이프가 하루는 울먹이면서 "이러다 어떻게 될 것 같다. 제발 치료를 받자"라고 이야기를 하더라구요. 그 이후부터 마음을 부여잡았습니다. '좋아지고 있잖아', '지난 일이잖아', '그만 생각하자' 이렇게 말을 해가면서 마음을 다잡았어요. 그렇게 버텼던 것 같습니다. 그러면서 조금씩 잊혀지고… 아픈 동안 그만둘까 하는 생각 많이 했어요. 결국 가장이니까 나중에 아이도 낳으면 부양해야 하니까 그만 못 뒀지만. 지금 이렇게 인터뷰하고 나면 그 순간이 떠올라 한동안 힘들어요. 사라지는데 시간이 좀 걸립니다. 일이 바쁘면 또 생각 안 나고. 지금도 사실 정확하게 표현하지 못하는 느낌이나 생각들이 있어요. 마치 마음속에 '어두운 상자' 하나가 생긴 듯합니다. 열렸다 닫혔다 하네요. TV에서 순직자나 사망 관련 이야기들이 나오면 슬프고 먹먹해지고 그래요. 27살로 다시 돌아간다면 이 일 안 할 것 같아요. 주변에도 추천 안 하죠. 다른 공무원도 많은데. 아주 건강하게 지내는 분도 계시지만 바람 잘 날 없는 직업이잖아요. 너무 힘들어요…

소방관C (느리게) 헬기가 추락을 하고 가로등이 파손되니까 굴뚝처럼 연기가 계속 났어요. 저기가 그 현장이에요. 저기까지 파편들이 날아가서 유리창이 깨지고… 탑승자 5명 전원이 그 자리에서 사망했고… 헬기 역시 강한 폭발에 형체도 없이 사라졌거든요. 저희 팀에서 세월호 수색지원을 나갔던 특수구조단 소속 소방헬기였는데… 세월호 수색 지원을 다녀오다가… 연료 때문에 잠시 공항에 착륙을 했다, 그리고 35분경에 이륙을 했다 이런 정보가 나오는 거예요. 그래서 "강원 소방헬기다"라고까지. 그 소리 듣는 순간… 막… 진짜 눈물이 쏟아지더라요. 구조현장은 뭐… 아비규환이죠. 헬기 잔해 속에 섞여 참혹하게 훼손된 동료의 시신을 직접 수습하는데… 심장이 도려내는 것처럼 아픈데 그걸 참고 해야 했죠. 시신이 거의… 50%는 훼손됐고요… 거의 삼사십프로의 그… 뼈… 그 부분만이 남아 있더라구요. 어느 한 가정의 아빠이고 가정이지 않습니까. 그리고 아들이고 남편이고… 이 피부조직 하나라도 온전하게 그들 가족 품으로 가야 된다 그런 생각으로 이게 눈물인지 빗물인지 모를 정도로 당시 현장에 참여했던 구조대원들이 서로 울면서 작업했습니다. 너무나도 끔찍하고 그분들의 고열에 의해서 신체 일부가 탔던 그 냄새가 지금도 제 몸에서 나는 것 같고, 제 손에 그 냄새가 나는 것 같아요. 왜 이런 현장과 이런 고통을 나에게 주는가… 저 정말 하느님도 원망스럽고 제 자신도 원망스러웠어요. 근데 그 와중에도… 그 헬기가 마지막까지 추락하는 순간에도 아파트랑 상가 사이의 인적이 뜸한 풀밭으로 떨어졌더라구요. 인명피해를 막기 위한 마지막 선택이었던 거죠. 마지막까지 조종간을 안 놓고 손이 이렇게 조종간을 안 놓고… 이렇게 손이 조종간을 잡고 있는 모습을 봤을 때… 시민들을 피해서 착륙을 하지 않았을까 이렇게 생각이 되더라구요. 정말 안타깝고… 뇌리에는 우리 동료라는 생각에… 내가 저 상황에서 죽는 것과 똑같은 느낌을 많이 받았습니다. 그래서 이쪽으로 잘 안 옵니다. 생각이 너무 많이 나고… 작은 기념비도 없고… 다른 건 다 잊어먹어도 이 현장은 잊어버릴 수가 없죠. 충격이나 우울증, 힘듦, 그런 과정이 많은데 그것을 버티면서 생활할 수 있다는 게… 제복을 입기 때문에 소방관이라는 직업 소명의식이 아닐까…

소방관D   처음에 치료 받기 싫었어요. 왠지 정신병자 취급을 받는 것 같았고. 기록이 남지 않는다고 소방방재청에서 얘기를 하긴 하는데 괜히 의심이 들고 그러니까… 가기로 한 다음에도 갈지 말지 한참을 고민되죠. 1997년 8월이었던 걸로 기억하는데, 오래된 얘기면서도 또 최근까지 이어지는 얘긴데 좀 특별한 날이었죠. 인천제철 부지 공사현장에 출동을 나갔는데 지름이 한 20m 깊이는 한 3m 정도 되는 웅덩이에 빗물이 가득 차 있더라구요. 거기 아이가 빠진 거예요. 휴대전화도 없던 시기였을 겁니다. 스티로폼을 타고 초등학교 남학생 2명이 놀다가 한 명이 빠진 거였거든요. 살아 나온 아이가 주변에 있는 아저씨한테 알려서 신고가 됐나 봅니다. 출동까지 40여 분이 걸렸고 아이는 이미 죽은 상태였어요. 어찌 됐던 아이 사체는 꺼내야 했기에 바로 팬티만 입고 뛰어들었습니다. 잠수해서 어두운 흙탕물을 손으로 휘저으며 아이를 찾았어요. 그러다 돌 사이에 있는 애를 발견한 거죠. 애 손을 잡았어요. 그 순간의 촉감, 느낌이 지금까지 나를 쫓아다니는 겁니다. 팔뚝을 잡았는데 섬뜩했어요. 부들부들한 그 느낌. 아이 피부는 원래 좀 다르잖아요. 애가 밑에 있으니까 무거울 줄 알고 확 잡아 당겼어요. 근데 부력 때문인지 아이가 확 위로 올라가더라고요. 그게 제가 경험한 첫 사체였습니다. 아이를 꺼내서 담요로 덮고 CPR(심폐소생술)을 했어요. 병원까지 그렇게 옮겨갔습니다. 의사가 "사망한 지 한참 됐다"고 했어요. 꽤 찜찜했죠. 답답한 마음도 들고. 돌아와서 한두 시간 지나고 또 다른 출동을 나갔습니다. 한 40대 남성 인부가 항선 연료통에 빠져서 사망한 사고였는데 항내에 있던 큰 배 안에서 일어난 사고였어요. 배 위로 올라가니까 사체는 이미 꺼내져 있었어요. 온 몸이 다 기름 범벅이었죠. 눈에도 얼굴에도 몸 전체에도… 이미 기름이 목과 폐에 다 들어가 사망한 상태였습니다. 방금 전 기억이 있어서 그런지 좀 덜하긴 했지만 섬뜩하긴 마찬가지였어요. '희한한 날이네' 싶었는데 그게 끝이 아니었어요. 이날 밤 12시가 넘어서 신고가 들어왔는데 '아이가 숨을 안 쉰다'는 거였어요. 도원동의 한 15평 되는 빌라에서 신고가 들어왔어요. 엄마가 피곤해서 잠이 들었다가 아이를 깔아뭉개 애가 질식사해버린 거예요. 신고를 받자마자 구급차를 타고 갔습니다. 빌라 2층에 올라가 문을 두드렸습니다. 남편은 야간 근무라 집에 없었고 아주머니만 계셨어요. 침대에서 같이 자다 그랬다고. '돌이 안된 아이'였습니다. 엄마는 옆에 서서 발을 동동 구르며 울고 있었어요. 아이 모습이… 침대에 누워 있는 갓난쟁이는 팔과 다리가 축 늘어져 있었어요. 안았는데 아무런 힘이 없이 늘어졌습니다. 그 촉감. 지금도 기억나는 그 촉감. 부들부들한 촉감. 죽었다는 걸 알면서도 살았으면 좋겠다는 그 생각들이 정말 저를 힘들게 했습니다. 구급차에서 제가 크리스천이다 보니 기도를 해줬어요. 혹시나 이 아이가 살아나지 못하더라도 좋은 곳으로 인도해달라고요. 아직도 생각이 납니다. 당시엔 혼자 우울해했어요. PTSD개념도 없을 때였고요. 지금도 아이들 얘기만 하면 그 날이 떠오릅니다. 그땐 잠을 잘 못 잤어요. 선잠을 자면서 악몽을 꾸고 그랬죠. 그 아이를 살렸으면 얼마나 좋았을까 하는 생각이 저를 쫓아다녔습니다. 어디에 쫓기는 꿈을 계속 꿨어요. 아이는 다행히 나타나진 않았는데 물가가 나오는 꿈도 꿨죠. 2013년 6월에 PTSS 검사를 받고 위험군이라고 결과가 나와서 7월부터 5번 치료를 받았습니다. 지금은 결혼하고 14살, 15살 남자 아이들을 두고 있어요. 그런 경험이 있어서 그런지 애들이 어릴 때 정말 많이 챙겼어요. 위험한 거 사전에 피하게 하고요. 자전거 타도 꼭 보호대 다 하게 하고. 지금은 그 기억이 많이 없어졌어요. 그런데 뉴스 같은 데서 아이들 사고 이야기가 나오면 그 날이 떠오릅니다. 아이들이 다친 것을 봤다거나 할 때도요. 생각을 안 하려고 노력 많이 합니다. 찝찝하고 생각하면 또 아쉽고 그러니까요. 당시에는 괜히 짜증이 나거나 눈물나고 그랬어요. 무기력해 지고요. 집사람한테 괜히 나무라기도 하고요. 안타까운 마음에 눈물 많이 흘렸습니다. 어디 얘기할 곳이 없으니까 힘들었죠… 본인 출동은 본인이 책임지는 거라고 생각했거든요. 못 살렸다는 게 굉장히 힘들었죠. 신고를 빨리 했더라면 하는 생각. 그 아이의 어머니가 옆에서 울고 있던 게 기억이 납니다. 그 부들부들한 느낌. 기억 속의 아이는 지금도 저한테는 그 나이 그대로에요. 자라지 않는 아이인 거죠. 안고 구급차 가던 길도 생생하고. 아. 물속에 있던 아이 꺼냈을 때도… 내가 확 끌어 당겼는데… 게다가 옆에 놀던 아이가 하는 얘기로는 죽은 애가 고모네 집에 얹혀살고 있었다고 하던데… 그 장면들이 계속 생각납니다. 당시에는 2교대라 휴가도 못 갈 때였어요. 휴직은 생각도 못했었습니다. 관두고 싶은 마음이 왜 없었겠어요. 버틴 겁니다. 평생 못 잊을 일을 겪어서 고생했지만 언젠가 또 마주할 일이기도 하잖아요. 지금 돌이켜봐도 '참 특이한 날'이었어요.

소방관E 원래는 세계여행사가 되는 것이 꿈이었는데 집이 워낙 가난했고 배고픈 시절이라 뭐라도 해야 했어요. 그러다 어떻게 소방관이 되게 됐는데 구급대가 창설되기 전에는 거의 막내들이 여기 저기 부서를 가리지 않고 다녔거든요. 그 시절엔 병원에 부탁해서 간신히 거즈나 붕대도 얻어 쓰던 시절이었죠. 상사들이 두발 검사도 하던 시기였으니까… 출동 나가면 조치를 하고 그러기 보단 그냥 병원으로 신고 가는 게 일이었던 때였고요. 거의 구급차에서 20년 생활했다고 보면 됩니다. 기억에 남는 출동이라⋯ 2000년 초반 9월 쯤이었어요. 새벽에 '누가 뛰어 내렸다'고 신고가 들어온 거예요. 그때 출동을 갔었는데 남성 시체가 아파트 그 경비실 위 난간에 엎어져 있었어요. 피가 낭자해 있었고. 근데 현장에 갔을 때 아파트 입구 근처에서 '귤껍질'이 있길래 저도 모르게 그냥 주웠죠. 현장에 나와 있는 경찰한텐 "누가 아무 데나 귤껍질을 버렸네요 나참"이라고 했어요. 근데 "그걸 주우면 어떻게 하느냐"라고 큰소릴 내는 거예요. 머리가 터져서 껍질이 튄 거였어요. 밤이어서 몰랐죠. 이런 일들이 꽤 많았어요. 그날 돌아가서 사무실에서 경험했던 걸 미친 듯이 흥분해서 이야길 했습니다. 동료들은 들어주고 싶은 마음이나 여유가 또 없으니까 못 들어주고. 그러니까 기분이 파도를 타는 겁니다. '아 내가 이걸 왜 하고 있는 거지'란 생각이 계속 들고요. 자기 스스로 고립되기 시작했던 것 같아요. 한 10년 전부턴 사체를 보면 무섭거나 그래야 하는데 어느 순간부턴가 '부럽다', '저 사람은 편하겠지'란 생각이 들더라니까요. 예민해지고 거칠어졌어요. 특히 술을 많이 마셨습니다. 쉬는 날에는 소주 2병, 맥주 1000cc 먹고 그랬어요. 얘기를 아무도 안 들어주니까. 원래 내성적인 성격이에요. 안 그래도 내성적인데 이런 일(사체를 본다거나 힘든 일)을 수차례 겪으면서 대인기피증이 생겼죠. 사람들을 만나는 게 꺼려지기 시작했고요. 만나자고 해도 안 나갔어요. 괴로운 이야기를 들어줄 것 같지도 않고 말하기도 싫었죠. 그땐 마음이 항상 불안했어요. 너무나 많은 일이 연속이 되니까 힘들었고. 그날 있었던 현장이 계속 생각이 났어요. 잠을 못 자서 한 시간마다 깼죠. 꿈은 전부 쫓기는 꿈이었어요. 내 손에 칼이 쥐어지고 누군가 손에도 칼이 쥐어져 있고, 서로 싸우는 꿈을 꿨어요. 몇 년 간을 이렇게 살았어요. 분노감도 점점 차올랐어요. 다른 사람이 잔소리를 하거나 기분을 상하게 하면 속으로 나도 모르게 '가만 안 둔다. 저 새끼 내가 어떻게 해야지' 이런 생각이 드는 겁니다. 사소한 잔소리에 울컥 화가 치밀어 올랐고요. 얼굴이 빨개지면서 분노가 조절이 안 됐어요. 혼자 화를 내거나 소리를 치게 되고요. 6개월 전 쯤엔 도저히 못 참고 '분노를 참기 힘들다'라고 아는 고참한테 이야기도 했어요. 말수도 점점 줄어들었습니다. 그냥 세상에 혼자 있는 느낌이 들었어요. 술을 자주 마시니까 세수해도 술 냄새가 나고, 얼굴도 항상 벌겋고 부어있는 상태고 그렇게 출동을 나갔던 거예요. '오늘은 어떤 일이 일어날까' 두렵고 초조해하며 일을 하러 갔어요. 힘들 때의 느낌은… 하루 종일 절망감에 쌓여 있었어요. 무언가 나쁜 기운이 나를 감싸고 있는 느낌이랄까. 일이 힘든데 그만두면 밥은 또 못 벌어먹을 것 같고. 갈등이 계속 있는 겁니다. 당시엔 그게 고립인 줄도 몰랐는데 그게 고립이더라고요. 혼자 너무 많이 울어서 눈물샘도 말랐어요. 일을 하다보니까 누적이 된 것 같습니다. 나이 들면서 체력도 떨어지고 그런데도 출동 나가면 힘들고. 그게 나이 먹으면 좀 편해져야 하는데 승진을 못해서 더 어려워진 것 같기도 해요. 3년 전에 치료를 받기 시작했는데 그때도 치료를 받을까 말까 엄청 망설였습니다. 2009년에 본부에서 정신건강 일환으로 심리검사를 했는데 고위험군이라고 결과가 나왔었죠. 거기 결과에 '가급적 입원

치료를 고려한다'라고 돼 있었어요. 그 공문 보자마자 짜증 나서 욕부터 했어요. 아프다는 걸 인지 못 한 상태였으니까요. 창피하고 그랬던 거죠. 근데 견디질 못하겠더라고요. 그 울컥하고 가슴이 답답한 것 때문에 너무 힘들어서 결국 병원에 갔어요. 처음에 병원에 갔을 때도 고생 많이 했습니다. 설문을 시켰는데 짜증이 막 나는 거예요. 그래도 '힘들다'고 털어놨었어요. 효과가 있는 줄도 모르고 그냥 '노느니 가보자'란 마음으로 갔었던 겁니다. 아직까지 '고름이 짜지지는 않고 더 덮여지는 기분'이 들긴 하는데 약을 타고 나서 잠을 잘 자니까 일단 다니고 있어요. 한 달에 한 번 갑니다. 아직 속내를 다 털어놓진 못한 것 같아요. (사이) 저는 실패한 소방관입니다. 지금까지 쌓인 게 너무 커요. 다시 선택하라면 절대 소방관은 안 할 겁니다. 약삭빠른 사람은 다른 부서를 가든 어떻게 해서든 힘든 걸 피하는데 제가 아둔해서 계속 일을 하고 있는 것 같아요. 항상 고개를 숙이고 다닙니다. 자신감이 없거든요. 한참 힘들 땐 헛것도 보였어요. 무언가 멀리서 뿌옇게 뭔가가 보였다가 사라지고 그런 경우가 있었습니다. 지금은 짜증내거나 화내는 게 조금 덜해졌어요. 느긋해지기도 했고요. 약을 먹고 좀 나아진 듯합니다.

소방관F   소방관들은 예전에는 화재가 주로 큰일이었죠. 사람들이 볼 때는 바깥에서 방수하는 모습이나 사람을 이렇게 업고 나오는 모습만 보이니까⋯ 그래도 화재는 예방을 좀 많이 해가고 있고요, 저희는 어떤 처음 보는 재난을 많이 겪어요. 나무가 쓰러진다거나 간판이 떨어진다거나, "너네 화재 적어지니까 별로 큰 일 안하잖아?" 이렇게 얘기를 하면 (웃음) 답답하죠. 고드름 제거하다가도 죽고, 벌집 제거하다가도 죽고, 고양이 구조하다가 죽고. 기계를 가지고 나가서 뭔가 높은 데나 좁은 데 간다는 것은 신체적인 위험을 좀 각오해야 되는 일이거든요. 이 근처가 익산에서 유흥업소가 제일 많아요. 구급 업무 중에서 주취자가 제일 많은 비중을 차지하고 있고 행패 부리는 사람, 실랑이 하는 사람 때문에 갔다 오면 심장이 멈춘 사람들 소생시키는 작업보다 더 많은 힘을 빼고 와요. 병원 가자고 해도 안가고 경찰차 불러서 집으로 가시겠냐 하면 "모른다" 화를 낸다거나, 신분증도 없는 분들도 있어요. 그렇다고 그 분을 길에 두고 올 수도 없어요. '가족 있냐' '없다' 전화하면 '아니다' 또 횡설수설하고 이렇게 긴급하지 않은 일에 힘을 빼고 또 그런 데서 만약에 저희가 소홀히 하고 온다거나 하면 화내시고 민원 넣어요. 그러면 우리 조직에서 그런 걸 딱 끊어주면 좋은데, 저희보고 가서 사과를 하라는 등 알아서 해결을 좀 하라는 등 그런데서 직원들 사기가 많이 떨어질 때도 있어요. 몇 년 전까지만 해도 저희 고드름 제거하다가 유리창을 깼다거나, 사다리 걸치고 있다가 사다리가 떨어져서 차량이 파손되거나 하면 저희 돈으로 물어줬어요. 지금은 보험회사에서 보험처리하고 그런 것들이 되잖아요. 아직까지도 저희 소방공무원들은 일정부분 제한해서 보험을 들게 해요. 돈을 좀 더 낸다거나. 그만큼 현장활동 대원이 위험하다는 거죠. 그런데 왜 그런 걸… 모를까요? (웃음) 저희가 너무 얘기를 안했던 것 같아요. 꾀부리는 것 같고 우리만 힘들다고 괜히 죽는소리하는 것 같고, 그런 생각들이 있어서 얘기를 잘 안 해요. 쉬어도 쉬는 게 아니고, 나가도 그게 끝이 아니에요. 사람들이 가끔 "소방서 직원들이 족구한다" "너희 한가하구나, 맨날 족구하고" 그러는데 여기 안에서는 길 밖으로 나갈 수가 없어요. 늘 이 안에 있기 때문에 이 안에서 움직이는 활동. 족구를 한다거나 탁구를 한다거나 헬스를 한다거나 계속 그걸 하면서 움직이거든요. 저희는 움직이다가 출동하는 게 제일 좋아요. 제가 2012년에 군산에서 근무하면서 군산 구조대원이 현장에서 순직한 사건이 있었어요. 물탱크에 인부가 들어가서 못 나오니까. 그 인부를 구하러 들어갔다가 질소 가스에 질식해서 이 구조대원도 사망을 했는데 그때 당시에도 구조대원들이 원래 최소한 네 명이 있어야 돼요. 그런데 인원이 이제 차출돼서 가고, 교육가니까 신참 구조대원들끼리 출동을 한 거죠. 인원도 적은 숫자로. 이게 우리가 편하자고 인원이 더 많아야 한다는 게 아니라 최소한의 인원이 필요한 건데 근데 그 기준대로 저희가 운영이 된 적이 한 번도 없었어요. 지금도요. 펌프차에 네 명 있고, 물탱크 차에 두 명 있고, 구급차에 세 명 있고 해야 돼요. 그러면 넷, 둘, 셋. 아홉 명이 있어야 돼요, 최소한 한 팀에. 근데 지금 한 팀에 일곱 명씩 있습니다. 두 명이 모자라요. 이 펌프차에 지금 네 명이 필요하다는 건 한 명이 기관에서 조작해주고 두 명이 2인 1조로 인명 구조하러 들어가고 나머지 한 명이 뒤에서 엄호를 해줘야 되거든요? 그게 불가능해요. 두 명 출동해서 한 명이 기관 잡고 한 명이 호스 들고 들어갈 때가 있어요. 그러면 한 명이 뭘 할 수 있겠습니까. 그 안에 들어가서 사람을 구하겠어요. 그 지금 타고 있는 건물의 불을 끌 수 있겠어요. 네 명이 할 걸 두 명이 하니까요. 밤새서 두 명이 추가로 더 하는 직업의 개념이 아니잖아요. 화재를 진압하는 게 가능하고, 불가능하고가 나아가서 사람을 살리는 게 가능하고 불가능하고 그 경계인 거죠. 그것 때문에 사람도 못 살리고 죽는 것 봐야 하잖아요. 저희 직원도 죽고요. 서울 같은 데는 이런 두꺼운 호스를 들고 직원들이 불을 꺼요. 한 세 명 정도가 붙어서, 한 명이 들고는 못 꺼요. 두꺼운 호스로 많은 물을 한번에 쓰면 빨리 끄는데 이 호스를 어떻게 혼자 잡겠어요. 저희는 가는 걸 씁니다. 1.5인치. 그러니까 불을 빨리 못 끄지. 서울과 지방의 격차 따라서 인명이 살고 죽을 수 있다는 게… 불과 5년 전에는 20년 된 소방차를 타고 나가다가 그 차가 멈추기도 했어요. 어떤 차는 브레이크가 고장 나서 장력 센 고무줄로 감고 다니기도 하고요. 사이렌 울리는 의미가 없어요. 다른 차가 양보를 해 줘도 저희가 빨리 가질 못하니까. 말도 안 되죠? 개인 안전 장비가 보급된 것이 불과 몇 년 전입니다. 장비가 보급되기 전에는 남의 것 썼어요, 하나 갖고 쓰고 내 것 고장 나면 비번 직원 꺼 빌려 써요. 빌려서. 그러니 개인의 어떤 심리적인 경계가 무너지는 것에 대한 보호조치, 예방조치, 그런 것들은 생각도 못 하는 거죠. 작년에 저희 대원이 주취자의 폭언, 폭행으로 사망했는데 폭언 폭행당하고 와가지고 욕들은 게 끔찍하다고 맞아서 아픈 건 괜찮은데 라고 했던 표정이 잊혀지지 않아요. 그 다음날부터 잠을 못 자고 어지럽다고 하고 딸꾹질을 심하게 하고 쉬지도 못 했어요. 왜냐면 쉬면 누가 대신해줄 사람도 없고 야간에 아주 잠을 안 잘 수도 없지만 누워서 눈을 감고 있어도 언제든지 몇 초 안에 튀어나가야 되는데 항상 그런 긴장감이 있으니까요. 그런 상황에서 일을 한다는 게 스트레스가 굉장히 심한 거죠. 그런 것들을 감안하지 않는 거죠, 위에서는. 폭언, 폭행이 있은 후로 아파서 사망을 했는데도 그게 위험순직이 아니라고 하잖아요. "그냥 너희는 환자 이송만 하면 되는거 아냐?" "이 사람은 원래 약했잖아"라고 이야기를 하니까 너무 억울한 거죠. 옆에서 그걸 본 사람들은 가만히 있을 수가 없는 거예요. "저 건물이 활활 불타서 들어가면 100% 죽을 것 같다" 그런 것만 아니면 저희는 위험을 감수하면서 들어가요. 그런데 이런 식으로 "너희가 100% 위험한 것 아니면 인정 못 하겠어" 하면 우리도 그렇게 생각하죠. "우리도 100% 안전하지 않으면 왜 들어가?" 누군가가 사회에 필요한 일은 해야겠지만 그러다 죽으면 정당한 보상은 해줘야 하잖아요. (정적) 아무리 얘기를 해도 해결이 안 나니까 계속 생각하면 고통스럽죠. 의도적으로 생각 안 하려고 해요. 다치거나 그래도 큰 일이 아닌 것처럼 덮고 싶어해요. 그러니까 생각을 좀 죽이고 사는 거죠. 막 여기서 웃고, 떠들고 장난만 치고 직원들이 그 얘기를 안 하더라고요. 처음에는 왜 그런 얘기들을 안 하지? "이 얘기를 진작에 좀 했어야지"라고 얘기했는데 나중에 제가 "아, 내가 잘못 생각했구나" 했어요. 2012년도에 우리 직원이 죽었고, 2014년도에 그것 때문에 1인 시위 했었고 그런 일 겪고 나서 우리 직원이 또 죽었는데 "어떡하지?" 하고 있을 수가 없었어요. 저게 남의 일이 아니더라구요. 나일 수도 있고 또 우리 후배가 죽을 수도 있고, 이 얘기를 누군가가 얘기해야 한다면 결국 당사자들이 할 수밖에 없는 거죠. 당사자들이, 그렇게 죽어가는 동료를 본 사람들이 가만히 있을 수가 없더라구요. (배역에서 빠져나와) 지난해 4월 고 강연희 소방경은 구급 활동 중 취객에게 폭언을 듣고 폭행을 당한 뒤 뇌동맥 출혈로 쓰러져 치료를 받던 중 사망했습니다. 그러나 위험직무순직은 인정되지 않았습니다. (다시 배역으로 들어가) 이 팀이 그 강연희 소방대원하고 같이 근무했던 팀입니다. 같이 출동했다가, 그때 같이 폭행 당한 직원도 지금 같이 있어요, 이 팀에. 남아있는 물건은 없고 강연희 소방경 물건만 하나 있어요. 뭐냐면 "하트 세이버"인증서. 기계상 심장이 멈춘 사람을 살리면, 어떻게 보면 죽은 사람을 살린 거잖아요. "하트세이버"라는 인증서를 줍니다. 그런데 이제 사망하기 전에 사람을 살려서 "야, 너 하트 세이버 세 번째야" 우리가 이렇게 얘기하고 그랬는데 사망하고 나서 인증서가 나왔죠. 나머지는 다 유족한테 돌려줬죠. 남편분도 소방관이신데 그분한테 보냈고… 현충원 안장까지 해야 저희로서는 그 사람을 보낸 것… 강연희를, 연희를 보내는 거라는 생각이 들었어요. 보내는 거라고… 아직까지는 보내지 못했다라는 생각이 들어요….

공연 시작시간이 다가오자, 무대 위에서 한두 명씩 사라진다. 소방관 A(정진철)이 가장 마지막에 사라진다. 관객들만이 남게 되고, 갤러리형 무대 구조물 의자에는 방화복 세트만이 덩그러니 남아있다. 공연 시작 안내방송이 나오고 곧 마무리된다. 조명이 전환된다.

영상   본 작품은 실화를 바탕으로 제작되었으며 구체적으로 언급되는 사건, 인물, 단체, 사건 배경에 대해서는 창작자의

주관에 따라 재해석 되어 일부 재편집 및 가공되었음을 밝
힙니다.

전환.

1장. 상담

진우와 등장. 무대 구조물 한켠에 앉는다. 곧 의사 등장. 영상, 진우의 모습을 기록용 테이프로 남기듯 비춘다.

의사   눈을 감아도 뭔가가 보이고 들린다구요.

진우   네.

의사   약은 계속 먹고 있어요?

진우   네.

의사   어때요, 좀 나아지나요? 공포감을 느낀다거나 불안함이 든다거나 화가 나진 않아요?

진우   딱히 별로….

의사   음… 혹시 어떤 대상이 보이고 들리는지 알 수 있을까요?

정적.

의사   그것들로부터 감시당한다거나 위협을 느끼시나요?

진우   굳이 이런 거 꼭 해야 하나요?

의사   저는 진우 씨 도와드리려는 거예요. 진우 씨, 상담 오신 지 벌써 10개월이 다 되어가요. 오늘은 진우 씨 얘기를 들었으면 좋겠네요.

정적.

의사	그럼 잠깐 다른 이야기를 해 볼까요? 얼마 전에, 진우 씨가 모아오신 자료들로 특별 전시회 열렸다고 뉴스에도 나오고 그러던데. 탐사보도 전문 정진우 기자 특별전, 잘 됐어요?
진우	뭐 그럭저럭….
의사	어떤 전시회였어요?
진우	기자로 활동해오면서 기록해왔던 사진, 영상, 글… 그런 거 모아 놓은 전시회였는데… 괜히 했어요….
의사	왜 괜히 했다는 생각이 들었어요?
진우	다요. 제 거지 같은 기사들이나, 불에 탄 건물 앞에서 셀카 찍어 올리는 사람들… 전부 다요. 사람들은요. 남의 고통과는 소통하려고 하지 않아요.
의사	소통이 안 된다… 구체적으로 어떤 고통에 대해 말씀하시는 거예요?

침묵.

의사	사실, 그 전시회 다녀왔어요. 정진우 기자 특별전, 버닝필드. 독특하더라고요. 불에 탄 나무들 사이에 걸려있는 수많은 기사 초고들과 보도사진들, 바닥에는 검은 재가 가득이고… 진우 씨는 그 공간에서 어떤 고통과 소통하려고 했던 걸까요?
진우	선생님은 말해도 몰라요.
의사	제가 이해하려고 노력할게요.
진우	제가 얘기를 하면 뭐가 달라질까요?
의사	조금은 편해지실 거예요.
진우	근데 모든 게 제 잘못이면 어떻게 하죠?

의사	그게 뭐든, 진우 씨 잘못 아니에요. 진우 씨, 여기서 말씀하시는 모든 이야기는 그 누구도 알 수 없어요. 진우 씨와 저만 공유하는 거죠. 진우 씨가 작은 부분이라도 이야기를 해주시면, 진우 씨의 마음이 조금이라도 편해질 수 있을 수 있다면, 제가 의사로서 할 수 있는 거라면 뭐든 최선을 다해서 도울게요.
진우	뭐든지… 도울 수 있어요?
의사	네, 도울게요.

긴 침묵.

진우	보이세요?

진우, 무대를 크게 돌아 걷기 시작한다. 텅 빈 무대, 소방장비들을 바라본다.

의사	보이다뇨? 뭐가요?
진우	여기. 선생님 눈에는 보이지 않겠지만 저에게는 매일 보이고 들리는 이 존재들이 있어요.
의사	지금 이 방 안에요?
진우	네. 언제나 제 곁을 맴돌며 서 있어요.
의사	그 존재들이 진우 씨에게 뭔가를 원하나요?
진우	제가 뭔가 말 해주기를 바라는 것 같아요.
의사	그럼 제게 말씀해 주실래요? 그들이 전하는 이야기?

진우, 무대 구조물에 놓인 방화복 중 하나에서 무전기를 집어든다.

진우 그럼 약속해요. 제 이야기가 끝나면 의사로서 할 수 있는 건 뭐든 주겠다던 그 말 꼭 지키겠다고. 그리고 무슨 일이든지 끝까지 듣겠다고.

의사 약속할게요.

진우, 의사에게 무전기를 건네고는 관객 속으로 물러난다.

진우 (무전) 2017년 9월, 강릉 석란정 화재. 그날 한 소방관은 자신의 팀 동료 두 명을 동시에 잃었습니다.

장면 변화. 정복 입은 소방관 등장. 무대 한켠에서 추도문을 펼친다.

진우 (무전) 석란정이 무너지면서 그 안에서 진화작업을 하던 구조대원 두 명이 쏟아지는 잔해를 피하지 못 해 그 자리에서… 안타깝게도 순직하고 말았습니다.

정복소방관1 소방본부의 맏형이었던 고 이진욱 소방관님, 막내였던 고 이수현 소방관님 그 삶을 우리가 잘 기억할 것입니다. 오늘 당신들이 떠나신 이 자리에는 당신들이 떠남을 비통해하는 아버지 어머니 사랑하는 아내와 자녀들, 그리고 동료직원과 수많은 조객이 와 계십니다. 당신들과 함께 했던 지난날들을 우리가 마음속에 잘 간직할 것입니다. 그 희생을 잊지 않을 것입니다. 오늘 이렇게 많은 소방 가족들과 이 자리에 모여 살아생전 업적을 기리고자 하나, 당신들은 이제 아무런 대답도 없이 싸늘하게 누워만 계십니다. 하늘이 무너졌습니다. 지켜주지 못해서 미안합니다. 우리는 당신들이 그렇게 바라고 열망하던 꿈을 반드시 이루도록 하겠습니다. 그동안 그 뜨거운 화재 현장에서의 아픔과 고통을 모두 떨쳐버리고 부디 영면하시길 바랍니다. 진욱이 형님 수현아… 이제는 이 세상에서 이루지 못한 일들은 우리에게 맡겨두고 화마가 없는 곳으로 가서 편히 잠드소서.
전국의 모든 소방인들을 대표하여, 2017년 9월 19일… 소방위 정진철, 대독.

정복소방관 퇴장. 무대 반대편에는 정진철이 등장해 있다.

진우   (무전) 그때… 석란정 화재 사건의 유일한 팀내 생존자가… 있었습니다. 정진철 소방관.

의사   … 누구요?

진우   (무전) 아시잖아요. 정진철 소방관. 제 아버지입니다.

장면 변화.

그   적당히 좀 해요! 도대체 뭘 자꾸 말하란 겁니까! 할 말도 없는데!

의사   저는 정진철 씨 도와드리려는 거예요.

그   이게 도와주는 겁니까? 안 그래도 새로 들어온 팀원에, 인력 부족에, 한창 바쁠 때라 정신없어 죽겠는데, 왜 자꾸 오라 가라 그래서 시간 잡아먹고 그럽니까? 내가 여기서 이러고 당신이랑 노가리 까는 동안 우리 팀 현장 가서… (사이) 현장 가서 사람들 다치고 사람들 못 구하면, 선생님이 책임질 겁니까?

의사   사람들을 못 구하면, 그게 다 정진철 소방관님 책임인가요?

그	일단 살려야죠. 살아야 여기 와서 정신도 치료받고 몸도 치료받을 기회라도 생기잖습니까. 죽은 송장이랑 대화하고 싶어요?
의사	그러다 다치기라도 하시면, 가족분들과 정진철 씨를 아끼는 분들의 마음은 어떻게 될까요?
그	제가 여기서 쉬다가 사람들 못 구하면, 그 사람들과 그 가족들은 누가 챙길 겁니까?
의사	계속 그렇게 불이며 연기며 닥치는 대로 뛰어들며 사실 거예요? 이럴 때일수록 현장에서는 잠시 물러나셔서 쉬시는 편이….
그	(말을 끊으며) 제가 없으면 그 자리가 제대로 안 채워지니까 그렇죠! (사이) 지난번에 자리 비웠을 때 무슨 일이 있었는지… 정말 몰라서 묻습니까? (나가려 한다)
의사	중독이에요.
그	뭐요?
의사	중독이라고요. 위험 중독. 담배나 술, 마약이랑 똑같아요. 더 큰 위험한 상황과 자극이 있어야만 편안함을 느끼고, 희열을 느끼고, 목숨이 위태로워야만 숨을 쉴 수 있고. 지금 착각하시는 거예요. 누군가를 구한다, 동료를 위해 희생한다, 먼저 간 동료 몫까지 열심히 산다, 그 사명감으로 일하는 게 아니라, 정진철 씨는 그냥 위험 중독입니다.

정적.

| 그 | 그거 중독되라고 돈 받는 직업입니다. 이 짓이. |

그, 다른 개인 공간으로 이동한다.

진우　(무전) 아버지는 석란정 화재사건의 충격으로 조금씩 변해 가기 시작했어요. 서서히, 마치 질식해 가는 사람처럼… 아무리 불에 탄 시체를 마주 하는 게 그들의 삶이라지만… 그 불에 탄 시신이 자신과 매일 함께 먹고 자던 팀 동료였던 거죠.

의사　(무전) 진우 씨도 곁에서 많이 힘들었겠네요.

진우　(무전) 아버지의 그런 모습은 처음이었어요. 보통 아버지가 베란다에서 멍하니 어딘가를 계속 바라보고 있다면… 누군가 죽은 거고, 그럼 저는 어떤 감정이 느껴지기보다는 궁금증이 먼저 생깁니다. 어떤 사고일까? 어떤 이유로 세상을 떠났을까. 단 한 번도 그 답을 들어본 적은 없어요. 물어볼 수가 없었으니까.

의사　(무전) 그러면 석란정 사건에 대해서는 어떻게 알았죠?

진우　(무전) 평소랑 똑같이 나가고 들어오는 아버지였는데… 이상하게도 아무런 냄새가 안 나더라구요. 있어요, 소방관들 특유의 그 매캐한 불냄새. 그게 아무리 씻어도 잘 지워지지가 않는 냄새거든요. 뭔가 이상하다 싶어서 아버지 동료한테 연락을 드렸는데, 그때 말씀을 해주셨어요. 네 아버지 휴직명령 받았다, 정신과 상담 권유도 함께. 그런데….

의사　(무전) 그 치료가 도움이 안 되었던 거군요… 휴직 이후에 복귀를 하셨나요?

진우　(무전) 복귀를 하셨다가 다시 휴직하셨다가… 그게 일년을 넘게 반복이 됐어요. 그러다 어느날, 아버지가 사라졌습니다.

의사   (무전) 사라지다뇨? 어디로요?

진우   (무전) 연기 속으로요.

그, 무대 밖으로 사라진다. 전환.

2장. 화재출동

무대, 갤러리형 배치에서 코너 벽면형 배치로 소방관들이 등장하며 빠르게 전환. 소방관 1,2,3,4. 무대 중앙으로 들어온다. 소방관들, 내기 배드민턴을 치기 시작하며 이런 저런 이야기를 나눈다. 공이 떨어지고 플레이어가 바뀌면서 장면이 잠시 느려진다.

진우 (무전) 2019년 4월 4일, 아버지가 사라지기 조금 전 오후에, 저는 아버지가 계시던 속초에 있는 한 소방서를 방문했습니다.

의사 (무전) 소방서엔 왜 가셨어요?

진우 (무전) 취재를 좀 하려고 갔어요. 궁금한 게 있어서.

의사 (무전) 어떤 게 궁금했어요?

진우 (무전) 아버지요. 왜 그토록 다 죽어가는 사람처럼 먼 산만 바라보는지 알고 싶었으니까.

다시 정상 템포로 무심히 배드민턴을 치는 소방관들.

소방관들 그래~? 밖에 진철 형님 아들이 왔다고? 그 기자한다는 그 아들? 아이고… 고생 많네… 고생 많아. 그나저나 형님은 쉬는데 별 탈 없으신가 모르겠네? 참, 저번에 센터장님이랑 통화도 했다 그러던데? 그러니까 말야. 그 형님이 아무리 쉬라고 쉬라고 해도 말을 안 듣고 여기를 몇 번이나 왔다 갔다 하는데⋯ 우리도 죽겠어. 아무래도 집에서 가만히 쉬려니까 더 힘든가 보더라구. 그럴 만하죠. 근데 뭐 취재 좀 한다고 그러던데? 취재? 무슨 취재? 우리 사는 거를? 그래 우리가족인데 당연히 취재 도와줘야지!

잠시 배트민턴에 몰입하여 이런 저런 이야기를 나누다가 대화의 흐름이 바뀐다.

소방관들 근데 PTSD니 트라우마니 또 그런 거 물어보는 거 아닌가 모르겠네. 그거 없는 사람이 여기 어딨나⋯ 다 하나씩 있지. 그러게 말야. 자꾸만 우릴 불쌍하게 보는데 그런 거 진짜 별로야. 우리가 돈 없고 장비가 없지 기술이 없고 자존심이 없는 건 아닌데⋯ 자꾸 기자며 방송국이며 여기 저기 와서는 무슨 정신병자처럼 취급하고 그러는데⋯ 아주 기분 나쁘다고. 자, 그럼 가서 우리 사는 모습, 일하는 모습 있는 그대로 잠깐 보여줍시다. (관객 쪽을 보며) 아이고⋯ 취재 한다고 아주 많이도 댓구들 오셨네. 자, 이쪽으로 오세요!

소방관1의 신호에 따라 4명의 소방관들 등장. 각자의 공간으로 관객들을 안내한다. 4개의 상황이 동시에 진행된다. 충분히 시간을 갖고 소란스러운 상황 속에서 배우들은 자신의 주변에 있는 관객들에게 집중하여 설명한다. 배우들은 관객들을 자신의 공간으로 이끌고 간다.

소방관1 (무전, 구조차량 설명) 이제 '이 차'로 말할 것 같으면 뺌쁘차라고 얘기를 합니다. 인자 현장에서 가장 중요한⋯ 화재현장에서 불을 끄는 진압대원들이 타는 찹니다. 이거슨… 물 땡끄 차라고 합니다. 땡끄차라고 그러는데, 이 차의 역할은 인제… 뺌쁘차에서, 만약에 물이 떨어졌을 때 물을 공급해 주는 겁니다. 그 다음에 요거슨 구조 공작차. 구조 공작차 는 인자 우리가 그… 어… 우리가 이제 막 차가 떨어져 있 을 때 견인할 수 있게 끌어줄 수 있는 거 그리고 뭐 각종 장 비들이 요렇게 싹 실려 있습니다. 이 외에도 저짝에 보시면 고층건물 화재시에 출동하는 그… 굴절차, 저 사다리가 쭉 나와서 이렇게 이렇게 굽는 거고, 저 끝에 있는 건 뭐 일반 적으로 텔레비전이나 뭐 그런데서 자주 나오는 사다리차. 고층건물에서 그 인명을 구조할 때 쓰는 사다리차가 있는 거죠. 사건 현장에 맞춰서 그때그때 용도에 맞게 차량이 결 정되는 거죠.

소방관2 (무전, 공간설명) 이 '공간'으로 말할 것 같으면요, 일단 여긴 대원들 대기실이고요. 대원들이 뭐랄까… 각자 출근을 해 서 자기 일을 전부다 기본적으로다가 하고 그 외적인 이제 야간근무 하는 사람들이 인제 새벽에 잠깐 가수면하는 그 런 자리죠. 그리고 이쪽에 보시면 저희 직원들 그 샤워장 같은 건데, 저희가 화재출동하고 나오면 꼭 씻어야 하거든 요. 그 불냄새가 워낙 심하게 나니까. 가족들이 냄새난다 고는 하죠. 냄새난다고는 하는데, 지금은 뭐 익숙해졌고 허 허. 지금 지금은 뭐 대충 씻고 그래도 이따가 나가기 전에 는 뭐 샤워 싹 하고 나니까 괜찮아유. 예전에는 방화복이랑 일반 빨래랑 그냥 싹 다 같이 빨고 그랬는데 이게 방화복에 서 방사능이 나온다 그러니까… 요즘에는 냄새도 냄새지 만 가족들 건강 생각해서라도 귀찮더라도 따로 세탁하고 있고 그러죠.

소방관3 (무전, 구조장비설명) 아 이 '장비점검' 하는 걸로 말할 것 같으면, 그 교대할 때마다 다시 장비 점검하는 시간이에요. 항상 소방관들은 항상 1분 안에 입게 돼 있으니까 개인장비가 다 제대로 작동을 하는지. 네. 확인을 하는 거죠. 개인장비가… 그러니까… 이걸, 이거에 의존해가꼬 그 연기 속에 들어가니까요. 예, 장비가 엄청 무겁기는 하죠. 들어보실래요? 허허. 이 장비가 기본적으로 20… 아니 22kg정도라고 그러는데… 네. 소방장비가 다 무거워요. 그래서 체력도 열심히 길러야죠. 허허. 아 이 망치… 는 부셔야 될… 것들이 많으니까요. 부수고 문을 막 따고 강제 개방해야 하는 경우가 많으니까. 아 이 톱은… 전기톱이에요. 썰어야 하는 것도 많으니까. 나무도 썰고… 문도 썰고… 전선도 썰고… 가끔은 다리도 썰고… 아니 그러니까 테이블 다리 같은 거요. 가끔 벼라별 현장이 다 있어서… 무튼 장비 다 합치면 대략 한 이백… 이백 개 정도… 최소 10년은 해야지 이제 장비 좀 다룰 수 있다고 생각할 수 있는 것 같습니다.

소방관4 (무전, 출동대기 휴식공간) 아, '라면을 왜 박스째로 먹냐'면… 그게 왜냐면 야간근무하는 날들이 많다보니까 배고플 때마다 이제 손쉽게 꺼내먹을 수 있게. 소방관들 돌아다니다 이렇게 주머니에 손 넣어보면 주머니에 쪼꼬파이 두 개씩은 이렇게 들어가 있어요. 네. 진짜요. 보실래요? (직접 주머니에서 초코파이를 꺼내, 관객들에게 준다) 라면도 자주 끓이긴 끓이는데 끝까지 제대로 다 먹는 경우가 별로 없어요. 반 정도 먹으면 출동벨 울리고… 그러고 출동 갔다 오면 다 불어있고 그러니까, 저희는 아무래도 국물 있는 라면보다는 불어도 먹을 수 있게 짜파게티나 뭐 그런 국물 없는 걸 주로 먹죠. 짜파게티는 뭐 출동 갔다 오느라 다 불어있어도 먹을 수는 있으니까.

어느 정도 대화가 충분히 진행되고 나면, 장면 일시정지.

진우   (무전) … 아버지에 대해서 다시 한 번 물어봤습니다.

일시정지 풀림.

소방관들   아 --- 진철이 형님…!
소방관2   형님이 주무시는 걸 본 적이 별로 없어요.
출동 다녀오면 그냥 담배만 태우더라구요.
그래도 아들 얘기만 나오면 그렇게 웃으셨는데.
그날 이후로 좀 변했죠. 그래도 이렇게 직접 보니까 반갑네요.
소방관4   그 형님이 짜파게티 하나는 진짜 예술적으로다가 끓였어요.
후배들 먹이는 걸 되게 좋아했어요.
그런데 언제부턴가… 휴게실도 잘 안 들르더라구요
아마 그 일 때문이 아닐까 하는데… 아시잖아요.
소방관1   그 양반이 운전 하나는 기가 막히게 했다고
그 좁은 골목을 운전해서 들어가는데
진짜 대단했지. 근데 언제부턴가 자꾸만 길을 헷갈리고 운전대도 안 잡고….
창밖만 자꾸 멍하니 바라보고… 왠지 알 것 같더라고.
소방관3   잘 이겨내실 거예요. 강한 사람이니까.

푹 쉬시고 나면 좀 나아지시겠지….

비상. 출동벨이 따르릉 길게 울린다. 소방관들, 무대 가장자리 자신의
위치로 급히 이동한다.

영내방송 (무전) 화재출동. 화재출동. 구조차, 물탱크차, 굴절차, 펌프
차, 구급차 출동. 다시 한 번 반복한다. 화재출동. 화재출동.
구조차, 물탱크차, 굴절차, 펌프차, 구급차 출동. 영내의 전
인원 출동바람. 이상.

소방출동차량들의 엔진 시동음 및 사이렌 소리.

소방관1 기자양반, 갈 꺼지? (사이) 화재현장 취재 갈 꺼냐고? (사이)
거기 서서 뭐해? 시간 없다니까!? (사이) 아 얼른!! (사이) 참
나 취재하러 와서 현장 가기 무서워하는 양반은 또 처음 보
네. 됐어, 그럼!

무대 구조물이 이동하기 시작한다. 처음에는 하나, 그 다음 두개의 유
닛이 첫 번째 유닛으로 이동하여 3개가 하나의 스크린으로 연결된다.
마지막으로 나머지 두 유닛도 이동하여 하나로 붙어 연결된다. 2019
년 4월 4일 강원도 고성/속초/강릉 대형 산불화재와 관련된 정보가
영상으로 나타난다. 아무런 소리도 나지 않은 채 한동안 재생된다. 고
요함을 깨고 산과 들이 불에 타는 소리가 멀리서 들려온다. 그 소리
가 점점 가까워진다.

장면 전환. 진우, 의사 퇴장. 화재당시 출동 현장의 모습. 소방관들,

전원 방화복을 착용한 채 등장. 현장대응팀 네 팀('현장지휘팀', '구조팀', '진압팀', '구급팀'), 그리고 지휘센터. 출동 중인 CCTV, 뉴스영상, 상황실(지휘센터) 통제자의 모습 등등이 보인다.

구조팀　(무전) 지휘3팀 지휘3팀 여기는 구조3팀. 전 인원 차량 탑승 완료. 출동 대기 중.

지휘팀　(무전) 수신양호. 대기 바랍니다. 이상.

구급팀　(무전) 지휘3팀 지휘3팀 구급3팀입니다. 전 인원 차량 탑승 완료했습니다. 출동 대기 중입니다. 이상.

지휘팀　(무전) 수신양호. 대기 바람. 이상.

진압팀　(무전) 지휘3팀 지휘3팀 여기는 진압3팀. 어, 전 인원 차량 탑승 완료. 출동 대기 중. 이상.

지휘팀　(무전) 수신양호.

영상 전환. 비슷한 구성이지만 상황이 긴급해짐을 알 수 있다. 상황실 CAM IN.

지휘팀　(무전) 상황실 상황실. 여기는 현장대응 3팀. 전 인원 차량 탑승 완료했습니다. 출동 시작하겠습니다. 출동 시작하겠습니다. 이상.

지휘센터　(무전) 수신양호. 출동 시각 기록. 출동 허가되었습니다. 이상.

지휘팀　(무전) 수신양호. 현재상황 브리핑 바랍니다. 이상.

지휘센터　(무전) 19시 50분경 고성군 토성면에서 발생한 불이 인근 야산을 타고 강풍으로 확산, 현재 속초 시내 방향까지 불이 빠르게 확산중입니다. 현장대응3팀은 토성면 인흥리 주택가로 향해 구조활동 전개 바랍니다. 다시 한 번 알립니다.

현장대응3팀은 토성면 인흥리 주택가로 향해 구조활동 전개 바랍니다. 이상.

지휘팀 (무전) 수신양호. 인흥리로 향하겠습니다. 현장대응3팀 인흥리로 향하겠습니다. 이상.

지휘센터 (무전) 수신양호.

사이. 소방관들 이동.

지휘팀 (무전) 상황실 여기는 지휘3팀. 현재 현장 풍속이 어느 정도인지 알고 싶습니다.

지휘센터 (무전) 지금 순간최대풍속 초속 35.6미터입니다. 중형태풍급으로 매우 위험한 상황이니 현장 도착 시 주의 바랍니다. 이상.

지휘팀 (무전) 수신양호. 주택가 피해는 어떻습니까?

지휘센터 (무전) 심각합니다. 바람이 거세 살수기 물줄기가 꺾여서 제대로 진화가 되지 않고 있습니다. 지역 특성상 골목도 좁아 현장 인력이 직접 내부에서 상황 파악해가면서 살수하는 방법 밖에 없습니다. 현재 타 지역 소방인력 부상자가 속출하고 있으니 주의 바랍니다. 이상 교신 끝.

지휘팀 (무전) … 이상 교신 끝.

지휘팀 (무전) 다들 무전 들었지…?

진압팀 (무전) 수신양호.

구조팀 (무전) 예. 구조팀 들었습니다.

구급팀 (무전) 구급팀도 전달 받았습니다….

지휘팀 (무전) 이제 곧 도착하니까… 다들 준비 확실하게 합시다. 이상.

정적.

지휘센터 (무전) 현장대응3팀! 현장대응3팀! 토성면 인홍리 일대가 전소. 반복 합니다. 토성면 인홍리 일대 전소. 시민들은 현지 소방인력과 속초 방면으로 대피 중입니다. 토성면 성천리 일대로 우회하여 주택밀집지역 구조 작업 수행 바랍니다. 다시 한 번 알립니다. 토성면 인홍리 전소. 토성면 성천리로 우회 바랍니다! 이상.

지휘팀 (무전) 수신양호. 성천리로 향하겠습니다. 현장대응3팀 성천리로 향하겠습니다. 이상.

소방관들, 다시 한 번 이동. 영상, 실시간 블랙박스 영상으로 전환된다. 불길로 인해 도로에는 연기가 가득하고 불길이 길 주변과 심지어 길 안까지 넘실대는 것이 그대로 보인다. 정적. 소방관들, 역대급 화재 속에서 이를 바라보며 관객들에게 몇 마디 나눈다. 그리고는.

지휘팀 (무전) 전방 시야가 화염으로 인해 매우 혼탁해서 진입이 어렵습니다. GPS도 수신이 불안정합니다. 이상.

지휘센터 (무전) 직진해서 계속 가시면 됩니다. 주의해서 진입하십시오. 도착까지… 10분 가량 남았습니다. 이상.

지휘팀 (무전) 수신양호. 시계가 혼탁하니 계속해서 브리핑 부탁드립니다. 이상.

지휘센터 (무전) 수신양호.

블랙박스 영상 속에서 한 차가 소방차들을 앞질러 가는 게 보인다. 그, 등장. 무대 중앙 또는 한켠에 조용히 등장하여 무대를 가로질러

걷기 시작한다.

구급팀   (무전) 여기는 구급팀, 여기는 구급팀. 저 차 뭡니까? 후방에
        저희 차 가로질러서 화재 현장 쪽으로 진입하고 있습니다.
        이상.

구조팀   (무전) …저 차 대피하는 차 아닌 것 같은데. 저 차 아까부터
        우리랑 같이 가고 있었습니다. 이상.

진압팀   (무전) 아니 지금 이 난리에 일반차량이 불구덩이로 왜 다시
        들어가?

지휘팀   (무전) 그냥 놔 둬. 우리 일이나 집중하자고.

그, 진철 퇴장.

지휘팀   (무전) 도착 10분 전. 도착 10분 전입니다. 이상.

진압팀   (무전) 그런데 이렇게 불길만 멍하니 바라보다가 눈 감으면
        이상한 거 보이지 않습니까?

구급팀   (무전) … 보이긴 뭐가 보여요. 그냥 뭐가 꿈틀대다 마는
        거지.

진압팀   (무전) 눈을 감아도 떠도 자꾸 뭐가 보이고 들려. 불에 탄 나
        무 같은 뭔가가… 연기 속에서 자꾸 잔뜩 나타나서는 계속
        주변을 서성이는 거 같기도 하고, 뭔가 말을 하려는 것 같
        기도 하고….

구급팀   (무전) 이 중에 안 그런 사람도 있습니까? 눈을 뜨든 감든 다
        들 귀신 하나씩 어깨 위에 달고 사는 거지.

진압팀   (무전) 가끔은 꿈에서 출동 중에 차 막히는 꿈도 꿔. 내 옆에
        서 환자는 죽어가고… 차는 막히고… 할 수 있는 건 없고…

오늘은 돌아오는 차라도 탈 수 있으면 다행이겠네.

구조팀 (무전) 거 시작하기 전부터 재수 없는 소리 하지 좀 말아요. 지금부터 괜히 꿈이야기, 동료이야기, 옛날얘기 뭐 그런 거 하기 없깁니다. 공포영화 법칙 알죠? 이제 조용히 갑시다 조용히. 이상.

지휘팀 (무전) 그래 이제 적당히 떠들고 조용히 갑시다. 이상.

진압팀 (무전) 근데 정말 안 보여? 뭔가 뿌옇게 일렁이는 그런 거.

구조팀 (무전) 아 참! 그런 얘기 하지 말라니까! 부정 탄다고! 저번에 석란정 때도 누가 괜히 그런 얘기했다가 그렇게 된 거 몰라요?

진압팀 (무전) 뭐야, 너 지금 나 들으라고 하는 소리야? 그게 왜 나 때문이야?

구조팀 (무전) 그때도 형님이 뭐 차 막힌느니 불안하다느니 괜한 소리 한 건 맞잖습니까.

진압팀 (무전) 뭐 이 새끼야? 너 지금 그게 할 소리야? 야, 너 내려봐. 새끼야!

구조팀 (무전) 지금 내리면 불은 누가 끕니까? 저 불길들 안 보여요? 하여간 사람이 생각이 없어, 생각이.

지휘팀 (무전) 다들 그만해! 지금 그런 걸로 싸울 때야? 지금부터 조용히 간다. 아무 말 하지 마. 도착 7분 전, 도착 7분 전. 도착 5분 전. 도착 3분 전. 도착 1분 전. (사이) 하차!

다같이 하차!

소방관들, 시민들(관객들)을 무대 중앙 안전구역으로 피신시킨다. 한동안 소란스럽다.

지휘팀   진입준비! 다들 너무 깊숙이 들어가지 말고 밖에서 있다
가 연소저지 연소저지 들어가고, 후착대는 그 서치라이트
서치라이트 다 챙길 수 있도록. 가스통 가스통 있는지 확
인 하는 것 잊지 말고 도착하는 즉시 구조활동 개시할 것.
진입!

빠른 조명전환. 학생, 무대 중앙의 관객들 틈에서 등장.

학생   자취방에서 혼자 음악 들으면서 과제하고 있었어요. 근데
어디선가 뭔가 타는 냄새 같은 게 나서 밖을 내다보니까 온
통 빨간 불기둥에 검은 연기로 가득 차 있더라구요. 당황해
서 일단 계단을 따라 내려가려는데 이미 불길이 문 앞까지
번져서… 문을 열 수도 없고 숨은 꽉 막히더라고요… 살려
달라고 어디다 외쳐야할지도 모르겠고. 정말 이대로 죽는
건가 싶었죠. 간신히 창문 창틀을 뜯어내고는 밖으로 나오
려는데 시꺼면 연기가 태풍처럼 불어오더니 갑자기 그 안
에서 뭔가가 날아와서는 머리를 쾅… 그렇게 연기에 둘러
싸인 건물 안에서 쓰러지고 만 거죠. 쓰러지면서 드는 생각
이… 이럴 거면 하고 싶은 거 다하고 살걸… 그러다가 점점
숨을 못 쉬겠는 게 느껴지는데, 나 진짜 이렇게 뭐 하나 제
대로 시작도 못 해보고 죽는 건가 싶더라구요.

그, 등장. 학생에게 산소 호흡기를 대주고는 무대 가장자리로 꺼내
온다.

그   (기본 점검 후) 학생! 학생! 어디 다치거나 한 것 같지는 않은

데, 지금 병원시설도 꽉 차서 대피소로 가서 응급 치료를 좀 받아야 하거든요? 미안한데… 지금 차도 고장에 장비도 부족해서 급한 대로 좀 업고 갈게요! 꼭 붙들고 있어요.

그, 시민을 업고 관객들 주위를 뛰기 시작한다. 그러는 사이 소방관들 2명 등장. 무대 가장자리의 관객들 사이로 천천히 걸어 들어온다. 무대 가장자리를 크게 돌며 걷는다.

소방관들   어렵게 멀어져 간 것들이 다시 돌아올까봐.
그대 등을 돌리고 걷는다.
추억의 속도보다는 빨리 걸어야지.
이제 보여줄 수 있는 건, 뒷모습뿐,
눈부신 것도 등에 쏟아지는 햇살뿐일 것이니
도망치는 동안에만 아름다울 수 있는
길의 어귀마다 붉은 꽃들이 피어난다.
키를 달리하여 수많은 내 몸들이 피었다 진다.
시든 꽃잎이 그만, 피어나는 꽃잎 위로 떨어져 내린다.
휘청거리지 않으려고 걷는다, 빨리.
기억의 자리마다 발이 멈추어선 줄도 모르고
예전의 그 자리로 돌아온 줄도 모르고.
돌아서 가라, 그대여.

소방관들, 스크린 사이로 퇴장.
그들이 나간 곳을 바라보고 있는 그.

학생   괜찮으세요…?

그	학생, 걸을 수 있겠어요? 저 바로 앞이 대피손데… 저기까지 갈 수 있죠? 저기까지만 가면 대피소에 계신 소방관분들이나 경찰분들이 도와줄 테니까 가세요,
학생	그치만… 아저씨는요? 괜찮으세요?
그	전 다른데 또 가야죠. 가져가요. 이런 날은 불보다 바람에 날아오는 물건들이 더 위험하니까.
학생	소방관님은요?
그	(둘러댄다) 그… 차에 가면 여분 있어서 괜찮아요.
학생	네… 감사합니다!

학생 퇴장. 전환.

의사	(무전) 그날, 진우 씨는 소방서에 계속 계셨어요?
진우	(무전) 아뇨. 아버지가 걱정돼서 우선 집으로 돌아갔습니다. 그런데 아버지가 안 계셨어요….
의사	(무전) 어디로 가신 건지 짐작 가는 곳이 있었나요?
진우	(무전) 산불화재현장. 장롱 구석에 있던 비상용 소방장비며 방화복 따위가 없었거든요… 아버지를 찾으러 나갔습니다. 아버지는 현장에 가선 안 되는 상황이었거든요.
의사	(무전) 어떤 상황이었길래요?
진우	(무전) 석란정 사건의 트라우마 때문인지 아버지 동료들 표현으로는 '점점 기억이 증발하는것 같다'라고 했습니다.

전환.

그	(이전과 다르게 고분고분하다) 저도 압니다. 가끔 기억이… 증발

해서 사라지는 것 같은 거. 근데 제 나이 정도 되면 원래 어느 정도는 다 그런 거 아닌가요? 그래봤자 차 키 잃어버리고 휴대폰 잃어버리는 정도죠 뭐.

의사 최근엔 얼마나 자주 그러세요?

그 한… 한 달에 두 번인가 세 번인가? 아니, 근데 그거야 제가 워낙 덤벙덤벙 하니까….

의사 오늘이 우리 몇 번째로 만나서 이야기하는지 기억 하세요?

그 이번이 네 번짼가 다섯 번짼가… 일일이 세보질 않아서…

의사 음… 정확히 열여섯 번째입니다. 한 달에 두 번씩, 반년도 넘었네요.

그 (시무룩해진다) 벌써 그렇게 됐나요….

의사 정진철 씨, 아무래도 그 석란정에서의 일이 소방관님께 약간의….

그 (말을 살짝 끊고) 아 석란정, 거기 걱정이긴 하죠.

의사 네?

그 (남 얘기 하듯) 석란정이요. 그거 건물이 다 기울어가지고는 파이프로 죄다 받쳐놨던데… 걱정입니다. 언젠가 사단이 나도 한 번 단단히 날 것 같은데.

의사 (말을 잇지 못하고) 정진철 씨, 여기 왜 오셨는지 기억나세요?

그 아무래도 본부에서 그 주취자 사건 때문에 절 자꾸 여기로 보내는 것 같은데, 근데 이제 정말 괜찮습니다. 그때야 잠깐 그 양반 팔꿈치에 맞아서 기절하긴 했었는데, 뭐 하루 이틀도 아니고… 신입 때 자주 당해보기도 했고. (사이) 혹시 제가 잘 깜빡깜빡 하는 게 설마 그거랑 무슨 상관이 있는 겁니까?

의사 지금부터 제가 세 가지 단어를 말할 거예요. 다 듣고 나면

3초 후에 그대로 말해 보실래요? 간단한 테스트니까 편안
하게 대답하시면 돼요. 괜찮으시죠?

그 그래요… 뭐.

의사 얼룩말, 고래, 유리. (사이) 하나, 둘 셋.

진우, 무대 한켠에 등장. 아버지를 찾고 있는 그의 모습이 보인다.

의사 자, 제가 뭐라고 했죠?

그 얼룩말 (사이) 고양이… (한참 후) 나무….

의사 고양이… 나무. (사이) 정진철 씨, 잘 들으세요. 아무래도 더
상급 기관으로 가셔야할 것 같아요. 지난 반년 간 저도 최
선을 다 했는데, 상황이 조금씩 악화 되는 듯싶어요.

정적. 그, 갑자기 웃기 시작한다.

그 (웃으며) 제가 어린 아들놈이 하나 있는데, 그놈이 며칠 전에
그걸 듣고는 제가 불타는 나무 위에서 고양이를 구하는 모
습을 그려서는, 짜식이, 제가 자랑스러운지 유치원에 들고
가더라구요.

의사 … 괜찮으세요?

그 (아랑곳하지 않고) 6살… 7살인가? 아직 학교 가기 전이니
까….

의사 (이상함을 느끼고) 기록상으론 분명….

그 (급격히 우울해진다) 근데, 못 만지겠어요.

의사 (체념하고) … 왜죠? 왜 만질 수가 없다고 생각하세요?

그 더러워질까 봐요. 허구한 날 출동 다녀오면 연기며 그을음

이며… 피며… 시체까지 만진 그런 손인데… 아무리 씻어
도 만지기가 좀 그렇더라구요. 부정 타는 것 같기도하고.
애 엄마도 먼저 가고 없어서 많이 안아줘야 한다는 거 아는
데….

의사   정진철 씨, 아드님 이름이 뭐죠?

그   제가 지었는데, 진심으로 돕고 살아라라는 뜻에서 참 진!
도울 우! 그래서… 진우! 정진우요…!

조명 어두워진다. 그, 의사, 진우의 사이로 무대 구조물들이 중앙에
오각형배치로 전환.

3장. 대강당 (비상대피소)

어둠 속.

진우 (무전) 어느 현장으로 가셨을까… 번져가는 불길이며 바람 때문에 화재현장으론 갈 수 조차 없었어요. 그때 비상 대피소가 떠올랐어요. 거기로 가면 아버지가 어느 현장으로 갔는지 알 수 있지 않을까 해서.

장면 급격히 변한다. 대강당 비상대피소. 소방관들, 시민들을 안내하느라 분주하다. 진우, 소방관들에게 진철에 대한 정보를 캐내지만 소란스럽다. 간신히 소방관 하나와 어느 정도 이야기를 나누지만 해당 소방관은 알아보겠다고 하며 사라진다.

진우 (무전) 대피소에 도착해보니 사람을 찾는 게 저만 있는 게 아니었어요. 수많은 사람들이 이산가족을 찾는 것처럼 스크린 주변에 몰려서는 부상자 이송 명단을 살피거나 화재 소식을 접하고 있었죠.

비상대피소에 모여 SNS/TV를 통해 소식을 접하는 시민들의 입장에서 장면이 구성된다. 소방관들, 관객들에게 말을 건네며 이동을 유도한다. 벽면에 배치된 무대/영상장치에서는 '주요병원 입원 현황', '산불 현황' 등의 글이 나타나기 시작한다. 영상은 위의 글에서 SNS글,

영상, 뉴스 등의 이미지와 영상 등으로 전환된다 중간중간 피해자와 소방관들을 향한 응원의 메시지도 보인다. 고요하다. 진우, 기억을 돌아다니듯 그 이미지들을 본다. 의사 역시 영상을 말없이 한동안 바라본다.

의사   (무전) 진우 씨도 글을 올렸어요?

진우   (무전) 올렸는데… 너무나 글이 많이 올라와서 금방 묻혀버리더라구요. 답답했어요. 전화도, 인터넷도 잘 안 되는 상황이다 보니 할 수 있는 게 거의 없었어요. 누군가가 아버지의 행방을 알려주길 기다릴 뿐.

전환. 리포터 등장.

리포터   속초시 비상대피소입니다. 현재 산불이 더욱 거세져 인근 주민들과 학생들 그리고 여행객들까지 이곳에 모여들고 있습니다. 때문에 굉장히 혼란한 상황인데요 지금 소방관들의 통제 하에 응급치료 및 물품 보급이 이루어지고 있습니다. 정확한 산불의 원인은 아직 밝혀지지 않고 있는데요 저희 뉴스에서 최초 목격자의 증언을 확보했습니다.

SNS 뉴스피드, 화재 원인에 실마리가 나오는 '고성 산불 최초 발화 목격자' 인터뷰의 영상으로 바뀐다. 시민과 앵커 등장. 화면 연결.

앵커   그러니까 최초 목격자로 신고를 직접 하셨셨다구요.

시민   (무전) 네… 이제 집으로 들어가고 있었는데, 갑자기 앞에서 스파크 같은 게 튀고 있더라구요. 그래가지고 좀 더 앞으로 가봤더니 이제 불이 조금 갑자기 스파크가 갑자기 펑하고 터지면서 변전기 같은 거 같았는데 터지면서 불이 나기 시작해서 처음에 바로 119에 신고를 했구요, 그 다음에 이제⋯ 차 안에 소화기가 있어서 들어가려고 했는데 스파크가 튀다 보니까 많이 위험할 것 같아가지고 들어가지는 못했네요. 그다음에 소화기관에서⋯ 그러니까 119에서 바로 3분 정도 만에 소방차가 와가지고 불을 막 진압하는 걸 보고 이제 막 들어갔어요.

앵커   불이 확 번졌나요? 그 이후에는?

시민   (무전) 네, 그. 뭐 네. 소방차가 오기 전까⋯ 지도 이제 그때 바람이 엄청 많이 불어가지고요, 거의⋯ 사람도⋯ 거의 제대로 서 있지도 못 할 만큼 바람이 많이 불다보니까 이제 불길이 많이 번져있어⋯ 가지고 소방차가 이제⋯ 소방차에서 물을 뿌리는데 그때도 바람 때문에⋯ 많이 불을⋯ 많이 애를 먹는 걸 봤었거든요.

전직소방관 인터뷰, 다큐멘터리 방송의 신상을 공개하지 않는 비밀 인터뷰처럼 진행.

앵커   (무전) 그뿐만이 아닙니다. 현재 산불진화가 지연되고 있는 근본적 배경에 대한 의견도 제시되고 있는데요.

비밀소방관   (무전. 카메라. 얼굴은 담기지 않는다) 지금 그것만이 문제가 아닙니다. 지금 산불 진화에 어려움을 겪는 게 소방관들이 불을 끄는 게 아니에요. 산림청에 있는 산불재난특수진화댄데 문제는 이 사람들이 일당 10만 원짜리 10개월 계약직이라는 겁니다. 이런 사람들이 어떻게 전문성을 갖습니까?

언제 바뀔지 모르는 사람들이 장비교육, 소방교육 받겠어요? 근데 여기서 더 큰 문제는 이 사람들이 많지도 않다는 겁니다. 80명 정도로 알고 있는데, 80명이 어떻게 그 넓은 야산을 뛰어다닙니까? 시내로 못 오게 하는 것도 불가능하죠. 지금 뭐, 전국에서 소방차 800대 출동했다는데 글쎄요? 바람 때문에 헬기도 못 뜨고 호스도 건물 위주 장비라 짧고, 아니 그것도 그래요. 특수장비 신청하면 뭐합니까? 국회에서 족족 잘리는데? 사실상 소방관들 방화복만 입고 뛰어드는 겁니다. 시 외곽에 사시는 분들은 집이며 밭이며 불타는 거 지켜보는 거예요.

앵커   (무전) 현재 이 문제에 있어서 여야 간의 의견도 첨예하게 갈리고 있는데요 그 현장 가보도록 하겠습니다.

비밀 소방관 퇴장. 정치인1,2 등장. 앵커, 시민, 비밀소방관들, 핸드폰 및 카메라를 들고 정치인 주변에 몰려든다.

정치인1   (마이크) 여러분! 진정하십시오! 여러분도 잘 아시다시피 유례없는 재난에 지금 우리 도는 들이며, 산이며, 농가며, 관광지며 그야말로 우리의 터전이, 도내의 모든 것이 불타 사라지고 있습니다. 그뿐만이 아닙니다. 지금 오늘만 해도 인제, 포항, 아산, 네 곳에서 산불. 이틀 전에는 해운대에 큰 산불. 이거, 왜 이리 산불이 많이 납니까? 이게 다 누구 책임입니까 여러분? 그야말로 이 모든 문제가 재앙처럼 펼쳐지고 있다는 겁니다. 그놈의 촛불 촛불 그렇게도 노래를 부르더니… 이거 뭐 사실상 산불정부 아닙니까?

정치인2   (마이크) 아니, 지금 가장 심각한 피해를 입고 있는 고성 지역에 소방서가 몇 곳이나 있는지 아십니까? 겨우 3곳입니다. 그나마 그중 하나는 치안센터 수준이고 속초, 강릉 지역의 소방서까지 전부 다 합쳐도 겨우 11곳입니다. 이게 지방에 사는 국민들의 생명과 안전의 현실입니다. 아무리 인구 밀도가 수도권과 차이난다고 하지만 다 똑같은 국민인데 생명과 안전에 있어서까지 이렇게 크게 차이가 나는 게 맞는 겁니까?

정치인1 지금 국민 안전을 빌미로 또 세금 쓰자는 겁니까? 안전 물론 중요하죠. 그치만 소방관들 국가직화 하려면 현실적으로 그 돈 다 어디서 납니까? 지난 몇 년간 소방 쪽에 쏟아부은 예산이 얼만데 맨날 돈 없다며 장비 탓하고 국회의원들 탓하고… 정작 이렇게 큰불이나니 허둥지둥 대느라 제대로 불도 못 끄고 지금 있지 않습니까? 제 말이 틀립니까?

정치인2 아니, 자꾸 국가직 전환이니 세금이니 그런 쪽으로만 프레임을 몰고 가시는데, 그게 포인트가 아닙니다. 어느 지역에 살든 생명과 안전을 보장할 수 있는, 긴급 상황에 사람을 살릴 수 있는 최소한의 시스템이 지금 우리에게 있느냐 없느냐 이게 중요한 겁니다.

정치인1 다른 나라들을 봐도 우리나라 소방 인프라 정도면 월드 클래스입니다. 그런데도 그 좋은 인프라 놔두고 이 무능한 중앙정부의 어처구니없는 통솔력 덕분에! 우리들의 소중한 집과 들판이, 우리들의 소중한 관광자원과 문화유산들이 지금 재앙 속에서 불타고 있는 거 아니겠습니까? 제 말이 틀립니까?

정치인2 자꾸 무슨 일만 터지면 자꾸 이런 식으로 아무 말이나 우선 막 던지시고 그러시는데, 자제하셔야 할 때입니다. 지금 재난상황 3단계, 최고단계입니다. 까딱하면 전국으로 번질 수도 있는 상황이라구요. 제발 그 입 좀 닫고 계세요.

정치인1 거 참 말 불편하게 하네! 사퇴하세요!

정치인2 지금 그 얘기가 왜 나옵니까? 자중하세요!

정치인들 퇴장.

앵커 (무전) 이렇게 여, 야간에 언성만 높아지고 있는 가운데 비상대피소에선 연락이 두절된 가족을 걱정하는 목소리가 높아지고 있습니다. 지금 현재 모든 소방관들과 자원 봉사자들이 각자의 위치에서 최선을 다해주고 있습니다. 더 이상의 피해가 없이 화마를 물리칠 수 있기를 간절히 바랄 뿐입니다. 이상으로 비상 속보 마치도록 하겠습니다.

진우 등장. 마이크 앞에 선다.

진우 (공개적으로) 사람을 찾습니다. 소방관이신데요. 이름은 정진철이라고 합니다. 사실 치매증상이 조금 있으신데 무리하게 현장에 나가신 것 같습니다. 제 아버지입니다. 도와주십시오, 혹시 행방을 아시거나 보신 분 계신가요? (사이) 부탁입니다. 없으신가요…? 꼭 좀 부탁드립니다. (사이) 감사합니다.

진우, 단상에서 내려와 무대 반대쪽으로 터벅터벅 걸어간다. 주저앉는다.

학생 정진철 소방관님을 찾으신다구요?

진우 네…? 네! 맞아요.

학생 아까 그 소방관님이 절 구해주셨어요.

진우 언제 만났어요? 어디서요?

학생 고성에서요. 절 여기로 데려다 주셨어요.

진우 그리고요?

학생 그리곤 화재현장으로 다시 가시는 것 같았는데.

진우 그러니까 정확히 어디로 간 건지는 모르시구요?

학생 네, 그것까지는 잘….

진우 어쨌든 고마워요, 알려줘서.

진우, 나가려 한다.

학생 안 돼요! 지금 밖에 바람 불고 뭐 날아다니고 위험한데….

진우 지금 그런 거 신경쓸 때가 아니라서요.

학생 가신 지 한참 지났어요… 이거 쓰고 가세요… 그 소방관 아
저씨가 주신 거예요. (진우에게 방화모를 건넨다)

진우, 그 모자를 받아들고 잠시 쳐다보고는 나가려 한다.

학생 큰 길 나가서 오른쪽으로 가셨는데… 정확히 어디로 간 건
지는 모르겠어요.

진우 고마워요.

학생 조심히 가세요!

학생 퇴장. 진우, 무대를 크게 돌며 걷기 시작한다.

진우	(이동하며, 무전) 그렇게 대피소를 나와서 강릉으로 갔어요.
의사	(무전) 정확히 어디 계신지도 모르는데 무작정 강릉으로 가신 건가요?
진우	(무전) 처음엔 무작정 출발했어요. 그렇게 한참을 가다가… 석란정. 석란정이 떠올랐어요.
의사	(무전) 석란정이요?

짧은 전환. 진철의 상황과, 진우의 상황이 점차 오버랩되기 시작한다.

그	(무전) 2017년 그날… 강릉 석란정. 사실 그 전날 1차화재가 있었습니다. 1차화재 그 자체는 10분 만에 진압되긴 했거든요. 그 건물 자체가 원래 상태가 좀 안 좋긴 했죠. 그 뭐 이렇게… 파이프 같은 거를 받쳐놓고 그래가지고 처음에 딱 가자마자 건물이 좀 위험한 상태구나… 붕괴 위험이 있겠구나 싶어서 팀원들이랑 굉장히 조심하면서 작업을 했었거든요. 그리고 저는 교대하고 퇴근해서는 집에 와서 새벽에 쉬고 있는데… 서에서 전화가 와가지고는 석란정에 2차 화재가 났다면서, 은퇴 코앞에 둔 저희 팀 팀장 진욱이 형님이랑 임용된 지 일년도 안 된 팀 막내 수현이가 정자 바닥에서 연기가 난다는 제보를 받고 급히 출동을 한 거죠. 그런데 거기서 잔불작업을 하던 도중 갑자기 뭔가 와르르 쏟아져서는… 그 둘이 매몰됐다고… 숨을 쉴 수가 없었습니다. (사이) 정신없이 현장에 도착해서보니….

그, 무대 중앙의 오각형 안으로 들어가 공간 중앙에 선다….

그   건물이 전부 무너져 있더군요. 급하게 방화복만 걸치고 곧
        장 장비고 뭐고 그럴 겨를도 없이 급히 그 안으로 들어가서
        는 손으로 덮여 있던 흙들을 막 파헤쳤습니다. 얼마 파지도
        않았는데 금세 뭔가 손에 걸려서 조심스레 조금 더 파 보니
        까… 막내놈 얼굴이 나타나기 시작하더라구요.

        소방관들, 무대 한켠에서 소방복을 마치 그의 이야기 속 2명의 피해
        자처럼 조심히 들고 나타나 무대를 천천히 걷기 시작한다.

그   아무 반응이 없었어요. 그때… 옆에서는 다른 대원이 이진
        욱 팀장님을 흰 천으로 덮어서 나오는데….

        사이.

진우   (무전) 아버지라면 분명 석란정으로 갔을 것 같은 느낌이 들
        어서… 그쪽으로 향했어요. 그런데… 죄책감.
진철   죄책감이 들었어요.
의사   (무전) 어떤 죄책감이요?
진철1   동료들이 날 원망하진 않을까…?
진우1   (무전) 아버지가 날 원망하진 않을까…?
진철2   네가 쉬어서 내 아들이, 우리 아버지가 이렇게 됐다… 그렇
        게 생각하지는 않을까?
진우2   (무전) 내가 내 일에만 미쳐서 아버지 옆에 없었기 때문에
        이 사단이 나는 건 아닐까?
진철3   내가 지금 쉬는 숨이 그 두 명의 숨을 빼앗아 쉬는 건 아
        닐까?

진우3	(무전) 무슨 일이 벌어지고서, 도착하면 안 되는데….
진철4	내가 자리를 비웠기 때문일까…?
진우4	(무전) 아버지가 죽은 동료들 사이에 서게 되면 어떡하지…?
진철5	내가 전날에 뭔가 깜빡하고 잔불 작업을 못 했나?
진우5	(무전) 내가 아버지를 찾는 게 아니라 취재 소재 찾는 기자 같기도 하고….
진철6	혹시 내가 불을 덜 껐나?
진우6	(무전) 못 찾으면 어떻게 하지?
진철	이 모든 게… 나 때문이면 어쩌지?

진우, 뛰쳐나간다. 의사, 뭔가를 신중히 결심하고는 무대 중앙 오각형
내부로 들어가 진철과 마주 보고 앉는다.

의사	정진철 씨, 오늘은 일단 댁으로 가시고요, 다음부터는 다른 선생님이 도와주실 거예요.
진철	그럼… 복직은요?
의사	지금 상황에선 무리죠.
진철	상담 꾸준히 하면 나아진다면서요. 금방 복직할 수 있을 거라면서요.
의사	저도 최선을 다 했습니다.
진철	약속했잖아요.
의사	죄송합니다.
진철	돌아가야 합니다. 팀원들이 기다리고 있다구요.
의사	댁으로 돌아가세요.
진철	선생님!
의사	진료 끝났습니다. 조심히 가세요.

진철, 오각형 밖으로 나가 벽에 기대 쓰러진다.

진우 (무전) 무슨 생각 하세요?

의사 (무전) 진우 씨. 타인의 고통에 진심으로 공감한다는 건 뭘까요?

진우 (무전) 그걸 알았더라면 우리가 이런 대화를 하고 있지 않았겠죠?

전환.

4장. 연기의 장막

무대, 오각형무대배치에서 다소 헝클어진 일자배치로 전환. 연기, 차오른다. 어둡다. 어둠 속, 진철 등장. 무대 구조물들 잠시 바라보고 있다. 소방관들, 무대 사방에서 빛과 함께 나타난다.

소방관들 (무전) 돌아서 가라, 그대여.

그 누구세요…?

소방관들 (무전) 돌아서 가라, 그대여. 이곳은 그대의 영역이 아니니.

그 누구세요…? 어디서 말하는 겁니까?

소방관들 (무전) 연기 너머. 사선 너머.

그 숨지 말고 나오세요! 누구세요?

소방관들 (무전) 어둠 뒤에 숨은 것은 당신. 우리는 숨지 않는다. 다만 드러나지 않을 뿐.

그 … 진욱이 형님? 수현이냐?

소방관들 (무전) 한 번 이곳에 온 자, 나갈 수 없다. 돌아서 가라, 그대여.

그 맞지! 수현이랑 진욱이 형님! 어딨어! 어디 있는 거야?

소방관들 (무전) 저 너머의 그림자 사이. 빛과 연기 사이의 갈라짐의 틈. 혹은 네 안의 파편들 속. 돌아서 가라, 그대여.

그 이리 나와! 나와서 같이 가자! 연기 속에서 뭐 하는 거야!

소방관들 (무전) 이곳으로 걸어들어 온 것도 당신. 물러난 것도 당신. 돌아서 가라.

소방관들, 그 주위를 돌기 시작한다.

소방관들   네 물줄기 마르는 날까지,

그대여 나를 내리쳐라.

너의 방수를 종일 맞겠다.

일어설 여유도 없이,

아프다 말 할 겨를도 없이

그 아픈 물줄기로 나를 때려라.

거기에 짓눌리는 울음으로 울음으로만 대답하겠다.

이 나무 틈에 뿌리내려 너를 본 것이

나를 영영 눈뜰 수 없게 하여도

그대로 검은 그을음이 되어도 좋다.

네 눈은 얼마나 또 뜨거울 것이냐

돌아서 가라, 그대여.

이곳은 너의 영역이 아니니.

소방관들, 무대 중앙의 앞에 일렬로 선 후, 사라진다.

그, 소방관들이 사라진 곳을 바라본다. 진우 등장.

진우   아버지!!

그   진우야…? 네가 왜 여기 있어?

진우   아니, 그럼 아버지는 왜 여기에 있어?

그   당연히 불 끄러 왔지, 너 위험하니까 빨리 집 돌아가. (떠나려 한다)

진우   아버지, 내가 그동안 정말 미안해. 집에 가자 .

그   뭔 소릴 하는 거야? 지금 여기 불난 거 안 보여? 빨리 안 가면 주저앉는다고!

진우   여기에 뭐가 있는데 불을 꺼?

그   안 보여? 파이프로 다 받쳐놔서는 금방이라도 쓰러지려고 하잖아. 여기 예전부터 내가 그렇게 위험하다 위험하다 했는데 바뀌질 않더니 결국 이러는 거 봐. 아무튼 위험하니까 넌 따라오지 말고, 난 가서 안에 사람들 있나 먼저 보고 올 테니까 넌 주변에서 소화기라도 좀 찾아와, 알겠지? 아까 안에서 무슨 소리가 난 것 같아. 시간 없으니까 빨리!

진우   안에 있긴 뭐가 있다고.

그   누군가 안에 있는 거처럼 보였어. 어떤 소리도 들려왔고. 시간 없으니까 일단 너는 얼른 가서….

진우   (다시 그를 잡으며) 고집 부리지 말고 가자. 나 아버지가 이렇게까지 아프고 힘든 줄 몰랐어. 정말 미안해. 돌아가자. 아버지 휴직처분까지 받았다며. 아버지 지금 쉬어야 돼. 가자

그   (진우를 팽개치며) 이 상황에 소방관보고 불 끄지 말라 그러면 그게 무슨 말도 안 되는 소리야? 도움 못 줄 거면 집에 가!

진우   제발 좀 그만해!

긴 정적.

진우   아무것도 없어. 다 불타서 사라지고 없다고. 아버지 동료들… 이젠 죽고 없다고. 아버지가… 석란정 잔해더미에서 직접 꺼냈잖아.

그   … 아냐.

진우   맞아. 돌아가자. 집으로.

그   안 가.

진우	왜, 왜 아버지만 생각해. 이러면 뭐가 해결돼? 아빠가 혼자 짐 다 짊어지고 가면 해결돼? 아니야. 아빠 말고도 소방관 많아. 제발 가자.
그	지금 없잖아. 소방관 많으면 뭐 해. 지금 여기 없잖아. 불은 사방에서 나는데, 사람들은 사방에서 죽어 가는데 누구라도 먼저 가서 살려야지, 내 상태가 어떻든 저렇든, 일단 가서 살려야지. 그게 맞는 거잖아.
진우	그러다 아빠 죽으면?
그	편해지겠지.

긴 침묵.
진우와 그, 서로를 보지 않는다. 그의 재킷에 걸려있는 무전기가 울린다.

그	사방이 지금 불바단데 가긴 어딜 가. 너 먼저 가.
무전소방관	(무전) 아아, 긴급전파. 긴급전파. 현재 할당 지역이 없는 전 소방인력은 속초시 속초시 교동 SK장원주유소로 신속히 이동 바랍니다. 현재 해당 주유소 쪽으로 인근 야산의 산불이 접근중인데, 주유소 바로 뒤편에 아파트 대단지가 위치해 있어 해당 주유소 폭파 시 극심한 인명 피해가 예상됩니다. 지금 당장 총력전을 펼쳐야 하는 상황이니 현재 할당 지역이 없는 소방인력들은 즉시 SK장원주유소로 이동하여 현장 지원 바랍니다. 이상.

정적.

진우   … 거길 지금 또 간다고?

그   가야지.

진우   그렇게 현장이 좋으면 가서 돌아오지 마. 그냥 거기서 살어.

그   다녀올게.

진우   오지 마. 기다리는 것도 지쳐.

그   다녀올게.

그 퇴장. 길게 나열된 구조물들. 짧게 반응한다.

전환.

5장. 버닝필드

방화복을 입은 주유소소방관1,2, 무대 중앙 사이드에 선다.

주유소소방관1   (마이크) 안녕하세요. 서울 영등포구에서 소방관으로 일하고 있는 이덕균입니다.

주유소 소방관2   (마이크) 채승우입니다.

주유소소방관1   (마이크) 그날의 일을 좀 말씀드리자면… 저희도 서울에서 급파되어서 오는 바람에 자세한 일들에 대해서는 모르는 게 많습니다. 처음에 고성 속초 쪽으로 진입할 때… 정말 불 끄러 다닌 적 참 많았지만, 딱 보자마자 재앙급 현장인 게 느껴지더라고요. 그 현장 보면서 많이 무서웠습니다. 그때 당시에 화재 진압을 하려 해도, 바람이 너무 강해서 소방호스로 아무리 물을 쏘아 올려도 물이 꺾일 정도였으니까요. 그래서 불도 안 꺼지고 새벽 동안 헬기도 바람 때문에 안 떠서 그냥 계속 타는 걸 무기력하게 지켜보는 것 말고는 할 게 없었습니다. 근데 갑자기 무전으로 속초시 SK장원주유소 긴급 지원요청 들어와서 총괄지휘자님이 여기 못 막으면 속초 다 뚫린다고 무조건 막아야한다고 하더라구요.

벽 전진. 관객 쪽으로 압박해오기 시작한다.

주유소소방관2 (마이크) 근데 자꾸 이런 생각이 드는 거예요. 이 주유소 못 막으면… 정말 다 죽는 거구나. 무섭더라구요. 손발이 벌벌 떨릴 정도로… 일단 이건 탱크차로도 뭘 어떻게 하든 불 못 끈다고 해서 긴급히 맞불 작전으로 들어갔습니다. (무대 중앙으로 이동하며) 저 포함해서 전부 산불 진행되는 방향에 맞불을 놓기 시작했죠. 그때 제 눈 바로 앞에서 10m정도 되는 불기둥이 딱 하니 솟아오르는데… (사이) 어떻게든 방수하고 맞불 놓고를 세 시간인가 네 시간을 반복하며 어떻게든 버텼습니다. 여기 뚫리면 다 죽는다니까. 근데… 다행히 이게 성공적이었던 거죠.

벽, 무대 중앙 부분 정도에 도착하여 멈춘다.

주유소소방관1 (마이크) 그래서 기진맥진해서는 일단 추가로 지원 온 팀이랑 교대하고 잠시 쉬려고 하는데… 이상한 일이 벌어졌습니다.

주유소소방관2 (마이크, 위 지문과 맞물려) 어디 서에서 오신 분인지는 모르겠는데 맞불 놓으시던 선배급 소방관 한 분이 안 쉬고 그 산불 안으로 들어 가시더라구요. 마치 불에 홀린 것마냥, 연기에 홀린 것마냥 그 잔불 속으로, 그 연기 너머로 들어가는데… 다들 너무 지치고 그래서 그때는 마무리 잔불작업 하는가보다 하고 무심히 그냥 넘어갔거든요.

진우 아….

주유소소방관1 (마이크) 그리고 잠깐 눈 좀 붙이고 다시 현장 돌아오는데, 현장에 이미 기자분들이 잔뜩 와 계시더라구요. 근데 그 기자분들 중 한 분이, 사진을 보여주면서 소방관을 한 명 찾으시더라구요. 자세히 보니까 아까 그 잔불 작업하러 들어가신 선배 소방관님 같았어요. 그래서 잔불 작업하러 저 안으로 들어가셨다… 라고 했더니, 막 들어가겠다고 난리를 치는 거예요.

주유소소방관2　(마이크) 결국 그 기자분이… 방어선 뚫고 산 쪽으로 미친 듯이 뛰어가서는 얼마 안 지나서 잔불을 끄러 가신 그 선배 소방관을 업고 내려오더라구요.

벽, 뒤로 물러난다. 틈, 생긴다.

주유소소방관2　(마이크) 알고 보니 그 잔불 끄러 가신 줄 알았던 소방관 분은 그 불에 탄 들판 위에서… 스스로 소방로프로 목을 매셨던 거고… 그 기자분은… 그 소방관의 아들이었던 거죠.

진철, 틈 사이에서 등장.

그　　　아빠가 오랜만에 친구들 만나서… 오늘 못 들어가겠다. 미안하다, 진우야.

벽들 뒤로 물러나기 시작하며 자연히 벌어졌던 틈이 메워진다.

진우　　아….

주유소소방관2　(마이크) 산불은 잡았어도… 무슨 아픔인지는 몰라도 그 선배님 손은 저희가 못 잡아준 거죠. 결국….

벽 관객들로부터 최대한 멀어진 채로 멈춘다.

주유소소방관1 (마이크) 감사합니다. 들어주셔서.

긴 침묵. 주유소소방관 1,2 퇴장.

진우 … 이제 제 얘기는 다 끝났습니다. 더 궁금하신 게 있나요?

의사 아뇨….

진우 저한테 하실 말씀 없으신가요?

의사 없습니다.

의사, 차오르는 복잡한 감정을 숨기기 위해 진우로부터 돌아선다.

진우 그럼 약속하신 거… 이제 부탁 하나만 해도 될까요?

의사 그래요. 제가 도와드린다고 했으니까. 말해요. 뭐든….

진우 소견서 하나만 써주세요. 그리고 상담기록도 좀 부탁드립니다.

의사 그래요. 진우 씨 정도면 제가 뭘 더 안 해도 언론사에 병가 신청….

진우 아뇨. 제거 말고 아버지 거요.

의사, 진우를 바라본다.

진우 처음부터 알고 왔어요. 아버지가 상담한 곳이 여기라는 거. 선생님이나 저나 크든 작든 그 죽음에 책임이 있는 사람들이잖아요, 우리. 아무것도 하지 못한 방관자 하나와… 포기

하고만 의사 하나. 지난 1년간 선생님 보며 무슨 말을 해야
할지… 고민 많았습니다.

의사   저 원망 안 해요?

진우   했었죠. 많이….

정적. 의사, 뒤돌아서서 얼굴을 감춘다.

진우   선생님, 부탁드립니다, 우리 아버지… 동료들 곁에 묻힐 수
있도록, 우리 아버지처럼 죽은 사람들… 도와주세요.

의사   자살이 순직으로 인정받은 사례는 단 한 건도 없는 거 아
시죠?

진우   알아요. 그래도… 적어도… 세상에 알릴 수는 있잖아요. 어
쩌면 뭔가 변할지도 모르고. 부탁드립니다. 제 마지막 탐사
보도 작성, 도와주세요.

진우, 의사. 서로를 바라본다.
암전.

Epilogue

길게 연결되어 있는 벽에 밤바다 해변의 모습이 영상과 소리로 나타
난다. 바다와 모래사장 외에는 아무것도 보이지 않는다. 한동안 파도
소리와 영상이 계속된다. 잠시 후, 길게 배치된 영상이 분절되어 그
사이에 두 개의 틈이 생긴다. 그 틈새 사이에서 진우와 그가 서 있다.

진우   아부진 다시 태어나도 소방관 또 할 거야?

그   … 안 해. 안 하고 싶어. (사이) 넌 소방관 자식으로 다시 태
어나라고 하면 할래?

진우   아니. 나도 안 하고 싶어.

정적.

그   근데 넌 다시 태어나면 뭐 하고 싶은데?

진우   기자만 아니면 뭐든 상관없는데. 아빠는 다시 태어나면 뭐
하고 싶은데?

그   글쎄… 굳이 꼭 다시 태어나서 뭘 해야 돼? 좀 쉬면 안 되
냐?

정적.

그   가자. 늦었다.

진우　　그래. 가야지.

그, 틈새 사이로 사라진다. 모든 틈이 닫히고 진우 홀로 길게 나열된 스크린 앞에 서 있다. 그가 사라진 곳을 잠시 바라보고는 떠난다. 조명 암전. 길게 늘어선 이동식 구조물에 평온한 파도치는 바닷가의 모습과 소리만이 맴돈다.

끝.

작가의 말 / 우종희

■ 연기 너머로 흘러간 모든 이들, 그리고 그 주변의 사람들을 위해

소방관을 아버지로 두어 그 곁에서 나의 평생을 살아왔다. 기억조차 희미한 어린 시절, 밤늦은 주말에도 젊은 현장직 소방관인 아버지는 전화 한 통에 황급히 집을 나서곤 했다. 그러면 잠시 후 티브이를 통해 각종 화재 및 재난 사건이 보도되곤 했고, 다음날 늦은 밤이 되면 아버지는 종종 술에 잔뜩 취해 숯덩이처럼 검게 타버린 듯한 검은 정장을 입고 담배연기인지 불내음인지 알 수 없는 매캐한 냄새를 가득 풍기며 들어왔다.

아버지는 별다른 말이 없었지만 나는 알 수 있었다. 오늘도 누군가를 연기 너머의 세계로 영원히 보내고 오셨음을… 그런 아버지가 얼마 전 은퇴하셨다. 그리고 이제야 내게 이런저런 옛 이야기의 파편들을 전해주시기 시작하시고, 난 이제야 옛 기억의 조각들을 모으기 시작한다. 그리고 깨닫는다. 아버지가 누군가의 장례식을 다녀올 때면, 질병이나 사고보다 오히려 화재현장 속 누군가의 죽음을 눈앞에서 본 동료들, 눈앞에서 소중한 팀원들을 잃은 동료들이 그 트라우마로 인하여 스스로 목숨을 끊는 일로 인해 세상을 떠나는 경우가 더 많다는 것을 나는 서른이 훌쩍 넘어서야 알게 되었다. 그래서 결심했다. 연기 너머로 흘러간 모든 이들, 연기 주변에서 삶을 잃은 모든 이들, 그리고 여전히 생을 이어가고 있는 그 주변인들과 우리들의 이웃에 대해 이야기를 나누겠다고.

■ 2019년 4월 강원도 고성, 속초 일대에서 발생한 전례 없는 규모의 초대형 산불…

그날의 화마가 휩쓸고 지나간 우리들 삶에서는 무엇이 사라지고 무엇이 남았을까.

어느덧 시간이 지나 성공적인 대처방안에 대한 칭찬만이 주로 기억되고 있는 그날의 아픔, 화마가 휩쓸고 간 그 자리에는 과연 무엇이 남고 무엇이 사라졌을까. 사건발생 얼마 후 직접 방문해 본 강원도의 피해현장은 성공적인 대처로 인한 안도감은 찾을 수 없었다. 개인의 삶은 처참하게 바스러져 여전히 남아있는 불내음 속에서 불에 탄 건물 내외벽을 눈물과 함께 긁어내고 있었으며, 그 주위에는 강한 화염 바람 속 제 몸을 이기지 못하고 부러질 듯 휘어진 채 그대로 검게 타 굳어버린 앙상한 나무들의 행렬만이 계속되고 있었다. 그 아픔의 현장에서 살아가는 그들도, 그들을 바라보는 나도, 저 검은 들판에도… 우리 모두의 안에서부터 무엇인가가 사라졌다.